闲闲令 作品

被你深爱的时光

图书在版编目（CIP）数据

被你深爱的时光／闲闲令著．—北京：新世界出版社，2014.10

ISBN 978-7-5104-5078-5

Ⅰ.①被… Ⅱ.①闲… Ⅲ.①长篇小说—中国—当代 Ⅳ.①I247.5

中国版本图书馆 CIP 数据核字（2014）第 233598 号

被你深爱的时光

| 作　　者：闲闲令
| 责任编辑：张　奇　　丁媛媛
| 责任印制：李一鸣　　黄厚清
| 出版发行：新世界出版社有限责任公司
| 社　　址：北京西城区百万庄大街24号（100037）
| 发 行 部：(010) 6899 5968　(010) 6899 8733（传真）
| 总 编 室：(010) 6899 5424　(010) 6832 6679（传真）
| http：//www.nwp.cn
| http：//www.newworld-press.com
| 版 权 部：+8610 6899 6306
| 版权部电子信箱：frank@nwp.com.cn
| 印　　刷：北京中印联印务有限公司
| 经　　销：新华书店
| 开　　本：700mm×1000mm　1/16
| 字　　数：260千字　　印　张：19
| 版　　次：2015年1月第1版　2015年1月第1次印刷
| 书　　号：ISBN 978-7-5104-5078-5
| 定　　价：32.00元

版权所有，侵权必究

凡购本社图书，如有缺页、倒页、脱页等印装错误，可随时退换。

客服电话：(010) 6899 8638

目 录
CONTENTS

001　CHAPTER 01
　　　这年头还有劳燕分飞

023　CHAPTER 02
　　　新年里的一地鸡毛

061　CHAPTER 03
　　　到底是谁爱着谁

089　CHAPTER 04
　　　我是你的药

107　CHAPTER 05
　　　旋转的木马

141　CHAPTER 06
　　　听见花开的声音

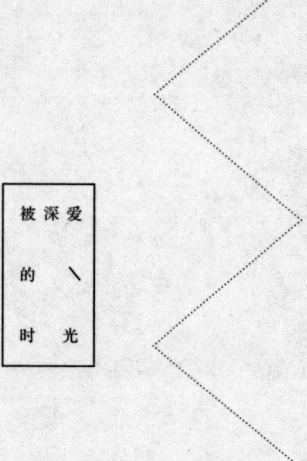
被深爱的时光

161　CHAPTER　07
　　　明天我要嫁给你

191　CHAPTER　08
　　　暗涌

225　CHAPTER　09
　　　你和我和他之间

249　CHAPTER　10
　　　绝望比冬天寒冷

271　CHAPTER　11
　　　陪你一起老

Chapter - 01

这 年 头

还 有

劳 燕 分 飞

接到南方那家实习单位的录用通知书后,我给沈苏打电话。窝在操场旁边那个又小又破的电话亭里,打了一遍又一遍。

线那头始终是忙音,但我的心情多少好了点,我知道他不是故意不接我的电话,因为他不可能拒绝所有陌生号码。

我的手机,昨晚被我一怒之下丢到了床底下,iPhone 手机不比诺基亚耐摔,自然粉身碎骨。

我最终也没跟沈苏联系上。当晚,寝室四人一起去吃散伙饭,在我们宿舍楼后面的小吃长廊里常去的那家,叫了一桌子菜,我是个十指不沾阳春水的人,菜单看不懂,任由她们点去,只在服务生离去前补充了一句:"来瓶二锅头。"

那服务生是小店老板的外甥,刚来个把月,年纪挺小,看谁都一副怯怯懦懦、目光闪烁的模样,听到我说的话,居然立即回头瞥了我一眼,我冲他勾唇一笑,突然发觉这小孩其实五官清秀。

方文琳推了我一下,说:"发什么神经?叫几罐啤酒就算了,还来二锅头?想醉死啊!"

这女人是寝室里头跟我最要好的一个,我们都是南方来的,虽然她老家跟我老家相隔甚远,但总是一个省份的,说是老乡也合理。

我笑了笑,说:"难得嘛,过几天就各飞东西了,今天你们不看我醉一场,往后可没机会了啊。"

唐宁宁和姚佳同时大笑,然后叠声称是。唐宁宁是本地人,父母是高干,实习单位早给她安排好,只等下周一去报到。姚佳来自邻市的一个小城镇,家境不是很好,父亲是一个私企的司机,母亲早年失业在家,后来开了个小小的杂货铺,据说生意不好不坏,一天赚个饭菜钱还是有的。

方文琳白了我一眼,说:"你别忘了,我是要跟你一起走的,撒酒疯以后有的是机会。"

CHAPTER 01
这年头还有劳燕分飞

我想起她前阵子跟我说要一起打天下的事，我没有当真，但现在看来，她是认真的。不过我真喜欢她，巴不得我们毕业后还窝一块，于是点点头，转头望向姚佳，问："姚佳，实习单位落实了没？"

姚佳明显迟疑了一下，才说："我可能会回家吧。"

唐宁宁忙不迭叫起来，"回家？我们这种专业就是要留在大城市才有发展前途，你回穷乡僻壤能做什么？"

我皱眉，虽然她说的是实话，但听着却不舒服，姚佳的成绩并不好，在班上只能算中下水平，大学四年没有担当过班干部，更与学生会无缘，而最重要的是她在这里没有背景。

姚佳低头盯着手上的筷子，笑着说："我也不是非要干本专业的工作，回去后看看有什么适合的活就先做做好了，权当积累经验。"

我忙说："是啊，现在毕业就改行的人海了去了，我们就是一张白纸，不管干什么都是从零开始，既然这样，不如多给自己一些选择的机会，没必要在一棵树上吊死嘛。"说着，偷偷冲方文琳使了个眼色，她随即会意，附和我说："没错，想法正确，再说小地方也有小地方的好，房价便宜，空气新鲜，还交通方便，11路就能走遍。"

我被她逗乐，这女人安慰起人来比我有一套，但是我了解她，知道她说这话口是心非，从我认识她的第一天起，她就信誓旦旦地跟我说了她的理想，那就是当一个女强人。

我当时嘴上取笑她说，这个理想未免过于空泛，但是心底多少是羡慕的，我的理想之一也是当女强人，只是我还有一个更远大的理想，那就是当家庭主妇。

为心爱的男人洗手做羹肴，多么幸福美妙！

我每次温习这个理想的可行性时，脑海里总是不自觉晃过沈苏那张脸，想象在一套光线明亮的大房子里，我们起床后互道早安，然后我下厨房煎两份爱心鸡蛋，用热牛奶冲咖啡，跑进浴室从身后搂住他的腰，小鸟依人地偎着他看他抹着白色泡泡的下巴，用撒娇的口吻央求他让我为他刮胡子。

这个画面我回放无数次，甚至清楚地记住了每个动作配上什么对白。许多年以后，我不得不佩服自己当年的勇气，在那样茫茫然一切未卜的情况下，我还能保持高涨的盲目乐观，简直宇宙无敌。

二锅头拿过来，没人捧场，只有姚佳象征性地跟我干了一杯，说了些预祝前程似锦的美言。方文琳酒量不差，但她的皮肤很容易酒精过敏，毕业在即，为了不有损她的光辉形象，当晚她很不给面子地拒绝我的好意，坚持滴酒不沾。唐宁宁径自去隔壁卖珍珠奶茶的地方要了一杯现榨果汁，据说美容。其实我也知道，只是贵，随便一小杯都要十二块，我宁愿喝啤酒，还降火呢！

我用喝啤酒的架势喝二锅头，看得周围的人心惊胆跳。方文琳几次想拦我，都被我毫无客气地瞪回去。如果是沈苏在，他一定会视若无睹百炼成钢地把酒杯抢过去，然后说一句："玺玺，别胡闹。"

我立时没辙，他就是可以这样理直气壮地把我所有令他不满的行为称为胡闹，不知道是不是所有男生都这么神经大条，抑或是因为贪图省事？

我不知道，但我就是总在他略带无奈的表情和语气下缴白旗，他说我胡闹，我就是胡闹，连一声辩解都没有。

把小半杯二锅头猛地灌进嘴里，咽下，我笑着凑到方文琳的耳边，说："跟你讲个可乐的事，沈苏在他朋友面前夸我性子好，从不跟人发脾气。"

方文琳哧了一声，说："不知道你看上他什么，交往都这么长时间了，连自己女朋友什么性格都不清不楚，我奉劝你趁早把他开了。"

我笑嘻嘻地说："他哪里不好？英俊潇洒学业优秀，还是个万人迷。"

"这种男人最要不得，从小到大活在身边女性的仰慕里，毛病肯定一堆，

CHAPTER 01
这年头还有劳燕分飞

你信不信?"

我自然是信的,沈苏最大的毛病就是自我感觉太好,虽然他确实有这本钱,但我不能睁眼说瞎话地偏袒他,于是我实事求是地点头,表示同意她的看法。

方文琳把眼睛一瞪,不屑地说:"可你就是喜欢他是不是?跟你说了也是白说,恋爱中的女人都把脑子锁进保险箱了。"

我委屈地嘟嘴,今天班主任还特意把我叫到办公室,恭喜我开学初参加的那次设计大赛拿了院里一等奖,我的脑子向来好用得很,哪有锁进保险箱?

一顿饭吃得满桌狼藉,我们还赖着不肯走。唐宁宁去要来一包牙签,兴致勃勃地说要给我们算命。

第一个是姚佳,她掰断几根牙签摆在桌面上,认真研究了一番,说:"从卦上看,你没什么事业运,爱情运很平坦,几乎没有波折……将来会养两个小孩。"

我一乐,赶忙问:"我呢我呢?算算。"

"好,等等啊。"唐宁宁取了几根新牙签,再掰断,再布局,接着细细琢磨了一会儿,突然"呀"了一声,摇头叫道,"不说了不说了,你要打我的。"

我举手保证,"绝不!打你是小狗。"

唐宁宁抿嘴笑,还是摇头。

我在一旁苦苦哀求,也许是酒精的缘故,越求越来劲了。

方文琳捅了我一下,说:"得,我也会算命,我来告诉你,你啊,就是当家庭主妇的命,实习三个月后准备嫁人吧。"

我笑得无法自抑,最后竟趴在桌上哭起来。唐宁宁和姚佳吓坏了,不约而同望向方文琳求救。方文琳一边轻拍我的背,一边扭头跟周围投来异样眼光的同学解释说:"没事没事,我们在吃散伙饭呢,她喝高了。"

我真的是喝高了,往常宁愿把自己憋死也不要在人前掉泪的,那晚真是哭得惊天动地,方文琳逃似的半抱着我离开小店,她这人好面子至极,我像只树熊赖着她,她只好赶紧把丢人的我拖走,有多远就拖多远。

　　唐宁宁和姚佳先回寝室了,她们并不清楚我跟沈苏的那点破事。

　　方文琳把我带到平时上课的大教室,这时候那里空无一人。我们肩并肩坐在第一排的位置上,等我不抽噎了,她毫不留情地说:"既然这么舍不得,你干脆留下得了。"

　　我摇头,低声说:"不行啊。"

　　"我听说我们这届有留校的名额,你不妨争取。"方文琳想了想,刻意强调,"如果你真的想留在这座城市的话。"

　　我忍不住又想哭,我就是不能留下呀,我为什么要留下?为了沈苏,我怕我终有一天要后悔。

　　感情,最害怕的就是后悔,想到将来的某一天,我会抱怨当初不该为沈苏留下,我就情不自禁地发抖,我不确定会不会有那一天,但我实在害怕。

　　我宁愿把所有可能扼杀在摇篮里,也不愿心存侥幸。

　　方文琳叹了口气,说:"你这人真怪,明明在乎他在乎得要死,却又可以这样坚守自己的原则,要换了是我……"她没说下去,只是又重重地叹了一口气。

　　她还真说对了,我是在乎沈苏在乎得要死,可是我不能为他留下。

　　三天后,在机场,换了登机牌后,我还不死心。

　　拿方文琳的手机给沈苏打电话,一边拨号,一边在心里说:"这是最后一次,再打不通就说明我们没缘分。"可是在等待的那短短几秒里,我的心又不住地呐喊,接吧,快接起来,求你!

　　也许他真的听到了我的心声,当那个富有磁性的熟悉声音在我耳边响起时,我激动得想尖叫,握手机的手微微颤抖。

可是我居然用异常冷静的声调对他说:"我在机场,半小时后的飞机,回梧城。"

他静默了良久,久到我几乎不能承受,正欲再开口,他却突然把手机挂了。

我愕然,随即愤怒占据了心头。

方文琳拎着一个小包过来,说:"准备登机了。"

我深吸一口气,拔掉手机的电池,还给她。

她古怪地看了我一眼,面上尽是不以为然。我也懒得多说,从挎包里掏出 MP4 来听,是一首我记不住名字的歌,这里面的音乐是他帮我下的,每次更新完歌曲,他就跟我说,我换了你应该会喜欢的歌。

我应该会喜欢,他从来不敢肯定我到底会不会喜欢,习惯用"应该,可能,也许……"这样的字眼来表达。

我每次都配合地回答他,"嗯,我喜欢。"其实我一点都不喜欢。

就像现在播放的这首歌,老实说,若是在平时,我对它不会有半点印象,但偏偏是今天听到。

此情此景,我无法不动容。

那歌在唱:"每个人都是这样享受过提心吊胆,才拒绝做爱情待罪的羔羊……"

我的眼前顿时模糊起来,一股热流像要夺眶而出。努力睁大眼睛,腾出手来抓了抓凌乱的短发,一旅客行色匆匆自我身侧走过,他手上的行李箱狠狠地撞了我一下,我的眼泪哗地涌了出来。我听见他仓皇地向我道歉,他明显是个华裔,带了点西方血统,普通话标准,但略显生硬。

明明泪眼蒙眬,我却若无其事地冲他微笑,宽容地说:"没关系。"

走了几步,想起同伴,忙回头寻找,她就站在我后面,不离不弃地跟着我，我一时无言，没话找话地说了句："走了。"

"嗯，走了。"她搭上我的肩，不动声色地给我一个拥抱。

我的心顿时暖起来。没什么大不了的，如果注定不能走到最后，那就在最美的时刻分开。

飞机冲上云霄那一刹，我从座位旁的小窗口俯瞰那片大地，意外地萌生了一丝眷恋。但我还不至于矫情地说什么别了之类的话，实习结束后我必须回校一趟。我只是有些惆怅，就这样……结束了吗？

沈苏用挂机送我离开，连一句挽留的话都吝啬给我。

梧城的冬天不太冷。出了机场大门，我们立即打的进市区，方文琳不是这里人，对这人生地不熟，只能暂时跟着我。严格说来，我也不是，我只是比别人幸运，在这里拥有一套公寓。

说起这套公寓的由来，我要感谢一个人，她就是我姐姐——何琥珀，我叫何碧玺。据说我爸起初是给我姐想了"景乐"这个名字，但我妈不喜欢，他们那时就打定了要第二个孩子的主意，我爸正好瞅见我妈放在收藏匣子里的一个琥珀坠子，于是拣了个现成，有了何琥珀。两年后，我妈怀了我，我爸送了条碧玺链子给她，又是一个现成。从我懂事那天起，我就不止一次觉得我爸偏心，何琥珀多好听啊，这么好听的名字却不属于我，我叫碧玺，一个看着老气横秋，又带着浓郁的旧上海姨太太风情的名字。一想到这个名字将伴随我一生，我就极度郁闷，等到我终于下定决心要改名字的时候，爸妈走了，结果理所当然没改成。

何琥珀不但名字比我好听，长得也比我漂亮，比我懂事乖巧，比我走运。她十八岁那年，遇上了真命天子，高考都没参加，那男人直接给她办了护照，两人双宿双飞出国留学去了。四年后，她从维也纳给我发了一封电子邮件，告诉我她要结婚了。那封邮件其实也不是专门发给我的，而是发给她

CHAPTER 01
这年头还有劳燕分飞

未来大伯,不过顺便转发给我,因为邮件内容与我有关,她要把她的其中一份聘礼转送给我。

可是,那份聘礼是一套地中海风格的公寓!

我简直受宠若惊,完全没有想到从小跟自己抢玩具争宠爱的姐姐居然会这么大方。几乎没经过什么激烈的思想斗争,我就说服自己心安理得收下,我想这些物质馈赠于现在的她而言不过是九牛一毛,不要白不要。但是接手后又有点后悔,这毕竟是那个男人买的,从此我没有任何正当的理由拒绝他到我家来,而这里也因此到处浸染着他的品位,还有气息。

方文琳放下行李,审视我的小公寓,目光流露出极大的羡慕,说:"天哪!你居然有这样的房子!原来你是富婆。"

我大笑,"我的确是,你发现没?我都快两年没回来,可是这里却一尘不染,看来我的钟点工很尽责。"

方文琳瞠目,"你还雇了钟点工定期过来收拾?我一直以为你跟我一样是贫农,我真是错得离谱。"

我不置一词,脱掉厚实的外套,径自去卧房换了件样式简洁的羊毛衫,是浅蓝色。

出来后,我把一把钥匙交到方文琳手里,叮嘱她,"楼下有好几家餐馆,今天晚餐你自己解决,明天我带你到处逛逛。"

"你去哪儿?晚上不回来?"她盯着我的衣服有些困惑,因为我说过我不喜欢蓝色。

我含糊地应了一声,走到玄关处又想起一件事,于是跑回卧室,在床头柜的抽屉里翻出一个胸针,随手别上。

我要去见一个男人,就是他间接送了这套公寓给我,那是他付给我姐姐的聘礼。我打的去他工作的地方,本城最知名的私家医院。

下车后我没有直接进去。我对医院有莫名的恐惧，消毒水的味道令我反胃，给他打手机，简单地说："我到了，你出来一下。"

　　等了很久他才慢悠悠地出来，我早已习惯他的高姿态，瞥了腕上的手表一眼，发觉这次等待的时间真的不能算久。

　　我抬头，目不转睛地看他。跟上一次见到时没什么变化，穿着白大褂，脸上看不出半点表情，平静得几近冷酷。是的，冷酷，这词太贴切了！

　　他漫不经心地问："回来前怎么不说一声？我可以去机场接你。"

　　我敷衍地笑，"机场打的很方便，你这么忙……"

　　他深望了我一眼，仿佛要把我看穿一般。我似乎听到他轻微的冷哼，这人喜怒不形于色，但我可以轻易感觉他的磁场。

　　这人就是周诺言，他的弟弟是我的姐夫，我一开始不知道怎么称呼他，我姐姐叫他大伯，我听着就想笑，他三十一岁，风流潇洒，用好看这样的字眼来形容丝毫不为过。七年前，他让我叫他名字，我欣然接受。

　　"何碧玺，你是一个人回来的？"阳光下，他微微眯起眼睛打量我。

　　"不，"我忽然起了恶作剧的心，"还有我朋友，她随我一起回来。"

　　周诺言冰山似的脸终于有了变化，眉宇间笼上一层阴霾，"你们住哪儿？他？"

　　我奇怪地看他，说："当然是住我的房子，这还用说！"

　　"何碧玺！你居然让他住进我送你的房子！"

　　我淡淡一哂，提醒他："那房子听说是我姐姐应得的聘礼。"

　　"没有我，你以为周守信拿得出房子？"周守信是他弟弟，也就是我姐夫，可我从来没见过他给过他弟弟好脸色，每次都是这样连名带姓地叫。

　　我不甘示弱，提声说："你是他哥哥，长兄如父，替他筹备聘礼天经地义。"

　　"天经地义？"他怒极而笑，"那我养了你七年，供你好吃好穿也是天经地义?"

我的脸马上涨红,像被人用力抢了一巴掌。咬唇调整呼吸,才有力气说:"这是我欠你的,我一定会还。"

他神色鄙夷,对我的说辞不屑一顾。隔了片刻,又问:"他是个什么样的人?大学同学?"

我从他话里嗅出点不寻常,终于有机会扳回一点脸面,假装小心翼翼地问:"很不错,你要不要见见她?"

他狠狠瞪了我一眼,冷声说,"当然要见!别忘了我是你的监护人。"

我不由得露出冷笑,"你不如说是债权人,这词准确多了。"

"抱歉,我不是中文系出身。"他的脸色已经坏到极点,转身就走,撂下一句,"等我电话。"

"好。"我温暾暾地应他,望着他挺得僵直的背影,心中刮起一阵报复的快意旋风。

我原以为他会要我陪他吃饭喝咖啡,想不到这么快就能脱身。看看天色还早,于是打电话给方文琳,让她等我回去再一起出门吃饭。十五分钟后,我在出租车上接到周诺言的电话。

我苦着脸问他什么事,声音尽量保持平静,不由庆幸我的手机没有高级到可以视频。

"你还记得我们的约定吧?"

"自然记得。"废话!我能忘记吗?我怎么可能忘记!司机从镜子里看到我目露凶光的模样,神情竟畏缩了一下。我不予理会,继续做恶毒状,周诺言说的是我上大学前,跟他白纸黑字签下的协议保证书,内容十分荒唐,但我没有选择的余地。

"很好,但愿你朋友不至于让我太失望。"

"我想不会。"我知道他误会了,但我就是要他误会,要他抓狂。而他也如我所愿中计，不然他不会这么急切地提当年那个约定。

他沉默了一会儿，忽然扯了个不相关的话题，"你今天穿了我送的衣服，还有胸针。"

"是。"我没有半点别扭，本来就是做给他看的，他不拿出来说，我不会觉得失落，他说了，我也不会难为情。

从十六岁开始，我就在有意无意地取悦这个人，虽然我惹毛他的次数远比讨好的时候要多得多，但这两样矛盾的动机都像溶进了我的血液里，让我和他多年来在争吵中得以共处。

随后几天，我跟方文琳天天出门，大多时间是在玩。到了第四天，通知她去面试的电话渐渐多起来，于是我也消停下来，一整天窝在巢里，看书看碟睡大觉，这种对旁人而言十分无聊的消遣，我却过得不亦乐乎。手机二十四小时开机，虽然有固定电话，但是以周诺言的一贯作风，那电话根本就是虚设。我最主要的目的并不是等他，而是等沈苏，我希望他能来个电话，起码问候一句，但是没有，实在失望透顶。

我开始怀疑过往这两年多来的感情，还有沈苏，我是不是真的了解他？抑或，这个人，只是我潜意识里的一个救赎。

救赎！

这是我最近吃喝玩乐的日子里，唯一用大脑思考的问题。不过我只是停留在是或不是的层面上，拒绝去深究，生命尚有不能承受之轻，可我害怕得出的结论会重到不能承受。

每当忍不住又胡思乱想的时候，我就赶紧去影碟机下的抽屉里翻找，那里有一堆碟片，是周诺言买的，好多我都没看过。这男人购物有个好习惯，他看什么顺眼就会毫不犹豫地统统买下，我十分欣赏他这个"好"毛病，因为他的大方豪爽，我受惠良多。

CHAPTER 01
这年头还有劳燕分飞

这天,我睡到中午才起来,去浴室泡了个香熏澡,用浴巾抹干皮肤上的水渍后,随手抽了一套干净的床单裹在身上,跑到客厅窝在大沙发上开始每天第一碟。

是部有趣的片子,叫《爱情呼叫转移》,后来我上网查了一下,发现这是新片,也就是说我不住这的时候,周诺言经常光临我的小屋。

看到一半,方文琳回来。我问她面试的结果,她显然有些倦,但精神亢奋,因为她之前最看好的那家广告公司已经决定录用她。我听说过那公司,规模不大,可是声名在外,近年来全国几次瞩目的策划都出自它的手笔。

方文琳开心死了,搂着我不停地说。她一向自律,我很少见她情绪失控,以前还担心她神经绷紧了要断,总是恬不知耻地拿自己做榜样劝她看开点,但几乎没有成效,她是典型的不撞南墙不回头的人,就拿这次找实习的事来说,有意招她的单位多得数不清,可她全部回绝了,一门心思就想着她看上的那家。现在,她终于如愿以偿,我真替她高兴。随后她问我什么时候去单位报到,我说过完年,她点头刚说了声我也是,我的手机铃声就开始大作。

我脸色微变,扑到桌面上抓过手机来看,上面显示的是周诺言的号码,这个瘟神,终于想到我了。我叹了口气,还没接听就已经忙不迭哀悼这些日子来的美好时光即将离我远去。

我接了,他的声音一如既往的好听,但是也一如既往的冰冷。我留神再留神,总算从他波澜不惊的声线里听出一点端倪——他似乎心情不坏,真是好兆头。

"碧玺,叫上你朋友,一起吃饭。"看来我的猜测是对的,他只有在不生气的情况下才会叫我碧玺,而不是何碧玺。

"好。"我很干脆地答应他,谎言总是要被揭穿的,要了他几天也够了。我一边听他说话,一边用手势暗示方文琳准备出门吃饭。等他报了个地方,我果断地抢在他前头挂机。

方文琳好奇地问:"谁这么好请我们吃饭?"

"周诺言。"我对上她投来疑惑的目光,顿觉头痛,大学四年,我对这个名字绝口不提,对与他相关的一切更是缄默,如今忽然把他从地下室放到阳光下,我一时不知该如何解释我跟他的关系。犹豫了许久,避重就轻地说:"我姐夫的大哥,一个有钱的外科医生。"

"他为什么要请我吃饭?我不认识他。"

"去了不就认识了,他精神空虚,对跟陌生人见面充满狂热。"

"我对老男人不感兴趣。"

"哈!"我失笑,"我保证你见到他之后绝不会有这样的想法。"

"真的?"方文琳有了点兴致,但仍持怀疑态度,她是个严谨的人,除非亲眼所见,不然她顶多给我百分之五十的信任度。

"比真金还真。"我跑去换衣服,把她就周诺言展开的一连串问题抛在脑后。反正她见到他就会知道了,我除了承认他一表人才外,再不愿费心美言,碍于他抚养了我七年的分上,我不想在外人面前抨击他。

地点是一家高级西餐厅。

周诺言见到方文琳,没有我预想中的失神和遭受戏弄的愤怒,反而带着淡淡的愉悦。他面容和蔼,微笑着与她握手,点菜布菜照顾得无微不至。

我从方文琳的眼中看出惊喜,那样成熟沉静的人居然也有受宠若惊不知所措的时候。掉头冷冷地打量周诺言,今天他穿了一套宝蓝色休闲西服,面料、质地、剪裁、做工无不精良,里面配一件月白色的衬衫,上面的纽扣形状是金色的镂空圆球。我觉得眼熟,很快就想起前两天在时尚杂志上看到过。我撇了撇嘴,现在的医生真是时髦阔气,一件衬衫足抵我在校两个月的生活费。

也许我的目光过于放肆，周诺言扫了我一眼，目光落在我面前几乎未动的牛排上，"怎么？不合口味？"

"不不，很好。"仓促地低头，端起盛着红酒的高脚杯，一个不小心，红酒溅了点在衣服上，我连忙扯掉餐巾站起来。

"我去洗手间，失陪一下。"

在洗手间磨蹭良久，我慢吞吞地整理衣物，慢吞吞地对着镜子端详自己的面孔，一女人从我身边经过，我嗅到一股烟味，脱口而出，"给我一根烟行吗？"我猜她不会拒绝，果然她点点头，从包里掏出烟盒，抽了一根递给我。

"有火吗？"她一边问一边摸出打火机，为我点燃。

"谢谢。"

她推门出去，我干脆坐到洗脸台上，耷拉着两条长腿，悠哉地吐着烟圈。大学四年，我学会了抽烟，但是我没有烟瘾，抽不抽只看心情。忽然又想起沈苏，他简直是21世纪新好男人的典范，不抽烟不喝酒不打网游不泡吧不跟我以外的女生单独逛街吃饭，他总是这样优质得让我自惭形秽。

如果，当初他知道那份合约的存在，我敢肯定他一定不会开始和我交往，哪怕再喜欢，他也会放弃。方文琳从来都不看好我们这场恋爱，曾跟我说过以下一番话："何碧玺，沈苏那样的男孩子家境优越，自视极高，是被父母姐姐当作无价宝捧在手心上宠出来的，这样的人最好就是找一个百分之一百完美的女生来匹配，可是何碧玺，你是吗？"

我不是，我当时很遗憾地说，我不是。尽管有自知自明，仍如飞蛾扑火，勇者无惧。

这时，洗手间的门被拉开，一戴眼镜的女士走进来，看我的眼神如看不良少女。我赶紧跳下去，顺手把烟头熄灭，丢进旁边的废纸篓里。

她打开水龙头洗手，说："小姑娘，年纪轻轻抽烟可不好。"

我还来不及回答，又有一人进来，是个高高瘦瘦的少女，打扮虽然前卫而成熟，但我敢肯定她的年纪一定没我大。她在我和那位女士之间扫了扫，然后定格在我身上，肆无忌惮地大叫："何碧玺，你舅舅说如果你再不出去，就不用出去了。"

我大窘，故作镇定地走出去，把门狠狠一摔，瞪着站在门口的绅士，凶巴巴地说："从哪个土坑里冒出来的舅舅？我怎么不知道。"

始作俑者冲我淡定微笑，一时间我心生恍惚，仿佛回到不堪回首的无知少女时代。那时……我慌张地摇头，打消回忆的念头，我不可以去想，我是发过重誓不再跟十六岁纠缠不清的。

"怎么舍得出来了？我以为你要在里面躲一辈子。"

"我舅舅在等我，我怎么敢不出来？"我暗暗可惜，这么好看的男人偏生不是哑巴，如果他不会说话，我保不准自己不会再次爱上他。

他居然又笑，瞬间却把脸板下来。我眨了眨眼睛，犹如目睹了一场最快速度的变脸。

"何碧玺，你居然敢耍我！你知不知道后果很严重？"

"你怎么知道的？"我肯定他不是今天见到方文琳才醒悟，他的耐性没有好到那个程度。我原以为可以欣赏他的气急败坏，不巧却看到他面对我最要好的同学彬彬有礼的美好一面，尽管我知道他在伪装，但我仍觉得冤，先入为主是一种可怕的定式思维，从此他在方文琳的心目中就定格成风度翩翩俊朗不凡温文有礼的绅士了，她又怎么能想象周诺言在我面前总是一副恶魔的嘴脸。

"这还不简单？"他轻蔑地瞥了我一眼，"有钱没有办不到的事，这个世上有一种职业叫包打听。"

我顿生悲哀，他的钱就是他最有利的武器，我没有钱，注定要像现在这样被他打击。叹了口气,从他身边经过,低声说:"回去吧,把我朋友一个人晾在那不好。"

他突然出手,用力地握住我的手腕,我只好回头。

"何碧玺,现在,该是你履行我们协议的时候了。"

"随你。"

我摔开他的手,快步走回大厅。这个男人是不可理喻的,七年前是这样,七年后也不会有什么改变,我能做的就是在顺从的前提下,尽可能地保护自己,我还年轻,不想再死一次。

从西餐厅回来,方文琳显然已经被周诺言收服,一个劲儿地说他好话。我头疼欲裂,又不好叫她闭嘴,毕竟不让一个人倾吐是很不道德的,于是动用了全身的力量克制住说他坏话的冲动。

"碧玺,周诺言有女朋友了吗?"她紧张又期待地望着我,我有点无语。

"有。"艰难地吐出一字,我以为会看到她失望的神情,结果却没有。

方文琳点了点头,若有所思地说:"那样优秀的人,没有女朋友就奇怪了。"

我瞠目结舌,不过吃了一顿饭,她就知道他"优秀"的程度了?这一点都不像她的作风,唯一的解释就是有些男人不能碰。

他是毒药。

烈性胜于砒霜。

当晚,我自觉地调好闹钟,把为数不多的几件衣服收拾进皮箱。方文琳的实习有了着落,也准备回家过年。我答应明天送她上车,反正时间充裕。

第二天一早,我跟方文琳拎着大包小包出门,她的行李不多,只是临时买了许多特产要带回去。我们说说笑笑,全然没有留意到那辆奥迪不知何时已经悄无声息地停在楼下。

直到听见身后传来周诺言的声音，我才回过神来，扭头看了看他，面无表情地说："早。"

他跟我说早，却朝方文琳微笑。

方文琳精神振奋，连连问他怎么知道自己今天要走。

周诺言的眼睛里透出一丝尴尬，随即就镇定自若地说："昨天听碧玺说的，方小姐怎么不多留几日？"

"快过年了，家里人天天催着我要早点回去。"顿了一顿，又补充说，"反正过完年我要回来上班。"

"好的，那到时我们再聚了，预祝你春节快乐！"

"谢谢，也祝你过个好年。"

我冷着脸看他们寒暄，忽然觉得自己多余。恨不得一把扯掉周诺言伪善的面具，这个人两次面对方文琳敞开的笑脸比以前对着我两个月露出的好脸还要多，分明是故意做给我看，我无所谓，可是文琳却蒙在鼓里，她还以为他是谦谦君子，温润如玉呢！

"碧玺，你的行李呢？"周诺言笑着望向我，"怎么不一块带下来？"

我一怔，马上愤怒地瞪他。这个人到底想干什么？昨晚都答应他了，他为什么还要这样？

果然，方文琳不明所以地问："碧玺要去哪里？"

周诺言一笑，"去我那儿住。"

方文琳奇怪地看了我一眼，有点困难地把到嘴边的一句为什么咽了下去。我的脸已经微红，心中庆幸她没有追问下去。

但是周诺言却不肯放过我，继续施展着他完美的微笑，对方文琳说："你是碧玺的好友，一定很了解她的脾气，她既贪玩又任性，你说我怎么能放心她一个人住？"语气抵死暧昧，白痴都听得出来。

我不由自主打了个寒战，诡异的是我全身冰冷，面颊却火热一片。

方文琳终究没有忍住,迟疑地问:"周先生,你跟碧玺的关系……"

"她是我女朋友。"周诺言亲昵地将手搭在我的肩上。

方文琳睁大眼睛,像看异形一样看我。

天晓得我当场就想放声大哭,可是嘴巴刚一咧居然笑了出来,在她的注目之下重重地点头,"对,他是我的……男朋友。"

方文琳被我吓跑了。

这真是一点都不夸张。她上车前,连看都不看我一眼,只是飞快地接过她的东西,然后再飞快地跑到车厢里,仿佛我是场瘟疫。

我傻乎乎地站了片刻,觉得十分无趣,转身大步流星走出车站,钻进后车座,再狠狠地把车门摔上。周诺言坐到驾驶位上,我扭头对着窗外,一声不吭。

"做我女朋友,就那么让你难堪吗?"

我一听这话,简直想跳起来揍他,"难道你以为这是很风光的事?你根本就是存心要我在我朋友面前出丑!我到底哪里得罪你了?你就这么痛恨我?"

周诺言阴沉着脸,过了良久,冷冷地说:"我不觉得刚才的做法是令你出丑,如果你一早告诉你朋友我们的关系,现在就什么事都没有,归根结底是你自作自受。"

我真的跳起来了,扑到他身上,"你这是人话吗?什么叫我自作自受?我怎么一早告诉她你是我男朋友?要我把当年跟你签的那份协议给她看?对不起,你太高估我了,我的脸皮没有你那么厚。"

周诺言气得把我推回去,他现在不用伪装绅士了,眼神开始变得恶毒。

"那份协议怎么了?就那么见不得人吗?你签都签了,现在再来装高贵是不是晚了点?"

我愤懑地趴倒在软位上，不期然掉下几滴眼泪。突然发现，我跟这个男人说话如出一辙，总是一堆反问，却从来不反思。其实他说得对，我现在装什么高贵？我哪有那个资格，我不过是个连选择自己爱人权利都没有的可怜虫罢了。

"以后这就是你的卧房。"

周诺言干脆利落地把我的大皮箱丢进一间房里，然后脱去外套，潜进自己的房间，不再搭理我。很快，我听到他房里传出花洒的水声。他还是没有改掉回家第一件事一定要洗澡的毛病。

我打开壁灯，坐在地上将皮箱里的东西收拾进柜子里。这个房间我一点都不陌生，上大学前我在这里住过一段时间，这里的摆设几乎没变。可是，我又期待会有什么变化呢？绕了七年，我和他的关系回到原点，不同的是七年前我死缠烂打要做他的女朋友，七年后这个男人不择手段逼我做他女朋友。

这个世界多荒谬！

周诺言冲完澡，换上一套浅蓝色的家居服，神清气爽地出现在大厅。看到我像一摊烂泥软在沙发上，不由皱眉，命令我，"去洗澡。"

我闭着眼睛，继续装死。

"何碧玺去洗澡，听见没有？"他提高声音，又沉了下去，"然后我们谈一谈。"

我睁眼，把姿势坐正了些，"谈什么？"

"先去洗澡，我对着你这只脏兮兮的猫没好心情。"

我白了他一眼，冲进浴室。十五分钟后，我裹着浴巾出来，周诺言站在门口，把手里的东西劈头盖脸朝我抛过来。

我眼前一黑，急忙伸手扯下来看，是一套浅蓝色的家居服，跟他身上那款有点像,哦不,是很像,几乎一模一样。

我丢到地上,"我不要,我自己有睡衣。"

他冷眼看我,"你最好穿上,别第一天进门就惹怒我。"

我哭笑不得,第一天进门?这话也太逗了吧。我又累又饿,实在没有力气继续惹怒他,想想好汉不吃眼前亏,于是把衣服拣起来穿上。

大厅的餐桌上,摆放着两碗西红柿牛腩面条,热气腾腾。我一点没客气,直接坐到桌边吃起来。周诺言坐在我对面盯着我,自己却不动筷。"干吗?"我抬头,"你怎么不吃?"

他看了我半天,说:"你用了我的碗筷。"

我讪讪地还回去,把另一份换过来,嘴里嘀咕:"这么执着干什么,不知道的还以为你在这碗里下药了呢!"

"你可以选择不吃。"

"我为什么要选择不吃?"

"你不是怕我下药吗?"

"你下药了吗?"

"你说呢?"

"我怎么知道你到底下没下药?"

"你害怕就不要吃。"

"我为什么不要吃?"

……

最后,周诺言忍无可忍地把筷子往桌面上重重一搁,吼道:"闭嘴,爱吃不吃。"

"干吗不吃!"我早吃了大半,端起碗跑到沙发上,拿遥控器打开电视机。我平时很少看直播节目,随便调到一个叫《同一首歌》的晚会停下来,装出津津有味的姿态在看。

周诺言过来,"啪"的一声把电视关掉。

我抗议,"有没有搞错?你这人怎么这样?没看到我正在看啊?"

周诺言双手插在裤子上的口袋里,居高临下地看我,"我们谈一谈。"

"好,你说。"我只好站起来,努力与他平视。

"当我女朋友,必须遵守三条规定。"

"等一下!"我打断他,这人的自我感觉也太好了点吧,"我们当初的协议,只是说如果我大学毕业后仍没有男友,便要回到你身边。除此,并没有什么三条规定,所以我有权拒绝。"

"驳回,这三条规定是附件。"

"你分明是强权!"

"我是,那又怎样?"

我一时噎住,心中痛骂怎么会有这么厚颜无耻的人!

他见我不说话了,径自说下去:"第一,不准晚归,最迟十一点;第二,不准告诉别人你单身;第三,除了工作时间,对我,你必须随叫随到。"

我骇然地瞪着他,许久才缓过来,"第一,我已经是成年人,有享受夜生活的自由;第二,你现在虽然是我名义上的男朋友,但公不公开由我决定;第三,我不是你的保姆,不是你的下属,更不是你的奴隶,随叫随到会让我看不起自己。"

他皱眉,但表情并不意外,他不是不了解我,我的回应在他意料之中。不耐烦地叹了口气,坐到沙发上,我注意到他的手按在自己的胃部。

"这三条势在必行,我只是知会你,而不是征询你的意见。"

我不以为然地轻笑,"我也告诉你,办不到。"

他咬牙,一字一顿地警告我:"你最好办到,不然我会用我的方式帮你办到。"

我跑回自己的房间,一脚把门踢上。

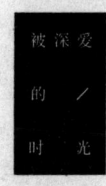

Chapter - 02

新 年 里

的

一 地 鸡 毛

过两天就是农历春节，到处是熙熙攘攘的人群。

我不用忙筹备年货的事，每天窝在周诺言的家里看看碟，上上网，听听音乐，有时也上超市逛逛，我不是没良心的人，偶尔会想到买点什么东西回去，但是只要一看到收银台前排的长龙，立时便打消购物计划。

周诺言这阵子似乎很忙，天天都加班到很晚才回来。他工作的那家私人医院，是以前一位瑞士富商出重金投资的，医疗设备好，收费自然高，因此面向的就不可能是普通老百姓。我小时候天真地以为医生就是救死扶伤的天使，遇到周诺言后觉得医生是最赚钱的恶魔。

其实，我只认识他这么一个医生，但他严重地误导了我的世界观，可见这人的破坏力有多强！

悠哉地逛到生活用品区，包里的手机很准时地响了，我慢吞吞接起来。

"在哪儿？"

"超市。"

"洗发水没了，买回来。"

"哦。"

这是每天中午的惯例询问，第一句一定是"在哪儿？"我通常会实话实说，烦起来顶多就答非所问，再也不敢像上次那样，其实也不过是一个礼拜前的事——那天我正坐在星巴克咖啡馆临窗的座位上欣赏雨景，听到他凶巴巴的声音觉得大煞风景，于是胡诌了郊外一个废弃已久的公园地址给他，他问我在那儿干吗，我回答摄影。我想这样漏洞百出的谎言，他不会相信，可是至少他会接收到我极度不满的讯号。但好笑的是，他居然信了，当天请了一下午的假，花了两个半小时驾车过去找我。

返程途中不巧又遇上特大暴雨，等他到家已经是第二天早上快八点。我还在睡觉，这男人气急败坏地把门撞开，扑到床上两手箍住我的脖子，差点把我掐死。

CHAPTER 02
新年里的一地鸡毛

现在回想都有点后怕，别看周诺言平时从容冷静，一副泰山崩于前也镇定自若的样子，他一旦发起疯来那可是能把人活活吓死的。难道这就是不在沉默中变态，就在沉默中爆发？

我自知理亏，虽然是我捉弄了他，但这实在是对他智慧过于高估的结果，但凡一个脑子稍微正常点的人，怎会相信我在暴风雨夜跑去荒山野岭，就为了拍几张风景照？

就好像愚人节跟你开玩笑，再过分的玩笑都无伤大雅，因为你一定知道那是个玩笑。而我不过撒了个以为他一定不会相信的谎，结果几乎送掉一条小命。

我站在摆放各种洗发水的专柜前愤愤然，一个导购小姐凑过来，喋喋不休地推销某某牌产品，那是一款闻所未闻的洗发水，我才不要听，随手抓了一瓶以前用过的丢进购物车，赶紧离开。

回家，自己掏钥匙开了门。

刚走到玄关口，周诺言的声音就飘过来，"打你手机怎么不接？"

我从包里抓出手机来看，无辜地说："刚才在车上，没听见。"

周诺言不再追究，我换上棉拖走进去，把那瓶洗发水放在桌子上。周诺言正低头看报，用眼角瞄了一眼，挑剔地说："不是我常用的牌子。"

我皱眉，"你又没说要哪个牌子。"

"你的眼睛用来做什么的？别忘了你现在的身份。"

"哈！我记得我的身份并不是你的女仆。"

我摆出阵势预备跟他大吵一架，如果他还有什么狗屁不通的话丢过来，我就不再跟他客气。可是，他低头咳嗽了几声，我的气焰顿时低了下去。自从那天他外出寻我归来后就染上了风寒，先是发烧，引发了气管方面的毛病。

"你怎么样？感冒还没好？"我其实是明知故问，他这几天的身体状态很不好，偏偏医院的工作又多，不能请假。

"你不就想看我倒霉吗？如你所愿。"他刚缓过来，说话有气无力。

我懒得跟他辩，这个男人的不可理喻我是十分清楚的。看在他是病人的分上，我忍了。

把洗发水拿进浴室，顺便看了看他所谓的常用的牌子，不由地翻了个白眼。这个空瓶子上写满了密密麻麻的法文，我仔仔细细反复打量了三遍，没有找到任何中文的痕迹，这种东西不可能在中国的任何一家商场直接销售，何况超市。

于是，抓着瓶子冲出去对那个男人说："很抱歉，我有眼睛，但我是个法盲，又很穷，既看不懂法文，更不认识这种高级货。"

这下轮到周诺言理亏，无声地盯着我，隔了片刻，突然意识到一件事，"你很穷？何碧玺，我每个月给你的零花差不多是一个中层白领拿的薪水，可是你看起来似乎真的很拮据，我的钱都到哪去了？"

我悔得肠子都青了，真想咬断自己的舌头，我怎么会愚蠢到跟他扯这个话题？仓皇地摇头，在他反应过来前，一溜烟跑回自己的卧室，再用迅雷不及掩耳的速度把门关上，反锁。

我好些年没有正儿八经地过春节，爸妈过世，姐姐远嫁，从此我对许多节日丧失兴致。

但是今年有点特殊，不单因为周诺言。

除夕前三天，何琥珀打了个越洋电话给我，说她要回中国过年。

"碧玺，你想要什么礼物，我给你带。"她在电话里软软地问我，把我吓了好大一跳，印象中的何琥珀怎么会用这种口气跟我说话？

"想不出来，你真的决定回来？周……姐夫也跟你一起吗？"

"他当然一起了,碧玺,你现在跟大伯住一块?"

真是哪壶不开提哪壶,我含糊地"嗯"了一声,预备糊弄过去,何琥珀却敏感地捕捉到我的窘迫,追问我:"你们在拍拖?"

"没有!"我赶紧澄清,"不是你想的那回事,我跟他,跟他……他是我的监护人,托你的福。"

何琥珀苦笑了一下,说:"碧玺,你在怪我?当年我也是自身难保,我跟守信出国的事都是大伯一手包办,难道你要我跟他说还要带上你?我怎么说得出口?"

"你想多了,我不是这个意思。"

"把你托付给他监护,我至今不觉得有哪里不对,你上的是名牌大学,学的是最费钱的专业,如果当年不是我求他照顾你,我真不敢想象你现在会是什么光景,可能连大学都上不起。"

我没有办法反驳,她说的是事实。我低下头,目光在自己裸露的皮肤上游移,开始想象没有周诺言的何碧玺二十三岁会是什么模样,真的,没有周诺言,最起码何碧玺今天不可能有机会坐在明亮温暖的大房子里,悠哉地看碟上网听音乐。没有周诺言,何碧玺更可能是一个肮脏邋遢的流浪女子,沿途卖艺混混日子。

也许是我沉默了太久,何琥珀在线的那头开始抱怨,"你总是这样,不高兴就不说话,碧玺,周诺言不是什么大善人,你以为他是什么人都收留的吗?"

我不知道怎么在这个话题上与她继续,只好说:"你几号回来?回来再说吧。"

"大年初二,我们要先飞墨尔本,陪我婆婆住两天,她中国观念重。"

"知道了。"

"那春节见。"

挂掉电话，我坐在地板上发呆，屋里开着暖气，但我还是觉得冷，只好跑去把暖气调到最大。

何琥珀要回来了，算算我有七年没见过她了，自从她跟周守信双飞出国后，就不曾回来，我以为她会像只小鸟一样飞走就不再飞回来。七年里跟她断断续续通过三次电话，两封 E - mail，除此，再无任何联系。

现在，她居然说要回来了。

周诺言一踏进门，眉头简直要拎到一块去，二话不说先把暖气关小，然后冲我吼："你怎么回事？想在这里洗桑拿浴？"

我假装没听见，回头面无表情地说："何琥珀跟你弟弟春节会回来。"

他愣了一下，反问我："回来干什么？"

"我怎么知道？"我的嘴角勾起一抹嘲意，"我以为她会跟你说呢，她不是什么事都向你汇报吗？"

"你什么意思？"他不悦地望着我，"你在暗示什么？"

"没有，你多虑了。"

"你明明有，何碧玺，我不喜欢你这样，你对我有什么不满可以直接说出来。"

"你不喜欢？"我冷笑，站起来，"我从来不敢奢望你会喜欢，我只能对你因我而起的不喜欢说声抱歉，但我无能为力。我对你的不满铺天盖地，根本不知从何说起。"

他阴沉着脸，点了点头，把手里的钥匙重重往酸枝木的桌面上一扔，坐到沙发上，"很好，我们今天就一桩一桩地说，有多少不满，统统说出来，反正有的是时间，今天说不完，明天还可以继续。"

我瞪他，一屁股坐在他对面，说就说，难道我还怕他不成！

"我问你，你当初为什么答应何琥珀跟你弟弟的婚事？你明知道她喜欢的人是你!"

"因为周守信喜欢何琥珀,"他表情自若,没有半点不自然,"何琥珀也愿意嫁给他,两相情愿,我成人之美有什么问题?"

"这不是我们讨论的重点!你根本是在避重就轻。"我气得大叫,"你弟弟喜欢她,可你知道她喜欢你,以你的为人,你会答应他们的婚事才怪!"

他与我对视良久,忽而一笑,"我的为人?好像你很了解我似的。"

我不理会他缓和下来的神情,兀自说下去,"你起初不答应,直到后来何琥珀答应你的条件,把我卖给你,所以你才同意了他们的婚事,我说得对不对?"

他脸色微微一变,说:"你认为我们之间是买卖关系?"

"难道不是?"

他直直地盯着我,像要把我生吞活剥了似的,然后用他修长的手指指向客厅的大门,恶狠狠地说:"何碧玺,你给我滚出去!"

我一怔,随即听懂了他的话,毫不犹豫地起身,打开门冲出去。做一个人的挂名情人就是这么可悲的事,当他叫你滚蛋的时候,你实在没有理由继续赖下去,除非你脸皮够厚。我在周诺言面前早已没有尊严可言,但还是想向他证明自己保留了点骨气。

游荡到深夜,狼狈得像条狗,不但冷,而且饿。

其实摔门出来后已经后悔了,不是后悔听他的话自己滚,而是后悔一时贪帅,居然忘了考虑身无分文这个残酷的问题。

我那套地中海公寓的钥匙、我的大挎包、我的皮夹子全都扔在那个男人的大房子里,这些都不重要,最最要命的是我连手机都没带出来,真真是叫天天不应,叫地地不灵,郁闷得想一头撞死。

徒步走了好几个小时的路,因为是郊区,不繁华,我像个游魂飘荡在越来越沉寂的夜幕里，一颗心完全是悬在半空的，虽然又愤怒又悲哀，但是我的脑子还是清醒的，再这样走下去，我的下场就是晕倒在这条还算干净的柏油路上，等待明天哪个好心人晨练发现我，运气糟一点的话，可能会被酒后驾驶的司机轧死，又或者倒霉到底，被传说中的变态色魔装进大大的蓝白塑料胶袋里扛走。不过我想我还不至于那么惨吧，老天没道理恨我，就算我上辈子杀人放火，坏事做尽，好歹这辈子是勤奋向上诚恳待人的。忽然又想，我要是死了，周诺言会不会后悔？会不会为我掉一滴眼泪？我不敢奢望他会因此痛不欲生，那未免过于自恋，我何碧玺何德何能。人还是要有点自知之明的不是吗？

可是，我只要想到他可能会有那么一点点悔意，心中居然就萌生一种豁出去的快感，犹如大仇得报再世为人。

老天真的不是很恨我，它让我在即将体力不支时看到了一幢漂亮的小别墅。

位于公路的一侧，房屋的外围用粗细适宜的栅栏圈出一个小而精致的草坪，这在寸土寸金的城市里，简直是件相当奢侈的事。

我看见里面有灯光透出来，于是上前按门铃，心中祈祷最好是位同情心泛滥的大婶来开门，看在我这么落魄的分上收留我一晚。

门很快开了，一位三十出头的男士出现在我面前，疑惑地望着我，"你找谁？"

我有求于人，忙说："对不起，这么晚打扰了，是这样的，我家就住在这里附近，今天回来晚了，到了家门口才发现钥匙丢了，送我回来的朋友又开车走了，我……"

"你的意思是想在我这借宿？"他毫不客气地打断我的喋喋不休，然后饶有兴趣地用带着好奇和探究的目光打量我。

我迟疑了一下，"……是，请问方便吗？"

那男人笑了笑，大方地说："没问题，美女大驾光临，我的荣幸。"

我本来就有些忐忑，听他这么一说，一股寒气从心底冒了上来，两脚重得跟灌了铅似的，我开始反省刚才摔门而出的行为是否真的有必要，我都已经忍了七年，为什么到了今晚来破功？过完年我就有工作了，有了工作我就可以在一定程度上摆脱周诺言了，这是我从上大学一年级起就眼巴巴盼望的，如果我今晚遭逢不幸，那之前所做的努力不就白费了？

我不敢再想下去，跟前的那个男人已经朝我伸出了手。那张平庸的脸忽然放大，在我看来变得有些狰狞，惊恐地退后几步，大声说："不，我不进去了，我……我想起来了，我带了备份的钥匙。"

也许是我的模样真的很好笑，那男人肆无忌惮地笑出声来，一把握住我的手腕，将我用力拖进屋内，"进来再说，外面风大，这里回你住的地方应该不近吧？"

我不由尖叫起来："你干什么？放开我！放开！"

"怕什么？我又不会吃了你。"他一边笑，一边把我拖到一楼客厅。仓促间，我环视了四周一眼，居然空荡荡的，再无第三者在场。

这下，我更慌了。

摔开他的手，蹿到沙发旁边，我警告他："离我远点！"

那男人除了大笑就没其他反应，"拜托，这是我家。"

"那就让我出去。"

"你这么年轻漂亮，一个人走夜路太危险了。"

我冷哼一声，心想再没有比面对你更危险的了，谁知道你心里打什么主意！我眼疾手快抄起桌上一把水果刀，对着他，"我要出去，别拦我。"

男人吓了一跳，举起双手，说："你别乱来，我对你没恶意。"

有没有我都不想再待下去了，我已经决定在晕倒前回周诺言那跟他道歉忏悔。反正类似这样的低头认错也不是头一回了。当年我收到大学录取通知书时,花了一天的时间思考,然后在那份协议上龙飞凤舞地签了自己的大名,顺理成章接受周诺言给予的学费与生活费。周诺言给我的评价是"一个识时务的人"。

他真是看透我了,在我看透自己之前。我越来越认同这个评价,识时务。

我不把它当贬义词看待,何必呢。

僵持了片刻,那男人苦笑了一下。

"好吧,你想走就走,我不拦你。不过小姐,你要考虑清楚,你家离这里尚远,离市区则更远,无论你往哪个方向走,你都不可能搭上顺风车,就是有,"他停顿了一下,故意摆出一副不怀好意的姿态从下到上打量我,"你也不要坐进去,因为……太危险。"

我咬牙,瞥了茶几一眼。

他立刻会意,问我:"要不要打个电话?不收你钱。"

我被他这句话逗乐,戒备心一下子去了不少,把水果刀放下,但手仍握在刀柄上,对他说:"我不走了,借你沙发睡一觉,如果要租金的话明天付你双倍。"

他挑眉,"明天就有钱了?"

我黯然,点头,"对。"

"好吧,借给你,我不跟美女计较钱。"他转身朝楼梯口走去,这套房子是复合式结构,上面还有一层,"我想我还是不要出现在你的视线范围比较好。"

我把悬着的心放下大半,感激地说:"谢谢,我叫何碧玺。"

他回头冲我一笑,"我叫郭奕。"他长得并不帅,但此刻我觉得他迷人得无以伦比。

蜷缩着身体,窝在松软的沙发上。

座机就放在触手可及的地方。我犹豫着,到底还是伸出手把话筒拿了起来,拨完号,我听到传来悠长的"嘟嘟"声,一颗心就慌得怦怦直跳,赶紧把线掐掉。

泄气地抓起外套蒙在头上,然后一遍又一遍地说服自己:他肯定睡了,都这么晚了,明天再打给他。可是,一想到他现在在睡觉,我就没由来地一阵憋气,把我折腾成这样,他还睡得着,说不定睡得正香。

越想越来气,把衣服扯掉,扑到电话旁正要拿起来,突然听到铃声大作。我愣了一下,心想怎么还有比我不识相的人啊,这都什么时候了!

由着它响了几声,不见楼上的男人有半点动静,基于礼貌,我不想接,这铃声在幽静的夜里显得十分尖锐刺耳,我等了几秒,铃声依然不断,我只好接起来。

"郭奕,你打电话给我?"

我吓得差点把话筒扔掉,居然是周诺言的声音!他不是在睡觉吗?他怎么会知道我在这里?等等!他刚才说什么来着?我握着话筒极力回想他的开场白,他说……郭奕!他认识这屋子的主人!我忍不住翻了个白眼,低低咒骂了一句。

"何碧玺!"周诺言忽然大叫,听得出声音出离愤怒,"你怎么会在那里!"

我手不由地一抖,但听清楚了他的话,他问我怎么会在这里,我勾了勾唇角,把话筒贴在耳朵上,"我怎么不可以在这里?周先生,我要睡了,请你不要选择这种时间打过来,实在扰人清梦。"

周诺言阴沉地说:"五分钟前是谁打骚扰电话给我?"

我怎么把这码事给忘了呢,是我先打给他的,真是自作孽不可活。故作轻松地说:"真不好意思,我想我打错号码了。"

电话那头没有回应，只传来一阵粗重的喘息声。我有些不安，试探地问："你……没事吧？"

"何碧玺，你真是令人失望。"他一字一顿地说。

我怔住，讷讷地说不出话来。听到线那头有一个女人的声音轻飘飘地传过来："包扎好了，回去之后要注意不要沾到水……"说到一半戛然而止，周诺言把手机挂了。

我继续发愣，过了好一会儿才回过神来，慢慢把话筒放回座机上。

蜷在沙发上辗转反侧，没有半点睡意，反而越来越清醒，脑子里一直回荡着周诺言挂机前说的最后一句话，以及那个女声。也不知过了多久，我被一阵急促的铃声惊醒，猛地坐起来就去抓电话，喂了两声意识到这次是门铃在响。

我的心一动，急忙跑去开门，连鞋子都来不及穿。

门外，周诺言一脸沉郁地站在石阶上。

我贪婪地望着他，竟不自觉地舒了口气。

他不拿正眼看我，兀自从我面前走进屋里。我想起之前发生的事，脸也沉了下来，一声不吭地把门关上。

郭奕慢腾腾走下楼，睡眼蒙眬，无奈地说："你们到底怎么回事啊？感情纷争回家闹去！周诺言，你一下子电话，一下子杀上门，你还让不让人活了？现在几点了？你不睡觉我还要睡呢，我睡眠不足会有黑眼圈的，明天上班跟你没完！"

说了一堆，可是周诺言只扫了他一眼，他的气焰马上消了不少，口气也软了下来，说："好好好，你们接着闹，我上楼拿棉被把耳朵堵死。"

看他转身，我叫住他，问："你早就知道我是谁了？"

他笑嘻嘻地看着我，"你是何碧玺，周诺言的'妹妹'嘛，我见过你的照片。"

CHAPTER 02
新年里的一地鸡毛

"那你还要我?"他故意不说认识我,分明是在寻我开心。奇怪的是,我并不生气,反倒觉得这人挺有趣。

周诺言命令我,"把鞋子穿上。"

我依言照做,他一把抓住我的手,将我拽出门,丢上车。我脚步跟不上他,鞋子掉脱在车子外头,他理都不理。

"等一下,我的鞋。"我要开车门出去捡,他动作比我迅速,在我之前将车门落锁。我气极,身体重重靠在座位上,也不想说话了。

这条公路,我走过来用了几个小时,现在回去只花了三十分钟,在我的记忆里,周诺言从没有开过这么快的车,虽然是深夜,但有一整排路灯,道上空无一人。

到了停车场,我坐着不动,他都落了锁,我还动什么动。周诺言泊好车,解开安全带,下来打开我左侧的车门,伸出双臂抱我下车。这中间他没有跟我说过一句话,我看不清他的脸,索性闭上眼睛,由他摆布。

徐徐上升的电梯里,借着昏暗的灯光,我看到自己以一种极度暧昧的姿势窝在周诺言的怀里,但是这个男人却冷酷得像我杀了他全家。明明是他赶我走的,怎么现在反倒变成我对不起他了?讪讪地收回目光,嘴唇不经意蹭到他身上,本来没什么,可偏偏他的外套不知哪去了,只穿着一件长袖衬衫,这种所谓的肌肤之亲,放到古代恐怕我们都要进猪笼了。我意识到自己应该有所表示,起码要扭几下做出挣扎的样子,又或者动动嘴皮子闹闹情绪,让他知道其实我很生气,但是我实在太累了,除了调动不起所谓羞愤的那根神经,还因为我的火气早消了,在看到他煞气十足站在郭奕大门口的时候。

上下眼皮不受控制地想合在一块,我勉强让自己保持住那仅剩的一点点清醒。他抱着我,不知用何种姿势腾出手来开的门,我完全没有印象,只是迷迷糊糊地考虑着一些不着边际的问题,借以抵御排山倒海袭来的睡意。等到他把我丢到沙发上,我才回了一下神。顺手搂住一个抱枕,把下巴搁在上面,用含糊不清的声音嘀咕了一句:"明天再找我算账,先让我睡觉。"等了几秒,没见他有异议,我心一宽,身体软软地歪倒下去,很快就什么都不知道了。

醒来,天已经亮了。

我揉眼,发现居然睡在自己的床上,身上盖着柔软的羽绒被。瞄了一眼摆放在床头柜上的时钟,已经中午十一点!

我抓了抓杂草一般的乱发,掀开被子下床,地上没有拖鞋,我愣了愣,想起昨晚上的事,不由觉得好笑。

屋里只有我一人,周诺言这时候应该在医院,他是个工作狂,对那堆明晃晃的手术器械有着高度的热忱,有时候我很好奇一个对病人没有爱的医生怎么会这样热爱自己的工作,但始终没有想通过,他并不给我这个机会。

工作中的周诺言就好像是个谜,让我备感困惑。

打开冰箱,从纸盒里倒了杯牛奶,再丢几片面包进烤箱,摸出遥控器打开电视机,我对电视节目并没有兴趣,只是习惯独处时有一点声音相伴。正好在播报新闻,一记者采访机场的相关负责人谈今年春节客流量的问题。我马上联想到昨晚争执的源头——何琥珀,再过几天我就能看到她了,这真不是一件值得高兴的事。

随便泡了杯面,我跑到书房去找书看。周诺言的大书柜藏书丰富,涉猎甚广。除了他的专业书我不碰之外,其余的哪怕是字典,我也能捧在手上看个津津有味。这大概是从娘胎里就养成的毛病。当年我妈怀上我之后还一门心思地考研,连坐月子时都是书不离手。我的智商没有比别人高,但对读书却有着一股偏执的热爱,生平第一次所谓的"离家出走"还跟这有关。六岁那年，住我家隔壁大我两岁的那位姐姐上小学了，我每天看她背着书包去学校的背影无比羡慕，于是趁着某天爸妈不注意，也背起那个小小的红色书包，悄悄跟在她后头溜进了她们学校。教室自然是不能进去的，我一个人在空旷的校园里溜达，听着教室里传出来的朗朗书声，已觉十分满足。小孩子通常没什么时间观念，更不会去想这么偷偷跑出来会把大人急坏。后来听我爸妈说，他们是在校园里一棵木兰花树下找到我的，当时我趴在下面的小石桌上睡得正香。

这其实跟离家出走是两个概念，我跟周诺言说过这件儿时趣事，周诺言说我原来打小就是让人不省心的孩子。我有些郁闷，我的本意其实是想告诉他，我是从小就多么热爱读书啊！可结果……真是鸡同鸭讲。

蔡澜的游记翻到最后一页，门外终于传来声响。我抬头瞥了一眼墙上的挂钟，下午四点不到。怪了，这个时间他回来做什么？

我捧着书，一动不动地盯在书页某一点上。我听见周诺言开门的声音，听到他换鞋的声音，听到他一步步走近，但还有另一个陌生的声音，听见她在问周诺言："我穿这双拖鞋可以吗？"

"你随意。"周诺言的回答。

我急匆匆投去目光，是一个年轻的女人，长得十分清秀，气质古典，皮肤白皙，尤其一双眉目犹如白描般动人。

我放下小说，站起来，慢吞吞地说："那是我的拖鞋。"

周诺言奇怪地看了我一眼，没理会。

那女人尴尬地站在原地，左脚已经套进了我的棉拖里。

我从下到上地打量她，然后笑了笑说："你穿吧，我是何碧玺，你好。"

女人一怔，随即忙不迭地说："你好你好，我叫何碧希。碧绿的碧，希望的希。"

这下轮到我目瞪口呆了，周诺言带了一个名字和我谐音的女人回来。

扯了扯嘴角，我说："真巧……"

何碧希却笑得颇有深意，也说："嗯，真巧。"

这话是同我说的，但她的视线却直接忽略我，落在周诺言的身上。他正在脱外套，袖身脱了一半，动作有些迟钝。

"诺言你小心点，需要帮忙吗？"

"不用，谢谢。"

我茫然地听着她和他的对话，脸上有一丝狼狈。这两人在我面前，说着我听得懂的中国话，但我完全陷在云里雾里。小心什么？帮忙什么？他又在不用什么！

这时候，周诺言的手机响了，他看了看号码，皱着眉头去书房接听。

客厅就剩我跟那个何碧希站着。我想了想，说："你是周诺言的同事？"

何碧希摇摇头，"我跟他萍水相逢。"然后她说了和他认识的过程，我听出一头冷汗。事情是这样的，北京时间凌晨一点左右，这位何碧希小姐与男友在从郊外朋友处喝完喜酒，驱车回市区，在路上他们因一点事吵翻，然后她负气下车，她男友扬长而去。她说这段的时候，我简直感同身受，但是她接下来的遭遇与我可是大相径庭，她男友去而复返，揪着她的衣领撒酒疯，还差点把她推下公路边一个斜斜的长坡，正好周诺言路过，及时把她救了下来。

这不过是情侣间的战争，我是见怪不怪，冷汗的重点不在这里。可能何碧希见我表情漠然了点，眨了眨眼跟我说："我男朋友发起疯来就六亲不认，连累诺言受伤，我真是很过意不去。"

就这样，我的汗一下子冒出来了。

"周诺言受伤了？伤在哪？严不严重？"我抓着她的胳膊，一脸焦急。

何碧希微微挣脱开来，说："怎么你不知道啊？他手腕上还缠着绷带呢，你没看见吗？我刚才就是让他小心……"

CHAPTER 02
新 年 里 的 一 地 鸡 毛

我的脑子有些混乱,他手受伤了,是在找到我之前受的伤,那他居然还抱我上楼!我沮丧地坐倒在沙发上,不由自主望向书房。

何碧希安静地看着我,隔了一会儿,问:"你……是他女朋友?"

我默默地点了点头,吸了口气,说:"失陪一下。"起身朝书房的方向走去。

周诺言刚刚挂线,手机还握在手上。看到我推门进去,脸上有些不高兴,说:"我没有教过你进来之前要先敲门吗?"

我没吱声,白色的棉袜踩在厚实的羊绒地毯上发不出一点声响,走到他的书桌前,目不转睛地盯着他缠着白纱布的手腕。周诺言顺着我的视线,把目光停留在自己的伤口上。

"为什么不告诉我?"

"你有眼睛。"

他淡淡地说,听不出任何情绪,但我知道他在生气,从他站在郭奕的门口那一刻起,其实我有很多机会可以发现他手上的伤,但我没有。

"你也有嘴巴,不是吗?"我双手撑在他的桌面上,居高临下与他对视,"为什么你不能直接告诉我你的手受了伤?我跟你生活在同一个屋檐下,可我却要从第三者的口中得知你受了伤,你能想象刚才我在那位何碧希面前有多愚蠢吗?"

他凝视我,慢悠悠地说:"那是你的事。"

我深呼吸,学着他的语气问他:"那么,你没有话要跟我说?"

书房的窗帘没有拉开,屋里光线昏暗。周诺言随手打开台灯,橘黄色的灯光打在他身上,令他的线条柔和许多。似乎犹豫了一下,然后他说:"三件事,何碧希会在这里住几天,周守信回国日期提前一天,我明天开始休假。"

"没了?"

"没了,你可以出去了。"

我转身就走,不做片刻停留。那三件事,没有一件是值得我关心的。这里是他的家,他才是真正的主人,就算他想把这里变成收容所我也无权反对。我又算什么?说好听点是他的情人,说难听点嘛……宠物?我真不知道。

何琥珀的即将到来让我如临大敌,但是何碧希的出现多少冲淡了这个气氛。

据她所说,她是六年前考到这座城市的某所卫校学习,毕业后在本城一家诊所找了份工作,日常主要从事护士和会计的工作。说起来,跟周诺言还是同行,但她似乎更像白衣天使。

"碧希,你不打算回家过年吗?"

"我之前跟家里人说好,今年去他老家那跟他父母过年,谁知道……"她耸了耸肩,做了个无奈的表情,"这么回去,我爸妈肯定会胡思乱想。"

我对她的遭遇深表同情,问:"那你打算怎么办?我的意思是说你可以在这里待到过完年,但你跟你男友之间的战争总要解决。"

何碧希沉默了一会儿,说:"我要跟他分手,很快。"

我点头闭嘴,不发表个人看法。我并不知道他们争执的源头,何碧希不主动说,我也不要问,我是个很尊重别人隐私的人,因为我没有条件讲究这个,所以我越发看重。周诺言也是个注重隐私的人,我很奇怪,他怎么会把仅有一面之缘的何碧希带回家来,并允许她在这里度过新年里的七天长假。

"因为我帮他包扎伤口。"何碧希这样解释。我觉得有点好笑,他为她而受伤,而她身为护士,给他包扎伤口难道不是理所应当的吗?但我不去打击她。

CHAPTER 02
新年里的一地鸡毛

除夕夜,周诺言带我和何碧希出去吃饭,三个毫无血缘关系,甚至谈不上亲密的人聚在一起,吃所谓的团圆饭,这个世界真是奇妙。当晚周诺言的心情不错,脸上一扫几日前的阴霾。我忽然想到,只要有第三者在场他的脾气就不会太坏。

我往周诺言的杯里倒葡萄酒,何碧希阻止我,说:"他手上有伤,不能喝酒。"

我手一顿,嘴里嘀咕:"喝一点没关系吧,今天除夕耶。"

"没关系,倒上。"周诺言看了看对面的何碧希,"你也喝一点,我们除旧迎新。"

何碧希笑了笑,"好。"

我们三人碰杯,互道祝福。我看着周诺言挂在嘴角的那缕笑,顿觉生活美好。原来不知不觉中他的情绪已成为我的晴雨表,我无法对着他的阴沉独自欢愉,无休止的争吵令人厌倦,如非必要或失控,我宁愿保持沉默。

但似乎很难,我经常失控。

凌晨的钟声敲响时,我窝在房里上网,开着MSN,但是上面很冷清,没有一个令我有交谈欲望的朋友在线。麻木地点开一个个网页,再一个个关掉,我很无聊,却不想睡觉。

窗外的天空亮如白昼,一朵朵绚烂的烟花在夜色中不断地绽放盛开。起身离开电脑桌,推门走到小阳台上,手一撑跳上高高的围栏,冷风吹乱我的头发,丝丝寒意钻入我的羊绒围脖里。

我曾经很喜欢看烟火,现在也不是不喜欢,只是一想到放完烟火那瞬间静寂下来的夜幕,我就对它不再有期待,因为抗拒曲终人散的那种感觉。

坐了一会儿,听到敲门声,一下,再一下。

我过去开门,周诺言穿着深蓝色的家居服站在门口,皱眉看着我,"怎么还不睡?在阳台吹风?"他的房间在我隔壁,通过窗口可以看见我这边的阳台。

"睡不着,你不也没睡?"我懒懒地回答。

他想了想,说:"不知道今年的烟花好不好看,据说去年的很糟。"

我听出他的言下之意,不由地笑起来:"要不要一起看?"

何琥珀乘坐的国际航班于中午十二点十分抵达梧城机场。

吃过饭,何碧希很自觉地消失在我们的视线里,周诺言抬腕看了看时间,回房换上一件棉麻材质的厚外套。

我抱着靠枕,端坐在沙发上岿然不动。

周诺言出声提醒我,"差不多时候了,我们该出发。"

"我没打算去。"我说。

"国际航班一般都不太准点,"周诺言像是没听见我说的,"我顺便去郭奕那儿拿一份文件,你可以在车上等我。"

我不得不大声重复一遍,"我没打算去!"

周诺言这才正眼打量我,说:"为什么?"这真是明知故问。

"不为什么,就算你不去接,我相信他们也不会走丢,机场打的过来很方便。"

"对,是很方便。"周诺言不紧不慢关掉电视,"但我们走一趟也合情合理,何碧玺,请维持你的风度,不要让你多年不见的姐姐觉得你没气量。"

这个男人总知道我的软肋在哪。叹口气,把靠枕扔一边,以最快的速度换上最光鲜漂亮的衣服,齐整地出门。

电梯里,周诺言盯着我的脸,忽然说:"你不适合这种唇彩。"

"我喜欢。"我故意这么说,其实他说得对,我确实不适合,常用的那管唇膏不知道被我扔哪去了,一时没找着,于是随手抓了这支唇彩来用,那是当初唐宁宁送的,她总共买了四支,寝室人手一支,我分到了粉红色。用过不止一次，但从来没有人跟我说不适合，而我也是在比较过后才发觉自己真的不适合。可是周诺言却能一眼看出来，我忍不住用眼角的余光偷偷瞥他。

在郭奕那逗留了五六分钟，我没进去，就在外面等。临走前，郭奕还特意追出来，跟我说了一句新年快乐。我笑着回应他，那晚他的风趣幽默给我留下了印象。

因为是大年初一，机场很冷清，除了工作人员外，我几乎没看到多少等待搭机的乘客。航班还没抵达，我找了个不起眼的空位坐下，从包里摸出手机玩俄罗斯方块，这种简单而单调的游戏反而能令人精神集中。周诺言去附近的星巴克买了两杯咖啡回来，递给我一杯。

"谢谢。"我接过来，看也不看就送到嘴边喝了一口，然后扭头看他，"你那杯是什么？"

"黑咖啡。"

"我们换一下好吗？"

他觉得很奇怪，"你不是最喜欢焦糖咖啡吗？"

"嗯，曾经。"我微微垂下眉眼，"现在不喜欢了。"

周诺言沉默地将黑咖啡交到我手上，换走原本属于我的焦糖玛琪朵，慢慢饮下。

"黑咖啡很苦，我以为你不会喜欢。"他的手指轻轻抚摸着杯身，"原来不是。"

"我记得，我跟你说过喜欢焦糖咖啡，在七年前。"我退出游戏，把手机放回包里，"十六岁的花季已离我遥远。"

"你在暗示物是人非？"说完他缓缓一笑，薄唇两头微向上勾起，仿佛带了点嘲意。

何琥珀给了我一个极大的……惊喜，当然惊大于喜。

她推着行李车从通道口快步走来，在看到我的那一刹，居然毫不犹豫地丢开车子，飞奔到我面前搂住我的脖子，那亲昵的模样简直让我手足无措。

"新年快乐！"

"你也新年快乐。"我倒退一步，有些生硬地与她拉开一点距离。眼前的何琥珀明艳照人，记忆中的她是宇宙超级无敌美少女，但言行举止流露出的那一点早熟不免有损她的气质，如今再看她，却是周身散发着一股少妇典雅的韵味，笑起来五官透着少女特有的小淘气。看来，她的婚姻十分幸福，只有被男人如珠如宝呵护宠爱的女人才会有这样的神态。

尽管我精心打扮了一番，但在这样的何琥珀面前仍是深深地自惭形秽。

被我推开，何琥珀并不觉得尴尬，反而饶有兴趣地上上下下打量我。周诺言跟周守信走过来，周守信说："碧玺，你变了好多！"

"是吗？但愿是朝好的一面在变。"我回视他，他跟周诺言并不相像，既没有他哥哥修长挺拔的身姿，也没有他哥哥的丰神俊朗，不过有一点他比周诺言强，那就是气场。周诺言总是无形中令人没由来地紧张，而周守信个性温和随意，虽免不了少了点男子汉的气概，但弱者有弱者的优点和自觉。我想他起码不会对何琥珀颐指气使，更不会对她说"滚出去"。

何琥珀把我的话接过去，说："当然，七年前你还是个黄毛丫头，现在变成大美人了。大伯，我说的对吧？"

周诺言淡淡扫了她一眼，自然而然地说："你妹妹本来就很漂亮。"

"大伯说的是。"何琥珀笑得颇有深意。

"有什么话回去再说，"周诺言拎起行李车上的一个大皮箱，"停车场就在附近，我们走过去。"

我感激地望向他，待与他目光相接后赶紧掉头转开。

CHAPTER 02
新年里的一地鸡毛

介绍何碧希给他们认识的时候,何琥珀像发现新大陆一样惊讶,"你跟我妹妹同名啊,真是太有缘了,你知道吗,碧玺小时候经常抱怨自己的名字不好。"

何碧希笑着看我,"你们姐妹俩长得真像。"

何琥珀亲昵地揽住我的肩,"当然了,我们是亲姐妹!"

我不做声。在外人面前,她对我总是表现出超乎寻常的热情与爱护,可我永远记得她在人后那张瞬间冰冷的脸。小时候不怎么好面子,她不睬我,我还想方设法去讨好她,碰上她心情好还会跟我说说笑笑,心情要是差了干脆冲我吼:"何碧玺,你烦不烦!给我闭嘴。"

我现在可没有把热脸拿去贴人家冷屁股的癖好,但何琥珀好像有。我知道我表情不善,至少何碧希都看出来了,何琥珀却还拉着我的手,跟我一个劲儿地说他们在国外的生活。

我一点兴趣也没有,不过我按捺住所有的蠢蠢欲动,耐心地听着,还把何碧希搭进来,好几次她想起身干别的事去,都被我及时制止。我盼着那些所谓的趣闻早些完结,但我错了,七年的异国生活见闻非常冗长,如果何琥珀愿意,我相信她可以说上三天三夜也不致枯竭。

三个女人就这么坐了一下午,到傍晚,书房的门开了,周诺言和周守信先后走出来,周诺言的神情如往常严肃淡漠,奇怪的是周守信一扫下机时的轻松活跃,脸色变得有些沉郁。

客厅一下子被低气压笼罩。我看了看时间,问周诺言:"晚饭怎么解决?"

"出去吃吧,给他们接风洗尘。"周诺言征询何琥珀,"吃中餐可以吗?"

何琥珀点头,"随意就好,又不是外人。"

"碧希一块儿去吧。"我看出何碧希的迟疑,忙背对着何琥珀冲她使了个眼色。

何碧希会意，答应下来。

一顿饭吃得索然无味，主角们都一副心事重重的模样。但点的菜实在好，不愧是这家高级餐馆的招牌菜，我跟何碧希埋头大吃，不打算充当缓解气氛的调剂品。

中途我离座去洗手间，站在门口拿着手机玩了一会儿游戏。何碧希把头凑过来看了看，"俄罗斯方块？我也喜欢。"

"我们是同道中人。"我笑着抬头看她，"不好意思，今晚。"

"今晚我沾光吃了一顿丰盛的大餐，你不需要内疚。"

"你现在站在这里，我以为你跟我一样不耐烦。"

"不，不是。"她瞥了一眼包厢的方向，"他们在讨论家务事，我不方便在场。不过你似乎应该回去。"

"不必，"我看见她眼中流露出困惑，解释说，"他们的家务事，我也不便在场。"

"可你是诺言的女朋友。"

"只是女朋友。"

她看着我，欲言又止。

"你想说什么？"

"你与诺言真是我见过的最奇怪的一对情侣。"

"奇怪，的确是。"我拿手机给周诺言打电话，告诉他我们打算出去溜达，家宴结束前一刻再通知我。

这里是市中心，大小商场云集，为了打发时间，于是一间间进去逛。何碧希说要送份礼物给我跟周诺言，谢谢我们这段日子收留她。

我急忙纠正她，"是周诺言收留了你，与我无关，我没有决定权。"

"碧玺，介意我问一个很私人的问题吗？"坐在冰室休息的时候，她突然问我。

我摇摇头,示意她尽管问。

"那天晚上你们是不是也吵架了?"

我一怔,随即反应过来,"嗯,他把我赶出了门。"

何碧希无奈地笑了一下,看我的眼神像看一个任性的小孩。我意识到哪里不对劲,她不该这么看我,她一定是误解了什么。

"我们因为何琥珀回国的事起了争执,可能我说的话是不怎么中听,但他一怒之下就把我赶出门,碧希你看,我在那套公寓里是没有自主权的。"

"他赶你出门,然后发了疯似的到处找你。"

"你怎么知道?"

"如果不是那样,他怎会在深更半夜出现,阴差阳错地救了我。"

"也许他跟我吵了架,心情不好,所以开车出去兜兜风。"我自知理亏,低头用力戳着刨冰。

何碧希再一次无奈地笑,我真是受不了一个对很多事都不清楚的人用这样的目光看我,仿佛所有的一切都是我在无理取闹。我忽然想起来,周诺言在她心中的地位必定是超然的,他将她从疯狂的男友手中救下,他带她回自己的家,他允许她叫他的名字而不是按惯例称呼"周先生",他于她就是个英雄,一个迷人的男性英雄。我现在在干什么?企图破坏一位英雄在他女粉丝心目中的形象,那无疑是自取其辱。

沮丧地叹口气,我说:"好吧,都是我的错,害他大半夜为我奔波。"

何碧希握住我的手,说:"碧玺,不要口是心非。我不了解你们之间存在的问题,但我的眼睛告诉我,他真的很在乎你。"

"就在你认识我们的这几天里?你的眼睛告诉你了?"

"不,在遇见诺言的第一天,在那个深夜,我就知道了。"她说的话忽然高深莫测起来,我故作无所谓地耸了耸肩,她冲我顽皮地勾了勾唇角,"不想知道原因吗?碧玺你会后悔的。"

"好吧,那请你告诉我,please。"

何碧希吸了一口橙汁,"那晚,我男友与我在马路边上纠缠不休,他甚至箍住了我的脖子,让我透不过气来。诺言冲上来对着他就是一拳,当时灯光很暗,我们谁都看不清对方,我委顿在地上,连出声的力气都没有。他把我男友打跑之后,将我揽在怀里,焦急地唤我的名字……哦不,是你的名字,我当时心里很纳闷他怎么会知道我叫碧希,直到见了你,我恍然大悟。"

我沉默地低头吃刨冰,过了片刻,"谢谢你告诉我这些,不然我真的会后悔。"

在冰室坐了好久,十点多了周诺言都没有给我打电话,我只好打给他。响了两声,他接起来,说:"碧玺,你们在哪?"

"清凉冰室,中山路肯德基对面。"

"别乱跑,半小时后去接你们。"

"好。"

闲着无聊,我又点了一杯"除夕夜",正打算问何碧希要不要,她的手机响了,看她的神色,大概是那个疯狂的男友打来的,她皱着眉头跑出去接听。我嘬着"除夕夜",琢磨这种果汁调配的方法,似乎不太难。

表上时针指向十一点的时候,周诺言出现在冰室,就他一个人来。我事先帮他叫了一杯"新春祝福","除夕夜"添加了一枚鸡蛋,我猜他不会喜欢。

我没问何琥珀的事,他也不主动说。到了楼下,他打开车门,把钥匙递给何碧希,"你先上去,我跟碧玺谈点事。"

"好的,你们慢聊。"何碧希接过钥匙,冲我们微微一笑,转身朝电梯口走去。

"什么事?何琥珀他们呢?"我嫌车内憋闷,侧身将车窗摇低一些。

CHAPTER 02
新年里的一地鸡毛

"他们住宾馆。"周诺言从烟盒里抽出一根烟来，忽然想到什么，又放回去。我看出他情绪有些烦躁，忙说："没关系，你抽好了。"

他没说什么，但还是把烟盒丢进一旁的小抽屉里。

"你把周守信怎么了？他好像老大不高兴的样子。"

周诺言淡淡地说："他跟我要一大笔钱，我没打算给。"

我皱眉，这个周守信怎么回事，都有老婆的人了还好意思跟大哥开口要钱？点了点头，表示赞同，又问："他们遇上什么麻烦了吗？急需用钱。"

"周守信失业了，美国的 IT 行业越来越不景气，公司大量裁员，他撞枪口上了。"

"哦——"我拖长声音应了一句，对失业之说并不以为然，这年头失业的人海了去了，有什么可稀奇的！没了工作重新找过一份就是了，他不抓紧时间在美国找工作，却大费周章地以探亲为名回国跟他大哥要钱！也许我跟周诺言一样没多少同情心，并不觉得拒绝他的要求有什么不对。但是我想到另一个问题，"那何琥珀呢？她也失业啦？"

周诺言看了我一眼，说："何琥珀没有参加过工作，自她毕业。"

我马上联想到她今天那身范思哲套裙、LV 最新款的皮包和香奈儿香水，自言自语地轻声说："难怪钱不够用了。"

周诺言沉默地望着窗外，过了一会儿，说："过些日子我要去趟墨尔本，你陪我一起去。"

周诺言的母亲在墨尔本，我猜他是去见她，但我没想过他会邀我去，愣了一下，醒悟过来，"去几天？不行，过几天我就要去实习了。"

周诺言显然有些失望，我以为他会说"何碧玺，你不去也得去，我会用我的方式让你答应"，但是没有，他居然默许了。

他这样宽宏大量，我反而有点过意不去，解释说："这实习工作难得，去墨尔本以后有的是机会，要不，早点去，初十前回来？"

周诺言考虑我的建议，说："初七过去吧，待两天，我让人给你办护照，如何？"

"行。"我爽快地答应下来，"需要我准备什么？给你妈妈买一份礼物？"

周诺言唇角勾笑："你去就是最好的礼物。"

这真是我回梧城后听到的最动听的话，脸一红，赶紧偏过头去。

匆匆洗漱后把自己丢上床，心里却还记挂着去墨尔本的事。我不知道周诺言突如其来的这个决定目的何在，他与他母亲的关系并不是很好，一整年也没见他问候几次，何况是飞过去看她。但是，我现在关心的是，他带我去见他母亲，是不是意味着我们的关系从此定下来了？真的……就这样了？心里说不出什么滋味，先前在车厢里涌现的那一点点甜蜜已经褪去，我不喜欢在很多事都不确定的情况下完成一些象征性的举动。于是，我忍不住又去想我到底还愿不愿意去爱这个男人，不是以前，也不是以后，而是现在。意识模糊前，我听到自己的潜意识替我做出了回答——

I dont know.

睡得正香，被一阵铃声吵醒。明亮的光线从窗帘透进来，我闭着眼睛伸手在枕头下摸索出手机，然后按下接听。

"碧玺，是姐姐，还在睡吗？你这只小懒猫。"何琥珀甜得腻死人的声音传来。

我一下子清醒过来，说："哦，有事？"

"嗯，下午有空吗？想跟你聚一聚。"她顿了一顿，不给我足够的时间答复，又追加了一句，"昨天有外人在场，很多话我不方便说，关于周诺言的。"

我心念一动，说："好，你定时间和地点吧。"

"早上十点半,绿洲宾馆对面的上岛咖啡屋,不见不散。"

"不见不散。"

时间还没到,我穿戴整齐,窝在客厅陪何碧希看电视剧。过了约莫半小时,我觉得少了点什么,伸脖子四下探了探。

何碧希瞥了我一眼,好笑地问:"找什么宝贝?"

"去去,"我作势踢了她一脚,"他呢?哪去了?"

"他?谁?"她故意寻我开心。仅一个晚上,我跟何碧希的友情就从泛泛之交上升到无话不谈的地步,人与人的缘分真是妙不可言。

等她笑话够了,说:"大清早的就从外头回来,我都怀疑他几点出的门,现在在书房,有一个多小时了吧。"

我问:"你几点起床的?"

她抬头看了看时钟,"八点不到吧。"

我过去敲门,我知道门没锁,这是他的一贯风格,不过也是,谁在自己家里有随手锁门的习惯?得到他的允许,我推门进去,看见他坐在黑色的大班椅上,闭着眼睛假寐,身体向后倾靠。

我忽然失了语言,怔怔地站在他书桌前。

他缓缓睁开眼睛,幽深的黑眸仿佛瞬间望进我的灵魂里。有两三分钟,我们谁都不说话,就这么一言不发地对视着,我不知道他在想什么,而我则在回忆十六岁的自己。也是这么站着,看着他伏案工作,然后我忽然有了表白的冲动,说:"周诺言,我爱上你了。"周诺言抬起头,神情莫名复杂,唯独没有欢喜。

"我不会爱你。"

这是他当年给的回答,我把这句话,连同他语调里的那份不屑一并深刻在心里。即使后来他逼我签那份协议,也不曾动摇他赋予我的信念——他不会爱我。

"怎么了？碧玺。"周诺言率先打破沉默。

漂浮的思绪沉淀下来，我挑了挑唇角，"想问你过会儿出不出去？何琥珀约我喝咖啡，不介意的话让我搭顺风车。"

他皱了下眉，可能意识到我言语中的古怪，当蛮横与对峙变成常态，客套只会让彼此感觉尴尬。但我不尴尬，回忆麻痹了我的神经。

"到点叫我，我送你过去。"察觉到我仍然不肯离去的目光，又说，"正好我要出去办点事，顺路。"

我心中冷笑，他都没问我在哪喝咖啡，这顺哪门子的路？不想揭穿他，点点头，回到客厅继续看那冗长的电视剧。

出门的时候，我显得有些落落寡欢，不怎么开口。周诺言有所觉察，不但不追问原因，反而比我还安静。一路上，我们除了必要的交谈外，他专心开车，我专心看风景。

但专心是装出来的，我其实心不在焉。

临出门前手机铃声大作，我今天背的是大包，手机掉在包的最低层，等我费了点力气搜出来，铃声已经响过四五遍，只看了一眼来电显示，一颗心立马加速跳了三分钟，又等了一会儿，不见对方打过来，于是我回拨，但是——

您所拨打的用户已关机！

我顿时泄气，沈苏这个浑蛋！他根本就是在耍我！

直到坐上周诺言的车，我满脑子都在想这件事。沈苏！他终于想到给我打电话了，可是随后的关机让我很不爽，这算什么？后悔了？怕我打过去纠缠他，所以赶紧关机？我憋了一肚子气，连车子已经在咖啡馆门口停下都不知道。

"碧玺。"周诺言轻拍我的肩膀，示意我目的地到了。

我赶紧下车,走了几步,回头又说:"我自己打车回去就行了,你忙你的去吧。"

周诺言点了点头,在我的注视下开车走了。

我叹了口气,握在手里的手机又响了,我心中一喜,飞快举起来看,笑容却僵在脸上——是何琥珀。

我边接听边快步往内赶,"嗯,我到门口了,现在就进去。"

何琥珀今天打扮得比昨天还明艳,看来完全没有失业人士的自觉。换作我,只要一想到自己的丈夫还要厚着脸皮跟人开口要钱,我是宁愿躲在家里裹床单也不要出门见人的。

不过,我跟何琥珀的思想从来不曾落在同一点上,所以行为有这样大的差别也不足为奇。

何琥珀殷勤地唤来侍者,自作主张替我点了一杯Cappuccino。

我端起来,喝了一口。不经意地打量她低领胸口上用一根细细的白金链子悬着的宝石,幽幽地泛着蓝光,将她一身雪肤映衬得尤为诱人。

"碧玺,你跟大伯住在一起,习惯吗?"她笑眯眯地看着我,一脸的期待。

我放下杯子,说:"跟你商量个事,你在我面前能不能收起你这张嘴脸,反正又没有外人,还有,不要叫他大伯,听着怪别扭的。"

何琥珀的脸色微微一变,强笑,"你就这么讨厌我?"

"你误会了,"我不紧不慢地说,"你是我姐姐,这辈子都改变不了,我承认我对你没有好感,但也不至于讨厌,你对我想必也是,至少七年前就这样了,这点彼此心知肚明,就不要再装了吧。"

何琥珀盯着我,笑脸慢慢收敛了去,"那好,既然你这么直接,那我也开门见山地说。碧玺,我需要你帮一个忙。"

"帮忙?"我挑眉,表示不解,"何德何能。"

何琥珀轻笑了一下,说:"你不必自谦,这个忙,除了你,没人能帮我。"

我转念一想,"和周诺言有关?"

"没错。"何琥珀从她精致的包里取出一份装订好了的复印本,递给我。

我接过来翻了翻,好像是一个剧本,但只有其中几场,并不全。

"什么意思?"我抬头,指着这莫名其妙的东西。

"听过张致远吗?国内演艺圈里有名的制片人,这是他最近正在筹拍的一部剧。"

"没听过,你想要干什么直说吧。"

"我想出演剧里的一个角色,但据我所知,竞争激烈。"

"所以?"

"不瞒你说,我在美国也尝试过这行,在一些生活剧里客串东方人的角色,但你不知道,中国人想在好莱坞混出名堂有多么难!我曾经跟张致远电话取得过联系,他传了一部分剧本给我,见了我的照片后让我回国试镜。"

我漫不经心地听着,然后说:"不错,预祝你成功。"

何琥珀笑起来,"碧玺,你不会真相信单纯靠一两次的试镜就能入选吧?我要的角色,国内很多已崭露头角的小演员可是打破了脑袋在争。"

"可以想象,"我把剧本丢回去给她,"何琥珀,我最后说一遍,请简单明了地告诉我你的目的,不要让我猜了。或者你自己跟周诺言说。"

"好好好,妹妹你有点耐性好不好?"也不知是有心还是无意,她突然这样自然流畅地叫我妹妹,我居然萌生出一种受宠若惊的感觉来。

"是这样的,我打听到,去年年底张致远的母亲在仁爱医院动过一次大型外科手术,并且手术非常成功,是主治医生动的刀。"

"是诺言。"我一点都不觉得奇怪,在她一开始提医院时就把这事的来龙去脉想明白了。

何琥珀固执地要把自己预备好的台词说完:"张致远对诺言的医术医德评价都极高,对他这个人想来也是十分看重,如果诺言肯在他面前帮我美言几句,我想我的入选率会高出许多。碧玺你觉得怎样?"

我笑了笑,拎起包包站起来,"想法很好,但是你找错了人。"

何琥珀跟着站起来,抓住我的胳膊,"大家姐妹一场,这对你来说只是举手之劳,这样都不肯帮姐姐吗?"

"我不是不帮你,而是真的无能为力。"

"你跟周诺言是什么关系?别以为我不知道!我就不信你说的话在他那起不了作用,除非你在他心里一点地位都没有。"

我怒极反笑,"你这用的是挑拨离间还是激将法?你当了洋鬼子这么多年,还懂得用孙子兵法,何琥珀,我真是要对你刮目相看。"

她口气软下来,带了哀求的口吻说:"碧玺,就算姐姐求你,好不好?这么些年,我从没对任何工作感兴趣过,唯独这一次,我真想试试。守信在美国失业了,他也打算回国发展,想跟周诺言要回一半遗产,昨晚又谈崩了,我们很快就山穷水尽了。你真忍心看我落魄街头啊?"

我一怔,问:"周守信想要回一半遗产?什么意思?"

何琥珀显然不愿在这事上浪费时间,不耐烦地说:"他们兄弟俩的糊涂账呗,我也不太清楚。碧玺,你答不答应?"

"如果你现在告诉我关于遗产的事,那件事还有的商量,否则没门。"

"你!"她被我气得没办法,愤愤然坐倒在软沙发上。

我唇角一勾,款款坐下,"说吧。"

"周守信很小的时候,父母就离婚了,他被判给了他妈,也就是我婆婆。后来,他爸爸过世,留下一笔十分可观的遗产,宣读遗嘱的时候,居然没有人通知守信,而那笔遗产也全数归给了周诺言一人。"

我皱眉,"怎么会这样?"

何琥珀摇头,"我也想不通,不止一次旁敲侧击向我婆婆追问真相,她都闭口不谈。但实际上,守信他有继承权,周诺言这种做法是光明正大地独吞。"

"不,周诺言不是那种人,中间一定有误会。"

"误会?"何琥珀嘲讽一笑,"那你给我列举几个误会的可能性出来?任何可能都不能导致周守信一分钱都得不到,唯一的说法就是周诺言串通律师,篡改遗嘱,霸占了原属于守信的那份遗产。"

"不可能。"我斩钉截铁地下定论,再次站起来。

何琥珀急忙提醒我,"别忘了跟周诺言说那事,要快,过完年他们就要开工了。"

我只顾想遗产的事,没理会她说的。何琥珀不放心,追上来说:"碧玺,我这次成败荣辱就看你的了,别让我失望。"

我像看陌生人一样地看她,不明白自己怎么会有这样的同胞姐姐。她是那么理直气壮,那么理所当然。

"何琥珀?"我想我一定是露出了恶毒的笑,她纯洁如天使的脸上闪过一丝惊恐,但我只当视而不见,有些话还是要说。

"琥珀。"我再一次唤她的名字,去掉我们共有的姓氏。

"什么?"她已经恢复原始状,超级情商不是徒有虚名。

"你凭什么认为我会帮你?我该帮你吗?你忘了你当年是怎么见利忘义出卖我的?如果你忘了,我可没忘!你又凭什么认为周诺言会听我的话?你刚才说什么?除非我在他心里一点地位都没有是吧?我今天就不妨告诉你,没错,我和他的关系充其量就是熟悉的陌生人。"

"熟悉的陌生人?"她狐疑地盯着我,脸上却似笑非笑透着古怪,"就是说你对他一点感情都没有?"

CHAPTER 02
新年里的一地鸡毛

"没错!"

身后传来一声脆响,一个侍者手上的托盘被打翻在地。在场的客人被这小意外惊动,纷纷扭头望去。我也不由向后扫了一眼,立时呆若木鸡。

是……周诺言。

何琥珀得意地凑近我,眉目含笑,刻意压低了嗓子说:"这可是你自己说出来的,如果你对他真的一点感情都没有,我想你也不会在意他听到,对吧?"

我回头狠狠瞪她,"他在我后面站了多久?"

何琥珀微笑,"不久,刚刚好听到'熟悉的陌生人'。"

周诺言接过侍者递来的毛巾,随便擦拭了一下,便大步走出咖啡馆。我没心情跟何琥珀逗口舌之快,追着他的脚步跟出去。可他越走越快,我几乎要小跑才能与他保持在十米内的范围里。

"诺言,周诺言,你等等,听我解释。"我顾不得旁人诧异的目光叫起来。其实要怎么解释,我还真不知道。

走下台阶,迎面撞上来一个男人,浑身散发出一股难闻的酒气,我掩鼻侧身躲开,视线仍追着周诺言的身影。那醉汉却一把抓住我的手,边打嗝边说:"走,我们开房……去。"

"滚开!"我用力摔开他的手,他被我推得倒退了几步,随即又扑过来。我看到他被酒气熏得通红的双眼,心里打起了突,却把手上的力气收起来,高声地叫起来:"周诺言,周诺言,救命!"

我意识到自己在干"狼来了"的蠢事,但我安慰自己:没关系,事不过三,这才第一次。那该死的酒鬼见我乖乖就范,两只手越发放肆,甚至想伸进我的领口里,我心中叫苦不迭,幸好周诺言的拳头及时挥了过来。酒鬼一下子蒙了,本来就发昏的脑子更加晕头转向,一下子软倒在大理石阶上。

我望着他鲜血长流的鼻子有些担心,心想该不会打出毛病来吧。正想俯下身去看,手被周诺言用力拖走。

"等等,看看他伤得怎么样?别打傻了。"

"不劳你操心,我自有分寸。"他头也不回,不咸不淡地丢下一句。

我忽然想起眼前这个人的职业,想起何琥珀的嘱托,暗暗叹了口气。那个所谓的姐姐口口声声将她的满腔热情和理想都交到我手里,可她还敢这么耍我,可见她有多恨我。

周诺言一直板着脸,不太搭理我。吃晚饭的时候,何碧希趁他去厨房,悄声问我:"又吵架了?大过年也真是……"

我夹了一只鸡腿放进她碗里,"别理他,过会儿就好。"

何碧希仍是忧心忡忡地看着我,"碧玺,不是我说你,像诺言那么好的男人,遇到了就要牢牢抓住,你们这样三天两头闹别扭,别把感情给折腾没了。"

我正要说话,周诺言出来,手里端着一个白瓷杯,走进书房。我抬头看了他一眼,发现他脸色比下午还糟。

何碧希捅了我一下,小声说:"他还没吃饭呢,你去请?"

"他在气头上呢,我去正好成箭靶。"

她无奈地摇摇头,吃了几口饭,又说:"对了,我打算后天回家。"

我奇怪地看着她,"你不是怕家里人知道吗?怎么现在又要回去了?"

她叹了口气,说:"我想过了,我跟他断了之后,家里迟早会知道,与其将来七弯八拐地传到他们耳朵里,不如我现在就坦白。"

"也是,家里人总是会向着你的,不用担心。"

"还有,我回去就不过来了。"她冲我笑了笑,"今天,我给老板打了个电话,跟他正式提出辞职,他同意了。"

"你要在家那边找工作?"

"嗯,我也不小了,在外头混了这么些年也累了,不如回父母身边尽孝。"

听她这么说,我心里也颇觉惆怅。吃过饭,无所事事地坐在客厅里消磨时光。何碧希拿出礼物送我,是一条很漂亮的毛衣链。然后又递给我一个小小的长方形的盒子,说:"诺言的那份,帮我转交给他。"

我不干,说:"你还没走呢,自己给。"

"你!"她瞪我的眼神简直恨铁不成钢,"我这礼物难道他还稀罕?是不是我亲手给他的有什么关系?不过一份心意,临走前就让我当一次和事佬吧。"

我接过来,不忘问一句:"里面是什么?"

"让诺言打开给你看。"她故意卖关子,笑着把我推到房门口,还顺便敲了两下门。

"进来。"隔了片刻,周诺言的声音才传出来。

我推门进去,径直走到他跟前,把盒子放在他书桌上,"碧希送你的礼物,她过两天就回家去了。"

电脑开着,他对着显示器说:"知道了,替我谢谢她的礼物。"

我皱眉,瞥见他水杯旁放着的一个小药瓶,"你有胃病?"

他不置一词,面无表情地说:"没别的事就出去吧。"

我注意到他的手一直捂着胃,又问:"你晚上都没吃饭怎么可以吃药?"

"我没吃药,你出去吧。"他显得有些倦。

我不依不饶地说:"那你胃痛,不吃药怎么行?"

"我没胃痛,你出去好不好?"这人就是死鸭子硬嘴巴,他若真没病没痛,又怎会用这种语气跟我说话,烦起来恐怕早就冲我大吼了。

我不理他,就是站着不走。他实在没精力管我,也不再跟我说话,眼睛还是盯着显示器的某一点,眉头却微微地皱了起来。

我有些不忍,跑出去给他重新倒了杯热水进来,"别死撑了,去床上躺一会儿吧。"

他终于回头看我,眼底带着来不及掩饰的隐痛。

我与他对视良久,到底还是败下阵来,轻声说:"下午,我是故意说给何琥珀听的,其实……不是本意。"

Chapter - 03

到 底

是

谁 爱 着 谁

那次星巴克之约，让我损失惨重。着了何琥珀的道不说，还在周诺言跟前大丢面子，这还不够，第二天早上找手机看时间时，才突然意识到我的包不见了。

回星巴克去找，侍者说与我同行的那位小姐带走了。打电话给何琥珀，她回答得够干脆，说没瞧见。我气得摔座机，搞不懂这人的心态，明明有求于我，还这么拽。

何碧希走了之后，我感觉整个屋子安静了许多，好像回到春节前。但每次与周诺言的目光不经意碰上，我心里清楚跟他之间，有什么地方不一样了。

我的堡垒在一块块崩塌，防线正一寸寸断裂。

我始终没跟周诺言提何琥珀的事，除了确实不想帮她这个忙，还因为不想再欠他一个人情。我欠他的已经够多，这辈子都不知道能不能还清，我为什么要为了一个压根不喜欢的人去求他。抱着这个心思，直到何琥珀再次找上门。

"碧玺，开门见山地说吧，你到底要怎样才肯帮我？"

我正准备带去墨尔本的东西，漫不经心地说："托你的福，周诺言也把我当熟悉的陌生人了，我就是说了也白说。"

"你不试试怎么知道？"何琥珀急了，腾地在我身边坐下，沙发重重往下陷，"我那天不拦着你，就是想看看他的反应，如果他不在乎你，他生什么气啊，是不是？"

我回头看她，嘴角噙着一缕笑，"你说得很对，何琥珀，我不明白，你不是一向跟周诺言走得很近吗？我记得你还追求过他，照说这种说几句好话的小事，你自己跟他说不就行了，你明知我不想帮你，为什么还偏要来碰我的砖头？"

何琥珀的眼神明显闪烁了一下，说："那些都是陈年旧事了，现在还提出来干什么！我充其量不过是他不怎么合得来的弟弟老婆，你可是他名正言顺的女朋友！"

我忍不住笑起来，"这样吧，我给你一次机会，只要你的回答让我满意，你的事包在我身上。"

何琥珀两只眼睛顿时一亮，迫不及待地催我："你说！"

我见她一口应承下来，心中冷笑，把手里的东西搁放一边，"当年，你是怎么把我卖给周诺言的？告诉我你们交易的条件，还有整件事的来龙去脉。"

何琥珀脸色一变，说："你问这个干什么？都过去的事了，再说干吗非要讲得那么难听，什么叫把你卖给他？你跟他在一起吃好穿好住好，哪里值得你记恨到现在？"

"我只想知道真相，"我想我记恨在意的事物永远也无法跟何琥珀产生共鸣，干脆放弃解释，"你可以不说，我迟早会从周诺言那里得到答案，但你别再指望我会帮你做任何事。"

她沉默不语，似乎在衡量利弊。我不着急，拉开旅行包的拉链，继续整理。周诺言早上就出门了，中午前打电话回来，说有应酬，晚上也不必等他吃饭。我有点纳闷，他居然也会有应酬，真是奇闻一件。

"好，我告诉你，但有个条件。"

我轻笑，"你有求于我，我为什么还要接受你的条件？"

"你听我说完，这个条件你非答应不可，否则我不能告诉你。"

"你说。"我冷眼看她。

"当年我答应周诺言，绝不跟你说这事，现在我违背承诺，你知道后放心里就好，不要妄想找他证实什么，维持现状对谁都好。"

我想了想，说："这点你放心，就算我跟他翻脸，也不会牵扯你，我向你保证。"

何琥珀重重叹了口气，脸上渐渐流露出回忆的神色，"爸妈出车祸那天，我匆匆赶去医院，遇到了当年还是住院医生的周诺言，当时我哭得一塌糊涂，他特意过来安慰我，还问了我家里的一些情况。爸妈说走就走了，我除了难过，不能不考虑接下来的日子要怎么过。我感觉周诺言对我有意接近，以为他喜欢我，所以……"

"所以你就投怀送抱了？"

何琥珀点点头，"我本来对他就有好感，当时我在学校又不是没男朋友，男欢女爱的事有什么见不得人？我见他迟迟不表白，就主动出击。"

我挑了挑眉，没有说话。

她自嘲一笑，说："碧玺，你不知道，周诺言拒绝人的方式直接得叫人无地自容，想我也不是随随便便的人，可他一句话扔下来，我真是颜面尽失。"

我微微打了个寒战，心里说怎会不知道，当年我岂止颜面尽失，嘴上若无其事地问："然后呢？你被他拒绝，怎么又跟周守信搭上了？"

"周守信其实很早就认识，他从我上高中就开始追求我，后来我知道他是周诺言的弟弟，对他便不如最初那般排斥。被周诺言拒绝，我一口气顺不下，于是正式和他交往。"

"据我所知，周诺言一开始是反对你们在一起的。"

"他反对也没用，周守信当年就爱我入骨，遭他哥哥阻拦，干脆用割脉自杀来抗议，哈哈，这事我也是跟他结婚后从我婆婆那儿得知的。"

我听她说得轻松，不由替周守信惋惜。如果他仅仅是为了让自己哥哥妥协才使的苦肉计，那我不同情他，但如果，他真的可以为爱牺牲到这份上，那我可怜他。

"所以，周诺言同意了？"

"当然不，"何琥珀白了我一眼，"你跟他相处这么久，什么时候见过他把周守信放在心上,他……"

"对不起,"我打断她的话,"你这话我不能苟同,也许周诺言为人冷漠、自私、不可一世,但他对周守信绝不是你说的那样。"

"碧玺,"何琥珀笑得像花儿一样灿烂,"你是在为他辩解吗?你就是喜欢上他了,别口是心非,我看这个不会错。"

"是,你目光如炬,"我懒得跟她在无谓的话题上多绕圈子,"请继续说下去。"

她脸上摆出一副了然的模样,忽然变得言简意赅起来,"不久他找上我,问了一些你的事,然后就提出要抚养你。"

我皱眉,"为什么?我记得当时我就见过他几面。"

"几面已经够了,他对你一见钟情。"何琥珀摊手,"这是我的理解,你不知道我听完后有多恨他,我明明比你漂亮讨巧,可他偏偏看上你。"

我目不转睛地盯着她,"怎么我觉得你最重要的话还没说,别卖关子了。"

她面露愉悦,连跷起二郎腿的动作都显得优雅高贵。我的心被一股阴霾慢慢笼罩,不太好的预感在脑中挥之不去。

"我费尽心思追问原因,他终于说了实话。"

"什么?"我的脸瞬间白了下去。何琥珀抓住我的心理,故作为难地要说不说,可她却没有意识到自己的嘴角不由自主地向上勾起来。

她凑近我的身畔,每次她要奚落我,总会摆出这样的姿态,"原因只有一个。"

我不由向后缩了缩,竟涌出一股想要制止她说下去的冲动。到底没这么做,并非理智战胜情感,而是何琥珀已经收不住嘴。

"因为,你长得很像他的初恋情人。"

我的眼睛蓦地瞪大,何琥珀骤然发出一阵尖锐的笑,激得我头皮发麻。

"碧玺,你要想开点,其实我真的羡慕你——这张脸,"她拉长了声音,绽放着恶毒的笑脸,"长得再漂亮有什么用,人家看上的不过是一张故人的脸皮而已。"

我脸色泛青,喃喃自语,"真的像吗?"

"有几分相似吧,以前无意中在他的皮夹子上看到过照片。"如果她用嚣张放肆的目光打量我,我想我不会这样在意,但是何琥珀的眼中却带着怜悯,哪怕只有一丝,也足以令我抓狂。

这是又一个清楚如何打击我的人,她用我最无法接受的方式嘲笑我不过是一个替身。

一个完全没有自觉的替身。

何琥珀走了之后,我在沙发上坐了良久,直到完全置身在一片黑暗中才起身把灯打开。

茫茫然走到周诺言的书房门口,待回过神来已经坐在他的大班椅上。拉开他书桌右侧第二个抽屉,周诺言现在用的皮夹子是我前几天送的,当时我亲眼看他把银行卡跟钞票放进去,旧的那个皮夹则被他丢进了这里。

我将手慢慢伸向它,在碰触的一刹那,不再犹豫。我不过是要一个真相,如果这个皮夹子里空无一物,那我就努力忘掉何琥珀说过的话,当什么事都没发生过。可是,如果这里面真的躺着一张和我容貌相似的女人照片,那我该怎么办?

看到蒋恩婕的学生照时,我一颗心从悬在半空到垂直下落,跌入谷底。

她叫蒋恩婕,方寸大小的照片后面,有周诺言的黑色钢笔字,甚至注明了摄于某年某月某日。我从那寥寥几字上,依稀看到收藏者的用心良苦。

小心翼翼地放在桌面上,我旋开台灯,让光线更明亮些。我仔细端详再端详,也找不出与她所谓的相似之处,也许是我潜在的自卑心作祟,但更可能是我不愿面对现实。

伏在桌案上，极力回想与周诺言的第一次见面，但很可惜，我的间歇失忆症不允许我对那么久远的过去留有记忆。我唯一有印象的就是当何琥珀让我跟他走时的错愕与困惑。

不知过了多久，周诺言回来，见客厅的灯亮着还唤了两声我的名字，我没有回应，只是沉默地坐着，等他进来。

其实很想当作什么都不知道，但实在做不到。

"你在干什么？"周诺言脱去外套，在门口停下脚步，"很晚了，还不去睡吗？"

"在等你。"我缓缓抬头，望向他。

"有事？"他投来询问的目光，快步走进来，在瞥见那张相片后脸色变得沉郁复杂。

"你翻我的东西？"他居然先发制人。

我无畏地面对他阴沉不定的目光，"你欠我一个解释。"

"没有必要。"他干脆利落地回绝我，从桌上拾起相片，放进那个旧皮夹子里，他的动作和神态透着前所未有的温柔。

这样的温柔，几乎灼伤我的眼睛。

压住心头翻涌的酸意，我故作轻松地说："既然这么喜欢她，怎么不去找她。"

"与你无关。"

我好不容易压制的怒火腾地就被点燃了，猛地跳起来，说："与我无关？哈，这话你也好意思说出口，你倒给我说说看，哪里无关了！七年前，你拿何琥珀的幸福换走我的自由，我说我喜欢你，你二话没说就拒绝了我，好不容易我想开了，惹不起我还躲不起了？你又逼我签什么同居协议，我不知道你到底想怎样，就算我跟你的关系名不副实，但请你也尊重一下我的感受，我已不是当年那个任你摆布的笨蛋！你把我当成什么人？你这样算什么？彻头彻尾好像是我一个人在表错情，也好，今天痛痛快快给我一个说法，我何碧玺就算再不济，也不至于沦落到拣别人不要的东西。"

"够了！"周诺言吼住我，将手里的东西放回抽屉，"我们都在气头上，我不想跟你多说什么，有什么话明天再谈。"

我确实被气昏了头脑，该说的不该说的统统说了出来。如果是往常，我会觉察到周诺言此刻是强压着恼怒在跟我说话，但现在，我却觉得他是心虚，有意回避。

"周诺言，你给我一颗死心丸吃吧，再这么下去我指不定会干出什么事来。"

他抬头凝视我，周身弥漫着一股悲哀，浓烈得掩盖住了先前的愤怒。我忽然全身发冷，犹坠冰窟，勉强勾了勾唇角，说："放了我吧，既然不能爱我，请你放了我。"

转身逃似的跑向客厅，泪水汹涌而出，视线一片模糊，就在我抓住防盗门的把手，即将推门出去的时候，身后那个人追上来，一把搂住了我的腰。

"放开我，让我走！"我极力挣扎，眼泪一时乱飞，我想我现在的模样一定又糗又丑，也许他会后悔怎么会找这样的人来当自己心中女神的替身。

"何碧玺，你冷静点！"他的呼吸也粗重起来，将我推倒在沙发上，随即按住我的双肩。

我失控起来就是个疯子，混乱中朝他肚子上重重踢了一脚。他闷哼一声，捂住腹部伏倒在我身边。他的脸唰地变得惨白，我吓了一大跳，这才清醒过来，赶紧去扶他，"你怎么样？"

他疼得张不开口，我抓起话筒叫救护车，正颤巍巍地拨号，他的手伸过来，覆在我的手背上，冷津津的。我忙问："你怎么样？要不要紧？"

他摇摇头，一脸疲惫，"别打了，过会儿就好。"

CHAPTER 03
到底是谁爱着谁

我搁下电话，扶他仰躺在沙发上。

周围一片狼藉，靠垫在刚才的混战中扔了一地。我随手捡起一个，垫在他的头下面。他反手抓住我的手腕，说："我是欠你一个解释，刚才气你翻那些东西，所以不想说。"

"你真的没事吗？"我见他说话还有气无力，不由担心，"还是送你去医院检查一下吧。"

他虚弱一笑，说："我就是医生，你怎么总不相信我？"

我的心咯噔了一下，不确定他这话是不是另有所指。

谁也没再开口，不约而同陷入沉寂。然后，我趴在他身旁睡着了，醒来已经天明。在屋里溜达了一圈，没见到他的身影，想起昨晚闹的那一出，心中不免忐忑。

我给他打电话，等了许久都没人接听。一个人坐着干等只会胡思乱想，我跑去打开电脑，刚上 QQ，方文琳的对话框就突地跳出来。

"碧玺，你手机怎么回事？打了几百次，永远是关机状态！"

"何碧玺，上线了就找我。"

"沈苏去找你了，你知不知道？"

"沈苏找不到你，电话又打不通，你到底死哪儿去了！"

"碧玺……"

那一条条留言触目惊心，看得我眼皮直跳。马上给方文琳打过去，她听到我的声音，正要一顿臭骂，我及时制止她，"你以后再骂，先告诉我沈苏在哪儿？"

方文琳被我噎了一下，随即报给我一家宾馆的名字。

我丢掉话筒，抓了件外套就冲出门去。今天是初六，新春的喜庆还未褪去，到处是一片祥和的景象。十万火急赶到悦丰宾馆，刚下车，扭头就看到门口台阶上站着的人，他正冲我微笑。想必方文琳已经跟他通过气。

说不上是什么心情，我看着他走过来，百感交集，竟迈不开脚步。

沈苏穿着那件以前我帮他挑的黑色绒皮外套，里面是浅色低领毛衣，露出修长的脖颈。凝视我片刻，把我用力揽进怀里，"玺玺，我来了，这些日子你过得好不好？"

我鼻子一酸，用力眨了眨眼，生怕又掉泪，心中乱成一团麻。

"玺玺，"他放开我，清澈的目光望着我，"我不想跟你分手。"

我咬唇不语，隔了好一会儿，问："为什么到现在才来？我回来前给你打过无数次电话，为什么不接？"当时走得还算潇洒，可现在提起来仍觉委屈。

沈苏的眼中满是无奈，"对不起，玺玺，那时候我正跟我妈摊牌，我知道你毕业后不会为我留下，那时我已准备跟你走，但我妈的反应比我想象中的还要强烈，不但没收了我的手机，还禁止我出门，也不允许我跟学校的人联系。"

我瞪他，"所以你就乖乖就范，让我这个傻瓜等你到离校最后一天，不，等到上机前一刻。"

"对不起对不起，害你等了这么久，我来晚了，对不起。"他一脸歉然，忙不迭地说着那三个字，这点他比周诺言好，尽管方文琳总跟我说沈苏是个被宠坏的小孩，但至少，他懂得宠我。

我看着他，带着点赌气，说："对，你来晚了。"

他没有因我的话而浮想连篇。如果我的心倒向了周诺言，那么对沈苏而言，就是一种背叛。但沈苏不会轻易去怀疑我的忠诚，或者说他根本没那份自觉，就好像我从来不会去想周诺言要走我的抚养权仅仅是因为我长得像他的初恋情人。

我、沈苏，还有周诺言，我们都有自己骄傲的一面，有时候过份信任自己是酿造悲伤的根源。比如，相信自己可以改变一个人，再比如，相信自己可以新欢代替旧爱。

　　这些想法都是错的。周诺言对待那张相片的态度，让我清楚地意识到自己永远都取代不了蒋恩婕在他心目中的地位。而沈苏……他的到来很可能只是一时冲动，我凭什么相信自己有足够的魅力令他一辈子不后悔。

　　"沈苏，你打算在这里玩几天？"我不理会他讶异的神色，自作主张地说，"现在大家都还在家里过节，过了初八就陆续返工了，到时票源又要紧张，不如你早做打算，大概哪一天回去，我们先去把机票订下来。"

　　沈苏对我话里潜藏的用意一概忽略，只是耐心地同我解释："玺玺，我这次过来，短期内是不会回去的，我已经跟我妈说好了，她给我时间，我证明给她看。你放心好了，过两天，我就去找工作，我对我们的未来很有信心。"

　　又是信心！沈苏这样的高才生，搁哪儿都是抢手货，我从不怀疑他的能力到了南方就会失灵。只是，他越发坚定不移，我就越发摇摆恐惧。

　　叹了口气，问："你真的想清楚了？你跟你妈妈是怎么说的？如果你抱着将来要我跟你回去的心，我劝你现在就离开，以后的事谁都说不准，也许我会跟你走，也许我永远都不会跟你走，如果你没有这个心理准备，以后怕是要失望后悔的。"

　　沈苏微微一笑，俊美的面庞还带着几分孩子气，阳光下举手投足的风采令人眩目，"玺玺，我是心甘情愿地来，就算将来我真的要独自回去，我也会心甘情愿地离开，你不必有任何负担。"

　　我还是不放心，追问了一句："那你妈妈那边……"

　　"我会慢慢说服她，"他说得十分坦然，"玺玺，相信我。"

　　我一愣，想起昨晚周诺言那低低的苦笑，他说：你怎么总不相信我。

　　沈苏那双像黑宝石一样漂亮的眼瞳，寻不到一丝阴霾。我想起与他交往三年来他种种的好，想起那张周诺言藏了七年的相片，如陷在一个时虚时实的梦魇之中，过了许久，听见自己的声音低低地说："好，我信你。"

这不是我多年来梦寐以求的救赎和解脱吗？我还犹豫什么。

沈苏开心地摸了摸我的背，说："玺玺，你不住家里吗？"

我慌了一下，说："住啊，怎么了？"随即想到是怎么一回事了。他是初二早上的飞机，当时估计是在机场给我打了电话，我没接着，等我打过去，他已经进仓关机。然后我跟何琥珀喝咖啡跟周诺言闹别扭，把包给弄丢了，他到这里后，打我手机还是找不到人，于是就按我留给学校的通讯录上的住址跑去找我。

"你这些天都住宾馆啊？"我有点心疼，这家宾馆是出了名的价高服务差，欺的就是沈苏这样的外地人，"怎么不去青年旅社？在这里住一晚顶那里住三天了。"

"我前几天去你家楼下等你，这边过去方便些。"

"文琳没有告诉你我……"我一时失言，说了一半便戛然而止。

"告诉我什么？"

我只好说："我住在我姐夫的大哥那里，过几天就搬回去了。"

"哦。"他没说什么，甚至没想到问我为什么去住周诺言的家。

我有些内疚，想了想，说："这样吧，你先住我家里，现在就退房吧。"

沈苏没有异议，我估计这样的宾馆他住着也累，他对生活诸多讲究，平时换个枕头都睡不好，何况是换张床。

我知道让沈苏去住周诺言的房子不合时宜，但我想不出更好的方法。沈苏的到来打乱了某些原定计划，也给了我很大安慰。当你在一个男人面前连连受挫，转身看到有一个人这样义无反顾地追寻你、在意你，无论如何，心总是安定的。

轮到我跟周诺言摊牌，尽管有点难，但怎么都比不过沈苏为我做的一切。帮他整理衣物的时候,发现他的行李只是一个浅蓝色的牛仔背包,里面的东西屈指可数。如果换了他人,我不会奇怪,但沈苏,以我对他的了解,他是那种哪怕短途旅行都要在衣食住行上讲究品质的人,我觉得他这次过来并非他所说那样简单,倒更像是离家出走,或者惹怒了他那位铁腕老妈,被扫地出门。

但这些都不重要,我自己的麻烦事尚且一堆。把沈苏安顿好,我回去。刚掏出钥匙,门自动开了,抬头,看见周诺言站在跟前,一手握着把柄,一手插在裤袋里。他精神似乎还好,没有昨晚的疲态。

对视了片刻,我移开目光,说:"有空吗?有件事想跟你说。"

他点了点头,说:"我也有事跟你说,关于恩婕,就是……"

"我知道,"我不耐烦地打断他,"你的初恋情人,蒋恩婕。"

坐在我们吃饭的圆桌旁,我面无表情地盯着桌上的玻璃杯,"让我先说吧,我的比较简单。"

他没有异议,只淡淡地说了声好。

我从外套的口袋里掏出那份协议书,摊平了放在他眼皮底下,"这是当年我跟你签订的,时间截至我大学毕业,而我现在还在实习期,也就是说这协议现在还没失效,对吧?"

他不明所以,皱眉等我说下去。

我将那个玻璃杯握在手里,慢慢地说:"我在大学,交过一个男朋友,他叫沈苏。"

"沈苏。"他低声重复了一遍,过了好一会儿,把面上的讶异一点点压下去,"你们交往多久了?之前怎么不说?"

我只好说:"之前没必要。"

"他现在在哪?"

"在你送的那套公寓里,不过你放心,我明天就去找房子,我们很快就会搬出去。"

"何碧玺,你这算什么?"

我抬头看他,昨夜的一腔怒火已经提不上来,也许我之所以会那么愤怒只是觉得自己可悲,但今天不一样了,我有沈苏,那个男人千里迢迢开开心心地跑来找我,寻了我多日见面时连句简单的抱怨都没有,我知足了。

"我们散了吧,我不是没有你就活不下去,你心里的那个人也不是我,那我们还有什么必要继续下去?"

"你爱他?"沉默了很久,他突然这么问我。

我一时发怔,不过两三秒,肯定地说:"对,我爱他。"

他的脸上露出不屑,"你为什么要犹豫?爱或不爱难道不是你确定已久的事吗?"

我没有辩驳,甚至连这个想法都没有。

"你们在一起多长时间了?"他沉着脸,继续盘问。

"三年。"我老老实实地回答,这一刻,我觉得我们的关系有了翻天覆地的变化。他只是我的监护人,我在心里跟自己说。

"三年。"他忽而一笑,"你就这么急于摆脱我吗?你上大学四年,跟那个叫沈苏的男人谈了三年的恋爱,每年两次长假,无论你回不回来,无论在我面前还是在电话里,你对这个人从来绝口不提,想来我在你那的待遇也没好到哪去,沈苏也不知道我的存在,是不是?你这叫爱他?这就是你爱的方式?"

他越说越激动,我止不住一阵冷笑,"没错,我是对你隐瞒了他,对他隐瞒了你,你觉得不公平?可是周诺言,你又比我好到哪儿去?我跟了你七年,七年都不知道你心里还藏着一个叫蒋恩婕的女人。我何碧玺就算对不起人,有权利责问我的也只是沈苏。你凭什么?你不过是把我当作她的替身,你要一个替身对你忠诚吗?这未免太强人所难。"

"何碧玺,你……"他顿了一顿,好像想说什么又有所犹豫。

我的心不可抑制地微颤,仿佛即将听到难以承受的言语。所幸他点到即止,没有再说下去。我不由松了口气,抬头却瞥见他一张脸血色全无,惊诧之余失口叫道:"你没事吧?身体不舒服?"想到昨晚他伏在沙发上辗转的情景,一颗心便扭了起来。

"没事。"他低头凝视那份协议,转眼将它撕成两半,"何碧玺,我成全你,从这刻起,你自由了。"波澜不惊的声音透不出任何情绪,只是比往常无力。

我望着那白纸黑字,心中全无期盼已久的愉悦,刹那间难受、失落、黯然接踵而来。

他又像自言自语般地说:"从今往后,你不需要对任何人忠诚,只要对你自己。"

我愣住,随即失笑,"你说得对,要对自己的心忠诚,那你呢?"

"你走吧。"他扶着桌沿站起来,做出送客的姿态。

我抬起下巴,盯着他,"你还没说跟那个女人的事。"

"没有必要了。"他的脸变得淡漠,甚至不愿多看我一眼。

我拉住他的衣摆,说:"别的我也不要知道,可是,你能不能告诉我,当年你把我留在身边,真的……只当我是她的替身?"

"如果我说不是,你会留下来吗?"他单薄的唇角浮现一抹显而易见的嘲意,"我说过给你解释,可你已经等不及做出了选择。碧玺,你还想要我给你什么答案,是或不是?"

我深深吸了口气,说:"我要真相。"

他点了点头,轻声说:"好,我告诉你真相——没错,你是一个替身,满意了吗?"

我顿时泄气,只觉心中无限凄凉,"那谢谢你成全,现在我就是跟别的男人私奔也不觉得是我对不起你在先,周诺言,我最后问你一个问题。"

"你说。"

"为什么不去找她?既然还爱着她。"等了很久,几乎超出我的耐性。

他的眼睛幽深得望不到底,弥漫在眼眶的不是悲伤而是一股沁人心脾的寒意,轻飘飘地说:"恩婕,八年前过世了。"

"怎么死的?"我惊愕不已,忍不住追问。

"意外坠楼。"说这话时,他神情麻木,我看不出他是什么心情。

"对不起。"我不知道该说什么好,这个答案实在太出乎意料。如果一早知道,我也许会装作什么都不知道,对何琥珀的话一笑置之。毕竟,跟一个死人有什么好争的呢?

但如果这样,我就听不到从周诺言嘴里说出"替身"两个字,何琥珀说一百句都没有他说这一句来得伤人。

"没关系,都是过去的事了。"他淡淡地回应,只是一瞬间,我觉得他的脸越发惨白了。

回房收拾东西,我准备今天就搬回去。周诺言去书房接了一个电话,我就没见他再出来。一边整理,一边替他担心,我想我真是这世界上最有同情心的替身兼最佳前女友,如果我这也算女友的话。沈苏赶走了我大半的火气,而蒋恩婕已不在人世的事实则让我连一丁点脾气也没了,就是有也找不到出气孔。

临走时,我见他房门虚掩,于是过去敲了敲门,但没打算进去。掂量着手里那个包装精美的纸盒说:"我准备了一份见面礼要送给你妈妈,现在恐怕用不上了,你帮我转交给她吧,我跟她通过几次电话,她对我挺好的。"等了一会儿,见他不说话,我把东西放沙发上就走了。

我无意中揭开了他的伤口,我想这个时候还是不要打扰他的好。

第二天,沈苏拖着我去国美买了一部手机,还把原来丢掉的卡号补办了回来，他对这些事倒是比我细心。我在很多事上都抱着可有可无的心态，所以即使没手机也无所谓。

沈苏说："玺玺，你没手机，我找你不方便。"

我觉得好笑，我们一天起码有十五小时是形影不离的，手机的意义实在不大。但沈苏很认真，计较着说："现在作用是不大，可你就要去实习了，我会想你的。"

他说诸如此类的话是那样真实自然，让你听着不觉半点别扭。我们靠在一起看碟听音乐、打牌玩跳棋，手拉手去楼下的超市买一日三餐，有时也下厨，我炒菜做饭，他洗盘刷碗，配合默契合作无间。偶尔会想周诺言现在在干什么，但很快沈苏会跑过来打乱我的思绪，然后跟他打打闹闹，直到不可开交。

这种泡在蜜水里的日子，陪我度过了实习的第一周。

周末，沈苏接我下班，我们一起吃晚饭，然后看了场电影才回来。

在三岔路口等红绿灯时，远远地听见有人喊我的名字，我四下张望。沈苏碰了我一下，指着泊在一家韩国料理馆门口的小车，说："在那。"

我定睛一看，是郭奕。

我们走过去，沈苏很自然地牵着我的手。郭奕的目光在他身上逗留了几秒，笑着冲我说："几天不见，又漂亮了啊。"

我知道他喜欢打趣，说："给你介绍，沈苏，郭奕。"随意比画了一下。

两个人居然煞有介事地握手，隆重得像商业会晤，我在一旁忍俊不禁。

"碧玺，有空吗？进去聊两句。"郭奕皱着眉，一脸无奈苦笑，"还不就是我家那口子的事，你们女人的心思我总搞不清，今天遇到你，算你倒霉，给我当一回军师吧。"

沈苏理解地笑了笑，很自觉地说："你们聊，我正好想去趟书店。"

我扯了扯沈苏的衣服,"别太晚回去,帮我买昨天跟你说的那本书。"

沈苏点了点头。我目送他的身影消失在视线尽头,听见郭奕说:"这么舍不得啊?看来果然小别胜新婚。"

我白了他一眼,说:"周诺言什么时候成你家那口子啦?小心我告诉他!"

郭奕扑哧笑出声来,连连讨饶,说:"姑奶奶,你千万别跟他说,他正伤着呢,有力气教训我也就算了,我就怕他憋在心里成内伤。"

我心咯噔了一下,问:"他怎么啦?"

郭奕故意卖关子,拉住我的胳膊往料理馆里头走,"我还饿着肚子呢,今天连着做了两个手术,差点累趴,先陪我吃饭,慢慢说。"

我拗不过他,只好进去。

韩国菜没别的好,就是小菜多,盛在一个个别致的小碟子里,红红绿绿的,让人看了食欲大开。郭奕要了份拌饭,给我叫了一个什锦汤。我也不客气,正好当夜宵吃。

灯光下,郭奕特意细细打量我,说:"你跟你姐姐长得还真像。"

我一瞪眼,他又像安慰我似的说:"不过你姐没你好看,她那气质忒俗!"

我乐了,说:"你这是什么眼光,人家都说我是她的小跟班,小跟班什么意思懂吗?你看看有哪个丫鬟漂亮过小姐的。"

他认真地想了想,说:"有!"

我一愣,"谁?"

"红娘啊,"他嬉皮笑脸的样子不但不讨厌,还有点可爱,小而细长的单眼皮透出淘气的光芒,"我瞧她就比崔莺莺顺眼,聪明灵巧,还善解人意。"

我失笑,提醒他,"老大,这跟漂亮是一回事吗?"

"面由心生嘛,不是没科学根据的。"

"行了行了,大医生,我说不过你,你也别兜圈子了,有什么指示快说吧,是关于周诺言还是关于何琥珀?"我猜不是他就是她,而且准没好事。

郭奕挑眉,慢吞吞地说:"算我这个外人多嘴,你别介意。你姐也太过分了,有把人逼成这样的吗?"

"啊!"我这才猛地想起当初答应何琥珀的事,急急忙忙从包里拿出手机来要打。郭奕伸手一挡,我不解地抬头看他。

"别打了,他不会接的。"看了看手腕上的表,嘴里还小声地嘀咕了一句什么,我没听清,问他,他却不肯说了。

我最受不了人家在我面前这么卖关子,把银筷子往桌面上重重一搁,"郭奕,有什么话你直说,何琥珀是不是去医院闹了?周诺言没把她怎么样吧?"

郭奕的嘴角溜出一缕玩味的笑意,"什么意思?你担心诺言把你姐吃了啊?"

我撇了撇嘴,懒得跟他多说。说实话我不担心,这两个人是半斤对八两,谁也占不了谁的便宜!我只是为自己失言感到一点点的抱歉,毕竟应承了何琥珀,再不想帮她也得帮这次。

"都九点多了,周诺言应该回家了吧?"我就随口问问,没指望他回答。

"他还在医院。"他很肯定地说。

我有点不高兴,"现在还在医院?都什么时候了,真当自己是铁人啊!你们医院怎么搞的?医生人手不够是不是?"

郭奕笑了一下,说:"他当我们院排名榜首的拼命三郎也不是一天两天了,不然现在也不会住进医院……"

我心一紧,死死地盯着郭奕,"他住院了?怎么回事?"

郭奕用略带不满的目光横了我一眼,说:"小姐,你曾跟他住在同一个屋檐下都不清楚他身体有什么毛病吗？他的胃一直不好，经常犯病，好几次给病人动完手术他回科室直到下班都站不起来。年前检查出是胃溃疡，正好那时他手也受了伤，不能上手术台，于是我们主任就下命令强制他提前休假了。他每天都要吃药，你怎么会一点都不知道？"

我羞愧地低下头，问："那他现在怎么样了？胃溃疡很严重吗？"其实这根本是多此一问，若是不严重，有谁会乐意好端端地住院呢。

"本来不算太严重，只要坚持服药、平时注意点就出不了大事，"说到这里，郭奕神色懊恼，"也不知道他怎么搞的，突然就胃出血了，那天还好我去得及时……"

我鬼使神差地插嘴，"哪一天？"

郭奕愣了一下，侧头想了想，说："初六。"

我哀号一声，抱头趴在餐桌上，把脸埋起来。郭奕不明所以，伸手推了推我的脑袋，"怎么了？是初六那天啊，我记得很清楚，我正巧给他打电话，听他声音不对劲就不住追问，他被我逼得没办法才说自己吐血了……碧玺你不知道，他说吐血的时候平静得像没事人似的，我起初还以为他在跟我开玩笑，可一想又不对，他这人很少说笑。"

"郭奕，你说胃出血都是怎么引起的？"我露出两只眼睛，忐忑不安地看着他。

郭奕对我的发问感到疑惑，但还是以一副学者的口气说："不好说，有很多原因。"

"比如……吵架呢？"

"这是典型的心身疾病，心理方面的影响是挺大的，不过外力的因素更有可能。"

我打了个激灵，坐直了身体，急切地说："把他的病房号告诉我。"

郭奕摆出一副意料之中的得意笑脸，报了个地址给我，又补充说了一句,"碧玺,你劝劝你姐姐啊,要闹等诺言出院再闹,人都这样了他们一点都不体谅,还变本加厉地来,好歹也是亲戚一场,真要看诺言出什么事才满意吗?"

"我知道了,"我抓着手机,汤也不喝了,匆匆起身,"先走了。"

郭奕在我身后叫:"现在去医院?要查房的,你进不去。"

我顿了顿脚步,头也不回,"那我明天去。"

回家,抱着沈苏买的书看到三更半夜,沈苏将洗好的水果端到跟前来,我都不想理他。他看出我心情不好,故意过来跟我东拉西扯,然后说:"玺玺,明天我们去看房子好不好?"

"你找到啦?"我跟他说这套公寓离实习单位太远了,上下班不是很方便,他当下就说搬,正合我意。实习后,找房子的艰巨任务就落在沈苏肩上,好在有中介。

沈苏点点头,说:"今天我去看了四个地方,其中一个还不错,离你公司也近,十来分钟的路程就能到。"

我想了想,挑了颗大葡萄丢进嘴里,"你决定吧,喜欢就租下,明天我有事。"

"要忙一整天?加班吗?"

"对,加班,新人嘛。"不知道出于什么心态,我扯了这个完全没必要的谎。也许潜意识里,我还是很排斥在沈苏面前提周诺言这个名字。

第二天,我起了个大早,搭一个半小时的计程车去轮渡那家远近驰名的一品粥,买了瘦肉粥和海鲜粥各一份,看看时间差不多了,拦了车就往医院赶。

我都记不清有多少年没进过医院的大门了,对里面的楼道完全摸不着北。像个傻瓜溜达了半个多小时,总算大致搞清了住院部 B 座 303 号的位置。

　　走在那条充满消毒水和药味的长廊上，我忽然不耐烦起来，跨过左侧有点高度的石阶，从绿化带中间的鹅卵石小径穿过去，直线距离显然要近许多，只不过没有大道好走。我不管这些，只要快点到就好。可能走急了，到了楼梯口发现其中一份粥洒了大半在袋子里。我生怕这卖相会影响某人食欲，从包里掏出纸巾，打算稍稍清理一下。就在这时，拐角处传来一个熟悉异常的声音，吓得我手一抖，直接拿出洒了的那份丢进旁边的垃圾桶里。

　　"诺言，你等等，我还没说完。"这是一个陌生的女声，蛮好听的。

　　"你比郭奕还啰唆，我就是主治医生，我知道了。"周诺言的语气有些无奈，没有往常惯有的冷漠与低沉。

　　我趁他们声到人未到，一脚踩进草坪里，抱着那袋面目全非的食物躲在一棵高大的凤凰树后面，意识到自己这一举动后又有些茫然——我这是在干什么？

　　转眼周诺言出现在视线里，没有我想象中的虚弱，除了脸色不是很好，外套里面穿的是住院的衣服，其余我倒是看不出有什么不妥。

　　"诺言，你听我说完嘛。"说这话的是一个穿着白大褂的女人，从周诺言身后匆匆赶上来，在我看清她容貌前就转过身体，背对着我。

　　周诺言与她面对面站着，表情柔和。那女人说话的同时越靠越近，几乎要贴在他身上。

　　我看在眼里不由光火，什么嘛，就算是同事感情好，可也不用这么亲密吧，又不是男女朋友，这光天化日的。正暗自嘀咕，有人在我背后不轻不重拍了一下，我浑身一震，差点没叫出声来。

　　回头，看到一个也穿着白大褂的大妈，不过此白大褂非彼白大褂。那大妈见我还杵在原地，马上不乐意了，说："小姑娘，这草坪可是国外引进的，踩一次罚一百。"

我忙比了个嘘声的手势，手忙脚乱地往包里掏皮夹子。

这大妈可能觉得我好欺负，又说："你这不是一百块钱能解决的事，我远远地就瞅见你啦，在这里站很久了，这款得加倍罚。"

我本来抱着息事宁人的心理，一张百元钞票已经掏了出来，可这样被人明目张胆当白痴对待的感觉可真不太好。手顿了一顿，干脆把钱收起来。

"要罚款是吧？行，叫你上面的领导来跟我说，该罚多少我给他。"我尽量把声音压低，生怕惊动不远处的人。但，不惊动是不可能的。

"何碧玺，你在干什么？"

这透着一丝讶异的声音，在我听来像极了夺命的琴音，我狠狠剜了那欧巴桑一眼，慢慢转过身去。对上周诺言投来的目光，我迟疑了一下，说："我来探视一个朋友。"

"朋友？"他的眼中似乎掠过一抹淡淡的失望，视线下移，落在我的手上，"那是什么？"

我见他皱眉，只好说："我朋友托我带的粥，可惜路上洒了。"

他看了看我，说："是吗？"

我受不了他的质疑，毫不示弱地瞪回去，"本来就是！"

他勾了勾唇角，望向我身后的人，说："什么事？"

我觉得他是明知故问，但还是配合他，说："你们医院好大派头，草坪还要从国外运过来，这位看样子应该只是保洁员而不是园丁的大妈说要罚我一百块钱，哦不对，您刚刚说多少来着？"我侧过头，笑着询问。

"啊，原来你是周医生的朋友啊，哎，误会，误会。"那人彻底没了先前逮我的神气，冲我点头哈腰不说，眼角的余光还一个劲地偷偷打量着周诺言的神色。

周诺言轻轻咳嗽了一声，说："碧玺，你过来这边站，别再踩了。"

我脸一红，快步走到他身边，低声问："真有这规定？"

周诺言面无表情地看我,一点也没回答的意思。倒是刚才跟他说话的女医生开口了,"哪有这种罚款规定,这些保洁工真是越来越过分了。"

我感激地转过头,在看见她的瞬间,笑容顿时僵在了脸上,"蒋……恩婕?"

"我是蒋恩爱,你认识我姐姐?"她说着把手递过来。

我飞快地扫了周诺言一眼,与她握手,"之前见过照片,你们长得很像,我叫何碧玺。"我以为我跟何琥珀已经够有姐妹相了,跟人家一比还是不算什么。

周诺言忽然说:"陪我走走。"

我还来不及回答,就听见蒋恩爱极力制止,"不行,你得回病房休息。"

我一时讪讪,假惺惺地附和,"是啊,你身体还没康复,要多注意休息。"

周诺言不吃我这一套,拉住我的手就往外走。

蒋恩爱在后头很没形象地叫。我小声地问他:"你就不跟她解释一下吗?"

周诺言没理我,走出几十来米外,回头不轻不重地说:"郭奕今天有个大手术要做,不要错过这次学习的机会,不用等我。"我这才注意到原来她是个实习医生。

"哎,诺言,你今天还没吃药……"她还在叫。

这真是我所见过的最拽的病人跟说话最没分量的医生。

把她的话摔在身后,他健步如飞的气势哪有半点生病的样子?如果不是他拖着我走,我肯定要跟不上他。匆匆扭头去看,不巧与蒋恩爱紧随的目光撞在一块,不知道是不是我的小人之心在作祟,总觉得她的眼神有些不对。

"你看够了没有?"

我回过神来，见他一副冰冷不耐烦的样子，"你这样出来不要紧吗？还是回病房去吧。"

周诺言直直地看我，"你来探望谁？"

"呃，朋友，"我低头看了看身处的草地，借以掩饰心虚，"周诺言，你确定我们坐在这里不会被罚款？你不知道刚才那个欧巴桑有多搞笑，不要那么贪心的话，也许一百块钱都到手啦。"

"什么朋友？"他不依不饶地追问，"什么病？住在B座哪一层？"

我想了想，镇定地说："一个大学同学，肠胃炎，二楼。"

"二楼？"他重复了一遍，脸上露出嘲讽的笑。

"也许四楼，我记错了。"

"我怎么记得在三楼，恩爱最近在照看一位患肠胃炎的病人，今天还跟我说过来看我很方便，只隔一条通道。"

我"哦"了一声，若无其事地说："那就是在三楼，我一会儿去看他。"

"何碧玺！"他陡然将声音提高，似乎对我的态度很不满意。

我叹了口气，干脆把手里的袋子塞给他，"你都猜到了，何必要揭穿我，很好玩吗？"

"既然来看我，为什么不肯承认？"

我一时语塞，讷讷地说："我也不知道。"

"那你来做什么？"他语气硬邦邦，修长的手伸进袋子里，将那份纸盒盛着的粥小心翼翼地取出来。粥早已冷却。

我怔怔地看着他，过了好一会儿，低声说："好了，我承认，我在担心你，你身体好些了没？"

他却不答，只是皱眉看我半响。

我低低一叹，说："何琥珀的事，对不起，是我给你惹麻烦了，我来解决。"

"不用了，与你无关。"他见我怔住，想了想，又补充了一句，"她已经通过试镜，以后的表现就看她自己了。"

"郭奕说她天天来医院闹，她闹什么？不是为了这个事吗？"与他对望了一眼，突然顿悟，"啊，是为了遗产的事。"

"何琥珀跟你说了？"

"也难怪他们要闹，都是一个爹娘生的……难道他不是你爸爸的儿子？"我不过随口说说，但越想越觉得可疑，说不准里头真的有大文章。

周诺言的脸色变了变，斥责我："别胡说八道，还嫌不够乱啊。"

我不以为然地撇了撇嘴，换了个话题，"蒋恩爱……你们一直有联系？"

周诺言奇怪地看了我一眼，"她今年实习，不久前从 L 城回来。"

"哦——"我拖长语调应了一声，心中涌出一股莫名的失落感，直觉好像在提醒我一件什么重要的事，偏偏脑子有点乱，理不出个头绪来。

"她们长得真像。"我没话找话，生怕他不理我。这些年，我一直很排斥与他单独相处，因为我们的相处方式无非两种：针锋相对，抑或视若无睹。

无论哪一种，老实说，不是不难受。

"嗯。"他给了我一点回应，脸上流露出淡淡的怅然，"她比恩婕小五岁，学的是一样的专业。"

"她是你的学妹？"我想起他之前说的 L 城那所著名的医科大学，不由脱口而出。

周诺言点了点头。

我垂下眼睛，把已到嘴边的话咽下去。静坐了片刻，站起来整理了一下衣物，"我走了，还有事呢！你好好养病。"

不再看他，径直朝医院门口的方向走去。

"碧玺——"他忽然叫了我一声。

我顿住脚步,头也不回,"干吗?"

"谢谢你的粥。"

我气呼呼地回头瞪他,"不客气!"

"一品鲜的海鲜粥,"他抬头,挑了下唇角,"浓香刺鼻的胡椒粉据说还是独家秘制的。"

我脸一红,只好说:"对不起,我忘了交代店员不要放胡椒粉。"真是糗,其实根本不是忘记,我再粗心大意,也记得他是因为什么病住院的。只是……实在没好意思说那份粥其实是给自己准备的,他的那份早进了垃圾桶。

走远了几步,依稀听见身后之人极轻的一声叹息。我不确定是不是自己的幻觉,但我的心一时间涟漪不断,最终还是忍住,没有转过身去。

Chapter - 04

我 是

你

的 药

南方的春天,到处充溢着潮湿的味道。

提早了十分钟到公司,我把沈苏为我准备的早餐往桌上一放,从抽屉里取出高跟鞋,把脚下那双绒皮平底鞋换下来。

实习了两个多月,渐渐融入这里的环境。每天的工作并不复杂,我还处于新人阶段,不必奢望有太好的运气,每日勤勤恳恳把该做的做好就不会错。

几分钟后,同事林灿然绝不低于六公分的高跟鞋的声音响彻外面那条走廊,我啃着面包苦笑,真服了这女人,无论上班下班都跟踩高跷似的,上周末她居然还穿这样的鞋去登山,同往的男同事一个个暗地里吐舌头,我几乎憋出内伤。

林灿然抱着高高一摞铜版时尚杂志,进门就冲我叫:"碧玺,你看我带什么来了?"

我起身,帮她把杂志摆到设计师的桌面上,细细浏览了一遍封面,"你把 Ray 指名要的月刊都搜刮来了?好厉害!"

"那当然!我是谁!"林灿然扬扬得意的模样特别迷人,笑意弯弯的眉眼,跟唱《卧虎藏龙》主题曲的那个歌手十分相像,我第一次见她,就在感叹。

林灿然当时就把眉毛一扬,说:"碧玺你有没有搞错?我比李玟漂亮多了好不好!"

我哈哈大笑。只这一句,我就喜欢上她,这个大大咧咧、超级自恋的漂亮女人。

帮她整理好东西,我又回座位上继续吃早餐。林灿然的办公桌在我对面,她一坐下,赶紧从包里掏出安娜苏的小镜子检查妆容。我有些促狭地偷笑,故意打趣她,"听说 Ray 不喜欢穿高跟鞋的女生哦。"

林灿然瞪大了眼睛看我,"真的?你怎么不早说,我上次还特意穿高跟去爬山……"说了一半,顿悟过来,"碧玺你耍我吧?哪听来的小道消息?上次咱们部门聚餐的时候他不是说自己喜欢高高瘦瘦的女生吗?你不记得了?"

我当然记得,又没有失忆,不过半个月前的事,那天林灿然恬不知耻地一而再、再而三追问人家的择偶标准,我至今还记得 Ray 脸上那微微尴尬的笑。

"可是,个子高跟穿高跟鞋高是两码事啊。"

林灿然急得鼻尖都冒汗了,眼巴巴地瞅着我,"碧玺,你说的是真的吗?他真的不喜欢啊?可是他那么高,要是不穿高跟鞋,我哪里比得过 Kiki 她们。"

Kiki 是我们部门的试衣模特,每回试衣,林灿然远远望着站在 Ray 身边笑颜如花的人,都会情不自禁露出一副咬牙切齿的饕餮表情。我暗暗好笑,说:"Kiki 不就是高了点嘛,哪有你长得好看,你不要总是把人家当成假想敌啊。"

"什么假想敌?她明明就是!"林灿然蹿到我身旁来,"那晚你又不是没瞧见,她乐得跟什么似的,好像那个高高瘦瘦的女生说的就是她。"

"Ray 不会喜欢她。"我满怀信心地安慰她,"你要相信你青睐的男人的品位。"

"那倒是,老娘怎么也比她强百倍。"说罢,这女人拽拽地转了个身,端起 Ray 桌上的咖啡杯,朝长廊尽头的小厨房走去。

我知道她又要帮他磨咖啡去了。同样是给人家当助理,林灿然明显比我投入多了,因为她的尽心尽力、任劳任怨,有这样的劳模相伴,我的工作相对就轻松了许多。

都说恋爱中的女人特别可爱,放在尚处于追求阶段的林灿然身上也适用。我笑着收回视线,随手打开电脑,看到显示屏上的时间,想起一个事,忙拿出手机打给沈苏。

"在单位吗?你几点出门的?有任务就不要给我准备早餐嘛,浪费时间。"我忽然看见面包的包装纸上打印的是今天的日期。

"没事,我顺路买回去的。"

我有些吃惊,说:"你熬了一个通宵啊,那早上还不好好在家休息?"

"不行啊,有任务要跟进,完成了明天才能休假……我早上赶回去换衣服的。玺玺,没别的事先挂了,一小时后给你回过去,我要去开会。"

"等等,我就说一件事。"我忙叫住他,"原本不是说好晚上一起去看电影的吗?取消吧,我临时有事,你正好也回家补眠。"

"嗯,好。"

收了线,我忍不住又调出周诺言的短信。沈苏上个月初找到了现在这份工作,在本城一家大型报社任职,跑新闻的同时还兼一个版面的文字编辑。我跟他的上下班时间经常错开,有时一连几天也打不上一个照面,只能在电话里听听对方的声音。这个约会从几天前就说好了的,他好不容易有一天假期,说要陪我看电影逛街,弥补近日的疏忽。

他说得很认真,我却感到愧疚,因为——似乎没怎么在意他的"疏忽"。

叹了口气,把手机收起来,打开电脑里的图纸,将心思转到工作上。

临下班的时候,外面淅淅沥沥下起了小雨。

我站在试衣间门口,抱着一大堆衣服,直挺挺地活像个门神。都怪林灿然,每次轮到 Kiki 试衣,她就一反常态把所有的活丢给我,让我独自面对里面那只骄傲的天鹅。

按照她试衣的速度,五分钟才能换好一套,不是我说,这样的模特早该扫地出门,刚才我看见 Ray 的脸色也不太好,可 Kiki 似乎没有察觉,反而冲他笑得越发妩媚。

CHAPTER 04
我 是 你 的 药

正开着小差,门突然开了,Kiki 摔出一件开襟针织衫,二话不说又把门重重关上。我眼疾手快接住,敲了敲门,说:"Kiki,你动作快点,下班前你还有七八套要试。"

"催什么催!换衣服不要时间啊,你能干就自己试去啊。"她慢条斯理地用鼻子发音。

我勾了勾唇角,没理会。我要能自己试衣,还用得着跟白痴似的站在这里伺候你?回头瞥见玻璃门外头的 Ray,心中不由一动。

Kiki 好不容易才试出来,趾高气扬地瞪了我一眼。

我视而不见,帮她整理了下身上的衣物,漫不经心地说:"其实我也不是催你,反正我晚上是要加班的,你想试到几点都无所谓,只是……"

"只是什么?"Kiki 以为我要说她什么,忙摆出架势想给我个下马威。她正常班的薪水不高,但加班费可就不一样了,是按小时算的,据说比我跟林灿然都要高出许多,所以她经常故意把那么一丁点的活留到下班后才干。

"我们设计师急着走,你没发现啊?"我故作神秘地说。

Kiki 果然中计,不明所以地问:"他急着要走?你怎么知道?他为什么急着走?"

众所周知,男装设计部的这位新晋设计师是个工作狂,别人加班他加班,别人不加班他也加班。我笑了笑,把一早挑选出来的配饰帮她戴上,"他身体不舒服嘛,你没看出来吗?也难怪,你一直在忙嘛,可是中午吃过饭我看见他在吞药片呢!"

"他怎么啦?什么病?"Kiki 紧张兮兮的。

"那就不清楚啦,大概是感冒吧,这些天阴晴不定的,流感特别严重。"我在她眼皮底下抬起手腕,露出那只表带都已磨白的石英钟,"看,还有二十分钟。"

"呀!"Kiki 蓦地急起来,不住地催促我,"那赶快,抓紧时间,还有几套？七套？八套？到底是七套还是八套？"不等我回答，她已经拽着裙子飞快地跑了出去。

有了模特的乖乖配合，我这个助理好做多了，Kiki 以前所未有的换衣速度极大加快了整个试衣流程。下班后，我花了十五分钟，把 Ray 的修改意见输进电脑里，换回平底鞋，然后去洗手间洗了个脸，化了层淡妆。

等电梯的时候，看到 Ray 从板房里出来，不由愣了一下。刚刚我看见 Kiki 缠着他问东问西，一转眼两人就不见了，还以为 Kiki 好本事真把人给哄走了呢。

"碧玺，要回去了吗？"他微笑，同我打招呼。

对这个华裔设计师我还是很有好感的，他跟我们男装部的设计总监来自同一个国度，毕业于同一所高等院校，但那位总监的眼睛长在脑门上，每天迟到早退是稀松平常的事，哪像眼前这位，模样好看就不必说了，全身自然而然地透出一股艺术家特有的气质，待人还彬彬有礼，一点也不傲慢自恃，难怪林灿然、Kiki 她们都垂青这个人。

我点点头，笑着说："我已把今天的试衣意见整理出来，明早发 E-mail 给你过目。"

电梯门开了，我跟他道别，匆匆走进去。他忽然笑了一下，说："最近到处流感，要小心哦。"我知道他在暗讽我背地里耍的把戏，于是心照不宣地应下，"你也是，多保重。"

"好，那明天见。"

到了大门口，才发现外面又开始下雨了。我打开挎包，刚取出折伞，就听见一声悠长的喇叭声，从对面过道传来。抬头，看见周诺言的车，忙抓着伞跑过去。

"你怎么来了？说好我自己过去的。"我上了车，拿纸巾擦掉身上的水渍。

"反正顺路。"他淡淡地说，然后开车，甚至没有多看我一眼。

自与他在医院一别，两个多月没见面，他似乎没什么变化。我有些失望，原本雀跃的心情渐渐冷却。每次都是这样，我撇了撇嘴，转头望向窗外。

"工作还顺利吗？"也许是气氛过于压抑，难得他主动开口。

我马上回头看他，"嗯，还行。"

言行泄露了本不该有的情绪，惹得周诺言略带疑惑地侧头看我。他今天穿了一身款式简洁保守的深蓝色西服，里面白色衬衣的领口上还打着领带，显得格外庄严肃穆。我低头瞥了一下自己身上的苹果绿套头毛衣、咖啡色灯芯绒长裤，不由犯愁。什么嘛，既然要这么郑重其事，大可以在短信里提醒我一句。

"你妈什么时候过来的？怎么突然要见我？"我其实想说，我们已经不是男女朋友了，你妈还见我有什么意义？可转念一想，我们本来就算不上那关系，真要说出口，岂不是自取其辱？

"前几天，住在守信那。"

我意识到什么，盯着他，"你该不会今天也是第一次去见她吧？"

"今天之前我都在值班。"

他不多做解释，我自然也不问，他跟他妈妈关系不好，这是早有耳闻的。前阵子何琥珀给我打过一次电话，除了炫耀她被娱乐圈某家媒体誉为最有前途的冉冉之星外，还告诉我她新居的地址，是本城繁华地段房价最高物业最贵的三室一厅。我觉得纳闷，他们不是前阵子还哭穷来着，怎么突然就成暴发户了？难道何琥珀真的那么吃香，拍几集戏就赚大发了？

"你给他们钱了？"我想不出第二个可能，"遗产的事解决了？"

"没有。"车已驶入市区，车速缓了下来，在人潮中徐徐前进，他注视着前方，静默的神态闪过一丝烦躁。过了片刻，又说，"我给了我妈一笔钱，她转送给了守信。"

我惊讶地把眉挑起来，还有这种事？明明知道两个儿子在为遗产的事闹纠纷，她这一举动也偏袒得太厉害了些吧，"那你怎么说？"

他好像愣了一下，"没有，能说什么。"

我顿时会意，他早就知道他妈妈会这么做，所以根本不觉讶异。我却替他抱不平，皱眉说："那还给她做什么！你大方给出去，人家也不会感激你。"我想到何琥珀的嘴脸。

"我知道，这是最后一次。"他将车泊进一个小型停车场，回头定定地看我，那幽深的目光仿佛蕴藏着无形的灼热，瞬间就要望进我的灵魂里。

"怎么？"面对这样魅惑的眼瞳，我很不争气地心慌意乱起来。

"你相信我没有私吞遗产，是不是？"

原来是为了这个，我松了口气，说："我当然相信你没有啦，虽然你这人又霸道又无情，但你是个很有原则的人。"最重要的是，我相信他给我的直觉，但这话我没告诉他。

见面的地点是明珠大厦十二楼的安宁茶馆。

徐徐上升的电梯挤满了人，我几乎是贴在周诺言的身上，感受着他轻缓的呼吸。我心中有些忐忑，好几次想回头去看他，但终因空间有限而作罢。电梯途经七层的时候停了下来，他拖着我的手走出去。

"不是去茶馆见你妈吗？怎么来这里？"

"还有时间，你去换身衣服。"

我扫了周围各大名牌专柜一眼，说："怎么？嫌我穿得太寒碜了，配不上你？"

"我不想被人说品位太差。"

CHAPTER 04
我 是 你 的 药

"你!"

半小时后,我穿戴一新跟他走进十二楼的大厅,第一眼见到那位郭嘉惠女士,最大的感想竟是庆幸自己换了衣服才过来。

老实说,她一点都不像周诺言的妈,看起来不过四十来岁,容光明丽,穿着一袭香奈儿的套裙、黑色高跟鞋,保养得宜的脖颈系着一条薄薄的米黄色纱巾。脑后盘着一丝不乱的中国发髻,耳朵上戴着一对小小的珍珠坠子,在茶馆柔和的壁灯下焕发出米白色的温润光泽。

我几乎看直了眼,傻傻得说不出话来。

周诺言悄悄捏了一下我的手,我猛地清醒过来,笑得极尽所能的灿烂,然后甜甜地叫了声:"阿姨——"

"乖,你就是碧玺啊,模样跟声音一样好。你跟琥珀两个真是姐妹花。"她的目光亲切中带着不自觉的疏远,望向周诺言时尤为明显,"诺言,之前你不是说过完年会来墨尔本看妈妈吗?怎么后来又取消了?"

"工作比较忙,没能成行。"

"哦,是这样啊——"郭嘉惠女士摆出一副原来如此的神情,"不过工作归工作,也不要冷落了女朋友才好。"说罢冲我一笑。

我正端起杯子,忙说:"其实我们不是……"

"我知道了。"周诺言截断我的话头,把桌上的冰激淋蛋糕推到我面前。我扭头瞪他,他视若无睹地低头喝茶。

闲聊了一会儿,郭嘉惠女士像是终于按捺不住,说:"碧玺,我想跟诺言单独谈谈,方便吗?"

我一愣,脸微微烧起来。原来一时不慎,做了回不识相的人,耽误了人家母子俩谈心。慌忙起身,"好的,我去附近逛逛,刚才看中了一双鞋子。"

周诺言一把按住我,"不必了,我们很快就走,您有什么事,长话短说吧。"

"诺言……"见他无动于衷，他妈妈转而将美丽无助的眼眸望向我。

我无语，一只手还被周诺言紧紧地握着，我知道他这么做一定有他的理由，犹豫再三，到底没有摔开他的手。

"如果您这次来，是为了帮守信要回遗产，请免开尊口。"周诺言的脸上终于露出不耐烦。

"当然不是，"郭嘉惠女士急忙否定，"我怎么会那么做呢？我知道……那是你爸爸的意思，我没有权利干涉，只是……"

她又看了我，我懂她的意思，干脆把脸撇向一边假装毫不关注。她叹了一口气，说："诺言，其他的妈妈也不说了，可守信毕竟是你的弟弟，如果你都不帮他，还能指望谁帮他呢？遗产的事，我知道难为你了，可是你让我怎么跟他说……说出真相，那孩子心思单纯，性子又直，我怕他会受不了啊。"

我对她口中所谓的真相好奇得不行，简直心痒难耐，可是碍于这两人的颜面，我又不好说什么，忽然想起上次在医院有口无心说的话，心里不由打了个突，该不是真被我猜中了吧？脑海中浮现出周守信那张青涩的、与周诺言没有半分相似的脸。

周诺言冷笑了一下，说："您多虑了，守信是个成年人，是非曲直我想他有最基本的判断能力，瞒得了一时，瞒不了一世，总不能让他一辈子记恨我跟爸爸吧？"

郭嘉惠的脸渐渐失了血色，变得有些苍白。

"之前，他曾说要与我对簿公堂，我是无所谓，反正那份遗嘱写得清清楚楚——守信不可以得到其中一分钱，"顿了一顿，声音略缓和下来，"妈，陈年旧事，请你跟守信说清楚吧，如果真因这事闹上法庭，到时对他的伤害不是更大吗？"

郭嘉惠的身子一震，"不！不可以上法庭！诺言，你就不能再帮帮妈妈吗?"

我忍不住回头看他。

"这些年,难道我做得还不够吗?"周诺言垂下眼睫,低低地说,"爸爸在天之灵都会怪我。"

刹那间,郭嘉惠犹如被雷击中,愕然失语。

我从未见过这样的周诺言,不由自主将另一只手也递过去让他握着。

"对不起……"她喃喃地说。不知是不是心理作用,我觉得她仿佛苍老了许多,先前的风采被一种惨淡凄苦所掩盖。

"失陪了。"我感觉他的气息一滞,然后就被他拉起来,快步走出了茶馆。

"诺言、诺言,你走慢一点,我快跟不上了——"我无视周围人群投来的异样目光,冲上去扯他的手臂。这人把我拖出门就把我甩在后面,任我叫破喉咙都不理。

"你干什么嘛?你生你妈的气,别撒我身上。"我瞥见他铁青的脸,忙改口,"不早了,你送我回家吧。"

繁华的大道,华灯初上。

周诺言把车开到山顶上吹冷风,我从包里翻出围脖围上,默默地陪着他。坐了好长时间,我侧身靠在车座上,看着窗外满天星星,忽然想喝啤酒。除夕那晚,我跟周诺言就坐在阳台高高的砌墙上,一边看烟火一边喝啤酒,好不惬意!

"在想什么?"

我回头看他,见他脸色已经好了许多,笑着说:"想喝酒。"

他有点意外,眉毛一挑,下车去后车厢拎了一摞啤酒回来。我乐了,抢先打开一罐,咕噜咕噜喝了几口,才说:"想不到你车里还藏酒,真叫人大跌眼镜。"

　　他没搭理我的话,打开啤酒罐,喝得比我还凶。我生怕落于人后,抓了三四罐抱在怀里,他伸手跟我抢,我摆出无赖状,只要他手一伸过来,我就作势咬他。本来只是想吓唬他,谁知他为了啤酒都豁出去了,我的门牙重重磕在他的手腕上,留下两排整齐的牙印,还有点滴殷红的血珠。

　　他气急败坏地叫:"何碧玺,你属小狗的吗?"

　　我哈哈大笑,得意洋洋地开门出去,盘腿坐到一块岩石上继续当酒鬼。璀璨的五彩小灯泡从山下盘旋连到山顶,夜景美得令人心醉。他跟出来,把外套披在我身上。

　　"心情好点了没?"我冲他眨眼,晃了晃手里的啤酒罐。

　　"其实,我妈没说要见你。"他想了想,说。

　　"我知道,没关系。"我用手背抹了一下嘴,笑了笑,"反正跟你妈不熟,当挡箭牌的滋味也不是很糟,你不用内疚啦,我又不吃亏,谢谢你送了这身价格不菲的衣服。"

　　他猛灌了几口,又说:"我一直不知道怎么跟她单独相处。"

　　"你妈妈也是这样,刚才我瞧她跟你说话都小心翼翼的。"

　　"以前会羡慕守信,觉得他们那样相处才是母子。"好像想起什么,他的嘴角浮出一缕自嘲,"我从来不是她期待的儿子。"

　　吹了几小时的风,他开车送我到楼下。走到二楼,我忍不住朝那个方向望去,他竟还在,神态疲惫地靠在车座上,一只手搁在窗外,修长的手指夹着一根点燃的烟。我的心忽然有点疼,手机握于掌心之中,心里斗争得厉害,驻足良久,终于拨通他的号码。

　　"怎么还不走?"

　　他一怔,从车窗里抬眼看了看,"没什么,坐一会儿就走。"

我咬唇,"要不要上来坐坐?"

"不了。"他想也不想便回绝。

"哦。那,你走吧,路上小心。"我正欲挂线,又听见他叫我,"什么?"

他沉默了几秒,说:"碧玺,让我见见沈苏,你约个时间。"

"为什么?"我不明白。

等了很久,我以为他不会回答了,却听见他说:"只是见见,没其他意思,如果你愿意的话。"

"可是,用什么理由?"我不想拒绝他,但同样不想伤害沈苏,"怎么忽然想见他?"

他笑了笑,说:"别把我想得那么复杂,实在为难就算了。"

"这个周末吧,一起去体育馆打网球,怎样?"几乎是脱口而出,说罢才想到这个建议真是荒谬得很,周诺言怎会有兴趣陪我们消遣。

"好。"

"你说什么?"我以为自己幻听。

"我说好,"他似乎一点也不在意我话里的质疑,只是说,"那周末见,具体时间你到时通知我。"

把手机放回包里,直到他的车开走,我才转身上楼。

沈苏像是刚刚睡醒,穿着睡衣在厨房找东西吃。听到我的关门声,冲我喊:"玺玺,晚上吃了吗?我下面条,你要不要?"

"不用,我吃过了。"我本来想去浴室洗澡,走到半路听见碗筷响成一片,有些不放心,于是折回去看他,"需要帮忙吗?你打个鸡蛋进去。"

"嗯,我知道。"他回头,看我的目光透出惊喜,"什么时候买的衣服?很漂亮。"

他从来都不吝啬赞美,我早已习惯。走过去趴在他的背上,心情有些低落。

"怎么了?"他腾出手来摸了摸我的脑袋,"谁惹我的玺玺不开心了?"

"沈苏,你妈妈一定很疼你。"

沈苏身体一僵,"怎么突然说这个?"

我摇摇头,说不出个所以然来。他宠溺地刮了一下我的鼻子,"别胡思乱想。"

去浴室泡了个热水澡,临睡前收到周诺言的短信,他说:见他,是为了看看什么样的人可以拥有你。

我一夜无眠,直到外面的天渐渐泛白。

沈苏与周诺言见面那一天,毫不夸张地说,是我长这么大有史以来最紧张的一次经历。

去的路上,我跟沈苏坦白,沈苏却认为我在说笑。于是我放弃解释,这是件吃力且不讨好的事。

周诺言准时赴约,反而是我们迟到了十来分钟。

一进体育馆的大门,我匆匆扫了一眼就从人群中找到他,他的视线投过来,正好与我四目相对,我下意识想摔掉沈苏的手,但沈苏握得很紧,紧到我怀疑他知道了什么。

走近一些,陡然发现周诺言身旁站着一个扎马尾的女人。

蒋恩爱。

那张与蒋恩婕酷似的面容,即使在室内也那么晃眼。我心里说不出是什么滋味,之前所有的顾忌在这一刻烟消云散,我不再觉得愧疚,不再觉得抱歉。他不再是我的什么人,我想我把很多事都想复杂了。

"周诺言。"

"沈苏。"

"蒋恩爱。"

这三人的开场白让我想不笑都难，傻乎乎地跟着补了一句，"何碧玺。"周诺言望向沈苏时，有一瞬间神情变得凝重，好在沈苏不是一个敏感的人。

体育馆不是聊天的好地方，寒暄了几句干脆直奔主题。我求之不得，因为搅在这几位中间，我的大脑迟早一片糨糊。下场打了几局，我借口出去买水，溜到附近一家小小的冰室坐下消磨时间。我清楚周诺言的为人，并不担心他会在沈苏面前口无遮拦。事实上我又有什么好担心的？我甚至隐隐期盼周诺言会跟沈苏说"何碧玺是我的女人"之类的话。

但是，怎么可能？我觉得自己有些可笑，跟老板要了一杯红茶，然后去旁边的书架上找了一本过期时尚杂志看着。红茶很快送上来，我埋头道了声谢。

"就这么临阵脱逃，你不觉得丢人？"

冷不丁听到周诺言的声音，我差点把嘴里的红茶喷出来，四下扫了扫，没见到其他人，才放下心说："你不也一样临阵脱逃？不然怎么会站在这里？"

他在我对面坐下，冷着脸说："那个沈苏有什么好？"

我笑了笑，反问："那他有什么不好？"

"你确定自己喜欢他？"

我不假思索，"我确定。"

他沉默，端起我的杯子就喝。

"喂——"我不满地冲他叫，这人，怎么总喜欢跟我抢东西！

"你知道当初我为什么要在契约上写明那个人必须跟你回来吗？"他问。

关于这点，起初我并没有放在心上，认为不过是他百般刁难的其中一个借口罢了，直到沈苏离家出走来见我，我才恍然大悟，"你希望用这个行为说明什么。"

他点点头，正色地说："一个男人，如果愿意为你背弃一些相对重要的人与事，我或许可以相信他对你的真心。"

"那现在还有什么问题？"我莫名有些失落，勾了勾唇角，"沈苏没让你失望吧。"

他久久地看着我，却不说一句话。

"碧玺，离开他吧。"

仿佛过了一世纪，我听到他这么说，表情不由僵化，不知该做何反应。过了好一会儿，脑子才慢慢恢复运作，"凭什么？你？"

"他不适合你。"他异常简洁地说，随后又补充了一句，"尽管他很好。"

这不是第一个跟我说沈苏不适合我的人，之前方文琳已说过不下三十遍，但是，无论是谁，哪怕是我爸妈在世，我想也不会有眼前这个人淡淡说一句来得有效。

在他平静得几近冷酷的注视下，我硬生生压下所有濒临失控的神经，慢慢地说："是吗，那你认为什么样的男人才适合我？"我听到了自己的颤音。

"我不知道，"他依然盯着我，干净利落地说，"但是我知道如果两个人的相爱不被父母祝福，你们的未来只能妥协，可是你——并非一个肯妥协的人。"

我深深吸了口气，"你好像知道什么是我不知道的？"

"碧玺，"他目光灼灼，"不要为了离开我而去做一些连你自己都说服不了的选择，我知道的事，你统统看得到。"

我怔怔地看着他，冷笑，"你好像把我看透了，没错，我上大学之后从不排斥任何一个想跟我交往的人，认识沈苏之前，与不同的人约会是我每天的功课，那时候真的做梦都想从你的手心里逃走，你知不知道那一纸契约让我到现在都觉得抬不起头来，无论是在你或是在沈苏面前。我确实不是一个肯妥协的人，可是我更不想委屈自己，否则七年前我就不会乖乖跟你回家，接受你给予的所有馈赠，我不是一个多么有骨气的人。"

"碧玺——"他皱眉。

"沈苏的家里人不同意我们在一起，是因为他们接受不了沈苏为我背井离乡，可这不正拜你所赐吗？如果我肯为他留下，也许……"

"你肯吗？"他打断我。

"我不知道。"我很想说我肯，但话到喉咙口又哽住，于是放弃。

周诺言将那杯红茶饮尽。

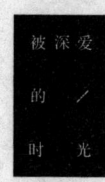

Chapter - 05

旋 转

的

木 马

六月中旬，我实习期满，与方文琳相约返校。临走前，我给周诺言打了一个电话，是蒋恩爱替他接的，时间是晚上十点，我不知道那意味着什么，来不及思考就把线掐了，然后关机。

翌日，跟方文琳搭同一班机启程返校，沈苏因为工作的缘故不能同行，那天大清早，他送我去机场，帮我换了登机牌，目送我进检票口，在人群里站了许久。

隔着玻璃门，我冲他挥手，示意他离去。他只是冲我笑，固执地站在原地，目光追逐着我的身影。方文琳回头看了看，说："碧玺，想不到沈苏会这样对你。"

我叹了口气，轻声说："我也没想到，我一直以为是我在迁就他，现在回想起来他又何尝不是。文琳，我是不是很自私？"

方文琳却答非所问，"前阵子周诺言找过我。"

"他？他怎么会找你？"我有些困惑，很快反应过来，"原来你们都有联络。"

"是，但不是你想的那样，几个月前，我因为天天熬夜写策划文案病倒了，在医院里正巧碰到他，跟他互换了电话号码。"说到这里，她不经意朝沈苏所在的方向瞥了一眼。

我想起那天他跟沈苏见面的情景，顿时了然，"你跟他说了沈苏的事？"

方文琳迟疑了一下，说："对不起，按说你的私事我不该插嘴，但，实在忍不住。"

"这不怪你，他想知道的事，总有办法知道。"

"你有没有后悔离开他？"方文琳凝视我，"如果没有沈苏的追随，你的心会偏向谁？"

"如果沈苏不来找我，我会慢慢把他淡忘，然后找个人重新恋爱重新开始，无论那个人是不是周诺言。"我快步走进机舱，不愿与她在这个假设性问题上纠缠。

她追上来,冲站在舱口的空姐一笑,"你在逃避问题。"

"我没有。"

"那好,沈苏跟周诺言,你选择谁?撇开所有的前因后果,你只要说一个名字。"

"沈苏。"我没怎么犹豫。

方文琳露出意料之中的神情,"我就知道你会这么说。"

"那还问什么!"我笑着系上安全带,从包里掏出眼罩,蜷在座位上沉沉睡去。

晚上躺在学校公寓的床上,我想起要把手机打开。

有一条短信,是周诺言,让我给他回电话。我没有回,给沈苏报完平安后就蒙头大睡。接下来的一个月,除了必要时去跟导师见面,其余时间我把自己关在寝室里,用那台破电脑写论文、做毕业设计,每周跟沈苏通一次电话。方文琳冷眼旁观,说我是借这个机会逃避现实。我没有反驳,有些事既然想不通,不如暂且放一边。

我以为我有大把的时间可以慢慢想,所以接到沈苏妈妈的来电,顿觉周围的一切转眼间就要变得急不可待。

那天我在导师的办公室里帮忙整理资料,她见我精神恍惚,主动安慰我:"别担心,童校长作风是霸道了点,可你有什么好让她挑剔的?老套地说,你跟沈苏还是门当户对的。"

我知她所指,只是一笑了之。这话实在当真不得,沈苏的妈妈童可舒是我们学校的前任校长,现在在当地教育局任副局长,仕途风头强劲。而我爸妈当年在世时也不过是勤勤恳恳的大学教授,若论门户之说,我想我还是高攀了。

在寝室磨蹭到晚上六点，方文琳趴在床铺上翻杂志，时不时探头催促，"你动作倒是利索点，第一次见家长总不好迟到。"

我苦着一张脸，慢吞吞地说："文琳，我不想去。"

"说什么傻话？"方文琳猛地坐直身体，英姿飒飒地从上铺跳下来，把我推到门口，"你要是想跟沈苏在一起，就先过他妈妈这一关。"

"他妈妈不会接受我。"不知道为什么，我就是有这样的预感。

"没试过怎么知道？想想沈苏为你做的，你好歹也努力一下。"

这话触动了我，默默地点了点头，指了指书桌上的包，"给我，谢谢。"

方文琳递给我，又嘱咐了一句，"买点燕窝什么的当见面礼，这是未来婆婆，你别太寒碜，说话也注意点，该巴结就巴结……对了，现金够不够？没有我这里先拿去。"

我感动得差点掉眼泪，趴在她肩头蹭了蹭，说："文琳，你对我真好，要不咱俩凑合着过得了，要那些男人做什么。"

"去你的！"方文琳一只光脚丫横空踹过来。

我大笑，一溜烟跑个没影。

燕窝我是买不起的，以前听沈苏提过他妈妈只吃某某牌子的，那论两的价格让我光听就咂舌，何况要我掏钱去买。在路上琢磨了一下，杀进附近的大超市里，买了一篮子精品水果，还有一瓶解百纳红酒，然后打的过去。我想我大概是全中国最主动、最独立的女朋友了，可是我没有立场指责沈苏，他是为我流浪在外的。

按了门铃，女佣来开的门。自报姓名后，她侧身让我进去。

沈苏的爸妈坐在沙发上看报纸，他妈妈见到我点了下头，将报纸搁在一边，淡淡地说："来了啊，过来坐。"

我把东西交给女佣，依言坐在她的身旁。感觉到她的目光正肆无忌惮地打量我，从头到脚，连发丝都不放过，直接得叫人难堪，脊背生寒。微微低下头，余光瞥见沈苏的爸爸用胳膊肘轻碰了她一下。

沈苏的家很大，装潢不华丽，但无形中透出一种厚实的书香底蕴。他爸爸六十岁出头，头发花白了一片，他妈妈比较年轻，而且保养得很好，因为板着一张脸，我看不出有一丝皱纹。寒暄了几句，他妈妈直奔主题。

"沈苏说你毕业后不愿留在本城，据我所知，你双亲已故去，一个姐姐在国外，家那边没有什么直系亲人了吧。"

"是，没有，几个亲戚平常也不太联络。"

"那怎么还想回去？难道那里有什么吸引你的地方？"

我不可能跟她高谈家乡情结，更不可以跟她说因为周诺言，衡量了一下，只得说："我从小在那里长大，感情深厚。"

"我们沈苏长这么大还是第一次跑到那么远的地方。"他妈妈的脸色本来就冷，听完我说的话后简直是阴冷下来，然后沉默。

如果说来之前我心里还忐忑不安，到了现在我已经很坦然了，他妈妈不喜欢我，这不是今天才知道的，忽然想起周诺言那晚的忠告，只是他劝我离开沈苏是因为了解我承受不了这样的恋情，而不是担心就此失去我。

"碧玺，"他妈妈终于再开口，"当初沈苏跟我们说要去南方，我们并不同意，这孩子跟我好大一番闹腾，我想他也跟你说了。他现在长大了，翅膀硬了，想飞多远就飞多远，全然没有考虑我们做父母的感受。我们就他一个儿子，他爸爸年纪大了，身体不太好，总需要他在跟前照应着，我瞧你是个明白人，你的学业成绩优异，年年拿奖学金，我想有些道理跟你还是说得通的是不是？"

"对不起，阿姨，我知道这事因我而起，给你们添了不少麻烦，但这是沈苏的选择。"

"那是因为他心思单纯。"她回头与沈苏的爸爸对视了一眼，仿佛在传递某种信息。

女佣送茶上来,他爸爸将一杯茶端到我面前,"是这样的,这段期间,我们一直没有放弃做沈苏的工作,听他说话就知道,他其实也是想家的,而且在那边他工作得很辛苦,经常熬夜加班,这些你知道吧?"

我点了点头,"是,报社的工作不轻松。"

他妈妈的表情忽然不耐烦起来,说:"碧玺,开门见山地说吧,我们希望你能主动跟沈苏分手,并且帮我们劝他回来。"

我完全没有料到他们会这样直接,愣了一下,干脆说:"我做不到。"

"你怎么会做不到?如果你真的喜欢沈苏,就应该为他的前途着想,这里有大把大把条件优厚的工作机会任他挑选,他堂堂一个名校新闻学的硕士,干什么不好,偏偏要窝在一个小报社糟蹋自己,你就没有半点内疚吗?"

我觉得没法与他们再交谈下去,想了想,说:"我会把你们的意思转达给他,但我不会跟他分手,至于他愿不愿意回来,抱歉,那不是我能决定的。"

第一次见面不欢而散,回来的路上我没有直接回寝室,在操场旁边的石阶上坐了良久,被蚊子叮了无数个包也似浑然不知,直到方文琳给我打手机,我才发现距十二点不到一刻钟了,匆匆起身跑回去。

赶在宿管员锁门前回到寝室,方文琳看我脸色难看,很识趣地没有多问,只是体贴地下床给我煮了一碗面条。

见到沈苏,是在一个礼拜后,拍毕业合影的前一天,我一点也不觉得奇怪。

夕阳西下,落日的余晖透过片片树叶洒下来,在身上留下斑驳的光影。他安静地看着我,一如往常那般,只是眼里带着淡淡的倦意。我不由扯了扯唇角,可以想象夹在我跟他父母之间是一件多么心力交瘁的事。从上周我去见他父母之后,我就没再给他打过电话,生怕自己一开口就忙不迭地抱怨,更怕自己会一不小心把分手两个字从嘴里溜出去。

不是没想过,可是不甘心。

"玺玺,我妈妈找过你了?"他明知故问。

我也配合地点了下头,"她希望我们分手。"

"不是,你误会了。"他脸上有些焦急,"我妈妈的意思只是让我回来工作,她并不反对我们交往。"

"是吗?"我不知道那位童校长是怎么跟儿子说的,但如果沈苏仍一厢情愿地这样认为,我又怎好说他妈妈的不是,"那你是怎么想的?你已经辞职了?"

他没有立即回答我,长久的沉默过后,他低低地说:"是,我辞职了。"

我盯着他,若无其事地"哦"了一声,"你还是后悔了。"

"玺玺,你听我解释,我从来没有后悔过。"他顿了一顿,又说,"我刚刚从医院过来。"

我心一紧:"你怎么了?"

"不是我,是我爸爸,上周末他因为高血压住进了医院,我妈妈到前天晚上才打电话告诉我。"他一脸愧疚与自责,"在他们最需要我的时候,我竟然不在身边。"

我深吸了口气,说:"沈苏,我们分手吧。"

"为什么?"他吃惊地看着我,"就因为我辞职回来?玺玺,你这样对我不公平。"

"对,是不公平,可是我们还有其他选择吗?与其让你夹在中间两难,不如我放弃。"

"是不是我妈妈跟你说了什么?"

"那不重要,"我抓了抓被风吹乱的刘海,"其实我应该早点跟你说的,一直以来，我们都在相互迁就……现在分开，也不算太晚。"

"什么叫互相迁就？你一直在迁就我？"

我忽然很想笑，"原来你以为只是你在迁就我。"

沈苏哑然，英俊的面庞难得露出一丝懊恼，"我不是那个意思！"

我不愿与他起争执，交往三年，我们几乎从没红过脸，我希望把这美好的记忆保留到最后。低下头，望着脚上的白球鞋发呆。

"玺玺，"他伸出手，轻轻抚摸我的头发，"我们不要分手，好不好？"声音充满了恳求。

我不忍心抬头看他，那双清澈的眼睛曾经那么打动我，在里面我找不到一丝烦恼，看到的只有快乐与温暖。慢慢地将头靠在他的肩上，紧紧搂住他的腰，鼻尖嗅到的是若有若无的青柠檬香。

"玺玺——"他轻唤，顺势抱住我，"别离开我，留下来，我们结婚。"

我心微微一颤，过了一会儿，笑着推开他，"那我们现在就去见你妈妈，只要她不反对，我们马上去登记。"

"真的？"沈苏惊喜地拉过我的手，"玺玺你是认真的吗？你真的愿意？"

"我愿意。"我温顺地笑，心中悲哀无限。

这是我第二次见到沈苏的妈妈，在医院。

沈苏一直握着我的手，从学校一路过来就不曾松开，在他妈妈锐利的目光注视下，他依旧坦然固执地不放手，那一刻，我真的觉得自己是他的珍宝。从小到大，除了父母，还不曾有人给过我这种感觉。于是，平静的心又渐渐泛起了涟漪，想起半小时前那么轻易地说出分手，顿觉无比歉疚。所以，尽管他妈妈看我的眼神带着莫名的敌意，我仍选择低下头颅。我不知道这样的低姿态能否让童可舒感受到我的诚意，但无所谓，重要的是沈苏，他明白。

"小苏,都什么时候了,你怎么还这么任性?"他妈妈看都不看我,只是劈头盖脸地训斥沈苏,"你爸爸现在还躺在里面,你就不能让妈妈省点心?"

"妈你误会了,我今天就是带碧玺过来看看爸爸。"顿了一顿,他才说,"还有一件事,想跟你们商量。"

沈苏的妈妈偏过头,瞪着我,"沈苏的爸爸刚睡下,只要儿子孝顺听话,就不是什么大病。你又不是医生,拖你过来顶什么用?"

这个态度已经很明显了,但我只能厚着脸皮冲她一笑。

"妈,医生不是说爸爸过两天就可以出院吗?我跟碧玺决定结婚,打算让爸高兴高兴。"

沈苏的妈妈眉毛一挑,"结婚?你们?"然后冷冷地扫了我一眼。

那一眼充满了鄙夷和厌恶,我用了很大的力气才克制住甩手走人的念头,"阿姨,我知道您不喜欢沈苏离开家乡,那就我留下……"

"很委屈吗?"她毫不留情地打断我的话,冷笑起来,"真看不出,你年纪轻轻的就这么识时务,也难怪我们沈苏招架不了你。"

我的笑脸一下子僵住,"阿姨,您这话什么意思?"

沈苏也急了,"妈你在说什么啊?我跟碧玺是真心相爱。"

"你对人家真心,人家是不是也对你真心?你交女朋友,妈从来不干涉,但你是我儿子,多少只眼睛在旁边盯着!长得漂亮有什么用?生活检点作风正派才是关键。"

我的脸已经完全冷了下去,抢在沈苏的前头说:"您觉得我生活不检点作风不正派?"

"我不想评论你的私生活,只请你离我儿子远点。"

"妈,碧玺到底哪里让你不满意了?"沈苏气得脸都红了。

沈苏的妈妈却很冷静,看了看我,说:"我不说是给你留颜面,可你是铁了心要跟我们纠缠下去。那好，今天不妨打开天窗说亮话，我问你，你跟那个周诺言是什么关系？"

听到周诺言这个名字，一瞬间我全明白了，原来这就是所谓的不检点、不正派。沈苏握我的手紧了一下，我回头，对上他难以置信的目光。

"周诺言……他不是你的朋友吗？"他迟疑地问。

我的个子高，沈苏的妈妈微微抬起下巴，"朋友？好个暗度陈仓的借口。"

我正想说点什么，手被沈苏抓得生疼，"你相信你妈妈说的？"我低声问他。

他无助地看着我，然后摇头，"我相信你说的，只要你说不是。"

我本不屑解释，但沈苏的神情让我的心拧了一下，"不，不是她说的那样。"

他像是松了一口气，坚定地说："好，我信你。"

我感动得想哭，可是沈苏的言行彻底激怒了他妈妈，她说了一句让我当场就丧失所有理智的话，她说："何碧玺，我真是小瞧你了，你谎言连篇说起来眼睛都不眨一下，跟你那败德的爸爸真是旗鼓相当。"

我的血一下子冲到脑门上，伸手推了她一把。

蹲在草坪边上，直到双脚麻木也不想站起来。刚才若不是沈苏死命地拉着我，我保不准还会干出什么事来。童可舒被我那么一推，跟跄了几下竟一屁股坐倒在地上，被一群殷情的护士拥进高级病房时，还不忘回头羞辱我。

她羞辱我不要紧，可她的矛头却是指向我爸爸，这是我无法容忍的。

不知过了多久，我抓着旁边的栏杆站起来，脚步虚浮，两条腿麻得像踩在棉花上。抬头，看见满天星光。沈苏从后面追上来，侧身拦在我前头。

他脸色不太好，我勉强牵动了下唇角，说："你妈妈没事吧？"

CHAPTER 05
旋转的木马

"刚才陪她去拍片了，幸好没什么大碍。碧玺，你以后能不能不要这么冲动？我妈年纪大了，经不起折腾。"他说话的时候不自然地偏着头，我看得出他在回避我的目光。

我不由冷笑，"她又跟你说了什么？难听的话还没说够是吗？是不是要我回去洗耳恭听？"

"玺玺你冷静点，"他急不可待地出声辩解，"我承认我妈妈的态度不好，她找人调查你和你的家庭背景，做法是偏激了点，但她是我妈妈，她只是想更多地了解自己儿子的女朋友，这点请你谅解。"

"你以为她是想更多地了解我？你觉得她出于善意？你甚至认为她血口喷人是对的？"

"玺玺，你能不能理智地看待这件事……"可能见我情绪激昂，沈苏无奈地按住我的肩头。

"我不能！"我狠狠摔开他的手，"你刚才聋了吗？听不到你妈妈说了什么鬼话？她居然说我爸爸跟他的女学生……你、你浑蛋！"我实在说不下去了，一想到童可舒的嘴脸和恶意抵毁，我就气到胃抽筋，最可恨的是沈苏，他明明在场听得一清二楚，却还可以这样理直气壮地跟我说什么谅解什么理智！我这辈子最大的错误就是跟他跑到这里，妄想这个男人会为我不顾一切。

"我知道那些话伤害了你，我妈妈的言辞也许过于尖锐，但她不是一个胡编乱造歪曲事实的人，她也曾经为人师表，不会平白无故地指摘你父亲乱搞师生关系……"

"你闭嘴！"我握紧了拳头，浑身微微颤抖，"沈苏，我们完了。"

"你为什么要把两件事扯在一块儿谈呢？你爸爸到底是一个怎样的人，这跟我爱你没有一点关系，不管我妈妈说你什么，都改变不了我爱你的心。"末了他又像说服自己似的补充了一句，"我根本不会在意那些。"

"可是我在意,在你心里你已经背弃我站到了你妈妈那边,你相信她所说的每一句话,"我目不转睛地盯着他,一字一顿地说,"我绝不会跟一个这样污辱我爸爸人格的人在一起。"

"玺玺——"他上前一步,试图挡住我的去路。

"让开!"我的忍耐达到极限,奋力推开他,冲进茫茫的夜幕里。

终于还是走到了这一步,我知道我跟沈苏是彻底完了。三年来小心翼翼呵护的感情,原来是这样不堪一击,我把它想象的太美好,以为他是我的避风港,眼看船就快到岸了,一把莫须有的火烧过来,什么都灰飞烟灭。

镜花水月注定是要一场空的。像个疯子夜奔两小时,闯进彻夜不休的小卖部要了烟酒,抱膝蜷在宿舍公寓门口直到天明,一颗心抖到几近痉挛。

大清早,宿管员过来开门把我摇醒,笑着说:"昨晚玩疯了吧,过几天就各奔东西了,这心情我理解,前面几届的学生比你疯狂的都有。快回去梳洗梳洗,你们班今天不是说要拍毕业合影的吗。"

眯着眼,扶着墙壁爬上三楼,在寝室门前敲了半天,直到隔壁探出头来说:"快别敲了,屋里没人,文琳、唐宁宁她们昨晚去唱K了没回来,到处找你呢,你怎么手机也不带。"

"哦,在充电。"我把包里的东西全倒出来,蹲在地上找钥匙。然后开门,书桌上堆放了好几本厚厚的留言簿,随手翻了翻,有文琳的、唐宁宁的、姚佳的、陆逸风的、程海林的……我拿起荧光笔,一本一本地写,迟来的眼泪此刻汹涌而出,很快模糊了视线,我看不清自己的字迹,可是我还继续写,我只是想找点事干,我必须找点事干。

拍毕业合影的时候,我睁着一双红肿的眼睛去了,除了我们寝室的,没有人问我怎么哭了,在这个特殊的时刻,哭是被允许的。毕业就失恋,屡见不鲜。

CHAPTER 05
旋转的木马

119

我给何琥珀打电话,她大概是在片场,语气透着不耐烦,不住地催促我快说。我将手机握得发烫,低声说:"你知道爸爸当年为什么被停职半年吗?"

电话那头忽然没了声音,我咬唇等待,听见她语气生硬地说:"问这个做什么?"

"他们说,爸爸因为和一个女学生暧昧不清,发生感情纠葛,被学校强制性停职,后来那个女学生还为爸爸跳楼自杀了,是不是真的?"我讷讷地陈述着童可舒所谓的找专人调查求证出来的结果,心中一片茫然。

"是不是真的?"何琥珀重复了一遍,发出两声尖锐的笑,"何碧玺,你脑壳坏掉了吗?"

"你告诉我有没有这回事?"我把下唇咬出血。

"何碧玺,你居然敢这么问!枉费爸爸生前那么疼你,你居然也相信。"

我猛地打了个激灵,急得大叫:"不,我不信,我不信!"

"很好,你要是敢信他们的鬼话,我现在就飞过去砍死你!何碧玺我告诉你,这话我当年听了不下十遍,可是我跟妈妈都相信爸爸的为人。是我妹妹的话,就去撕烂那些人的嘴。"

我破涕为笑:"好。"

何琥珀没料到我答应得这么爽快,愣了一下,讪讪地说:"好什么好,寻我开心啊?你也知道我随便说说的,都过去这么多年了,我就搞不懂怎么还有人这么无聊……对了,到底是谁跟你说的?"

"就是无聊的人呗。"

她好像嘀咕了一句什么,我没听清楚,问:"什么?"

她不乐意了,凶巴巴地嚷:"什么什么!没别的事赶紧挂,我要拍戏了,好好的心情都被你个丫头片子破坏光了!"

她突然冒出这么一句京片子,倒把我怔住了,笑着说:"跟你配戏的是不是有北京帅哥啊？"

"关你什么事？哎，你还有完没完？挂了！"说完就把线掐了。她现在没事求我，也不用跟我扮客套玩虚的了，又恢复了以前那"看你就是不爽"的女王模样，这样的何琥珀反而是我比较能接受的。

她说我把她的心情破坏光了，可我的心情却好多了，把手机塞进裤兜里，去体育馆看大三的那帮男生打篮球，随后收到何琥珀的一条短信。

"周诺言有新女朋友了，你还不赶快滚回来抢。"

我哭笑不得，一时玩心大作，给她回过去："抢不过人家啊，美男到哪都吃香。"

过了好久，我几乎都快忘了这码事，手机短信提示音又响。

我打开来看，一个字——"切"。

又旁观了一会儿，我卷起裤脚下场，干净利落地投了几个三分球，班主任的电话打过来："碧玺，你赶快到我办公室来，现在马上立刻！"

我笑嘻嘻地说："好好，瞧什么事把您给急成这样？"

"你的学位证书让人给扣了！"

我脑子嗡的一声，犹如警钟长鸣。

童可舒一个电话打到校长那里，我的学位证书立马被教务处扣住，理由是我蓄意伤人，据说经校长多方劝阻，童可舒打消了报警抓我的念头，为了息事宁人，老班让我去医院赔礼道歉。

"不，我不去。"我这么跟老班说，把她急得差点掀桌子。

"为什么不去？怎么可以不去？"

"我没有蓄意伤人。"

"哎，我说你平时顶机灵的一个人，怎么到了关键时候就犯糊涂？"老班其实一点也不老，今年三十二，晚婚，儿子刚满一周岁。她跟我们四年处下来，彼此感情深厚。听我这么说，摆出一副痛心疾首的表情，"你是不是蓄意，难道我会不知道？可你惹谁不好，偏偏去惹童可舒！如今她说你什么就是什么，哪由得你说个不字啊。"

"反正我不去，让她报警抓我吧。"

"你这孩子……"老班一时气结，忽然想起什么，两眼放光仿佛看到曙光，"你去找沈苏帮忙，他不是你男朋友嘛，对，让他陪你去，此时不用更待何时！"

我有些不忍心，但只能照实说："老师，今天之前是。"

"什么意思？分了？"老班满脸的愕然，恨铁不成钢地敲着我的脑袋，"你啊你，你让我说你什么好，现在不是赌气的时候，我们班就出你这么一个拿全省奖学金的，表彰大会上我还指望你给我个机会吐气扬眉呢！这学位证书无论如何你得尽快搞回来。"

我赖在老班的沙发上不肯起来，她二话不说翻出一个精美的笔记本，这是她的情报库，传闻里面收录了我们班所有人的详细资料，大到家庭住址父母姓名，小到三围血型星座，只有想不到的，没有里面找不到的。我看到她拿起电话，随口问了句："老师你干吗？"

"找你的监护人。"

我惨叫一声，冲过去把话筒夺过来，"好好，我去我去！老师您饶了我吧，我现在就去还不行吗？"

老班满意地摸了摸我的头，眼神像极了在看她家的雪纳瑞，"你乖啦，童可舒不就是想挫挫你的锐气吗？碧玺你听我的，好汉不吃眼前亏，这回咱先忍了。她有权有势、有地位有威望，你一个毕业在即的学生跟她硬碰硬没好果子吃。"

真是至理名言，但道理归道理，懂道理的人海了去了，可没道理的事还不是一样天天发生。去医院前先回了趟宿舍，文琳听见我的脚步声，从屋里奔出来,"怎么样?老班怎么说?"

　　回来的路上我接到她的电话,把这事跟她说了,结果她比我还着急。拉着她的手进去,我故作轻松地说:"没事,就让我去倒个歉,天塌不了。"

　　方文琳神色复杂地望着我,"找沈苏谈过没有?"

　　"找他做什么?"我换了件白色T恤,淡淡地说,"跟他没关系。"

　　"怎么会没关系?起码有他陪着你,他妈妈会收敛点。"

　　这我当然知道,但是童可舒的唇枪舌剑我不是没领教过,我又如何能让沈苏去看我怎样被他妈妈骂得狗血淋头体无完肤?文琳还在喋喋不休地劝我,我笑了笑,说:"你别管了,我自己能应付,不就低头看脚打不还手骂不还口吗?我有心理准备。"说完顿了一顿,又补充了一句,"沈苏在场只会让我更难堪。"

　　"可是……"

　　她还想说什么,被我笑着岔开话题:"对了,今晚有什么节目没有?等我回来,咱们出去狂欢,就当庆祝我毕业失恋两不误。"

　　方文琳同情地拍了拍我的肩,说:"行,寝室等你,祝你好运!"

　　我很庆幸她没有提出要陪我去医院,我想她还是了解我的,我是那种跟人打得头破血流后宁愿跳进沙坑里躲起来,也不要别人来给我上药的人,无论那个人是沈苏还是她,我都接受不了。在医院的门口徘徊良久,脑子里晃过的居然是周诺言那张脸,如果这时候他在我身边……想到这里,突然打了个寒战,我现在又糗又倒霉,要是他知道了估计会把我痛骂一顿,然后说何碧玺你这个笨蛋,我已经提醒过你离开沈苏,早听我的话就不会落到今天的下场。

　　我在心里对自己说,就算不为了学位证书,也为了老班的苦口婆心。无数个深呼吸之后,我站在那个高级病房门前,规规矩矩地敲了三下。

　　很快有人来开门,是沈苏。

CHAPTER 05
旋转的木马

我后退了一步,立刻镇定下来,说:"你好,我来向你母亲道歉。"

他一怔,面上有些尴尬,"不要用这种口气跟我说话,玺玺,你是我的女朋友。"

"我们分手了。"我心平气和地提醒他。

"我们没有分手,谁同意跟你分手了?"他走出来,反手将门掩上,"玺玺别闹了,我妈在气头上,给我点时间,我会说服她。"

我看着眼前疲惫不堪的男人,心中被一种前所未有的陌生感慢慢填满,我以为自己说得明白,原来还是不够,冷眼看着他一步步靠近,我一步步后退,当背部终于贴在墙上,我伸出一只手请他止步,"沈苏,我最后说一次,无论你妈妈是否愿意成全,我都不会再和你在一起了。我知道这些天因为我的事让你很苦恼,也害得你跟你妈妈之间不愉快,我今天特意来向她道歉,如果可以的话,请让我一个人进去。"

沈苏的目光露出浓浓的哀伤,我默默地低下头去。

"好吧,你进去吧。"无言地对峙良久,他低声说,"我妈妈脾气不好,你不要见怪,学位证书的事我听说了,其实就算你不来,我也不会袖手旁观。"

我勾了勾唇角,说:"谢谢你,祸是我闯出来的,让我自己解决吧。"

进去,独自面对冰冷的人,满腹底稿根本没有用武之地。童可舒如女皇一般端坐在病床上,带着轻蔑的冷笑,只丢给我一句话,"想我原谅你?很简单,让我儿子对你彻底死心。"

我面无表情地看着她,省下若是说出口恐怕会先把自己恶心死的那句"对不起",在她的注视下转过身,手碰触到门柄,我又改变了主意,缩回手,侧过头微微一笑。

童可舒怒不可遏,质问我:"你笑什么?"

我走过去,居高临下地看着她,"你刚才在偷听我们说话?"她一定是听到了沈苏说的话,所以把气撒到我身上。

"你出去!我不想看见你。"

"你让人扣了我的学位证书,不就是等着我来求你吗?老实说,我根本不在乎,你爱扣多久就扣多久吧,万一哪天心血来潮想报警也由你,杀人还要目击证人呢,你说我蓄意伤人有证据吗?对了,我差点忘了,你儿子当时在场的,只是——"我故意停下来,眯着眼睛望向窗外,"你说沈苏会帮你吗?他现在是乖乖地守着你,可他心里记挂的却是我,你尽管要手段吧,我不在乎,让你儿子看看他尊敬的母亲是一个多么懂得运用职权假公济私的人。还有,你找人调查我,恶意中伤我的父亲,费尽心思破坏我在你儿子心中的形象,以为这样就可以让他主动离开我?可你儿子似乎仍执迷不悟啊,真是抱歉,要让您失望了。"

"你……你、你给我滚出去!"她抓起枕边一本厚厚的书,用力地掷向我,歇斯底里地叫起来,"何碧玺你这个狠毒的女人,沈苏怎么会看上你?"

沈苏闻声冲进来,正好听到这句话,脸瞬间白了一下。

我伸手按住被砸得生疼的肩头,笑着面向他,"没错,我既狠毒又阴险,怎么会有人看上我?"

手机不停地振动。

我记不得已经按掉了几个来电。周围人来人往,机场大厅的玻璃门开开关关,外面烈日炎炎,我坐在冷气口,低头吃冰激淋。被填充物塞得鼓鼓的橘色登山包直立在脚边,里面有我全部家当,唯独少了一本学位证书。

墙壁上的电子钟显示下午两点半,这个时候,文琳她们应该穿上学士服开始拍照了吧,早上那个表彰会,我的缺席大概会让老班很窝火,真要命,以后见到她,我又多了一条罪状。

一个人坐着无聊,从包里翻出机票来看,我是来早了,趁寝室的人还在

CHAPTER 05
旋转的木马

睡，我就背着行囊跑出来。可是我在这里坐了很久，往常走得飞快的时间这时于我却是度日如年。

手机的提示音响了几次，我也不想看，反正看不看都一样。那天我在医院逞口舌之快，老班知道后差点被我气死，连夜跑到宿舍把我狠狠批了一通，文琳也在一旁附和着数落我。我知道我这人任性又冲动，但若给我次机会重新来过，我还是会照做不误。这份心思虽没说出口，但这个态度已明显放脸上了，老班不住叹气，投给我的眼神里写满了"朽木"二字。

现在回想一下，除了觉得有些对不住老班之外，就是遗憾跟沈苏的那个句号画得太糟糕，至于学位证书，我自然是纠结的，可是要我向童可舒低头，那只会令我更加纠结。

抬头看到换登机牌处人少了，我赶紧拎起背包走过去。把机票递给工作人员，说："请给我一个靠窗的位置好吗？"

"好的，您稍等片刻。"

不一会儿，她将我的登机牌放到案上。我道了声谢，正要伸手去拿，忽然一只手从我身侧越过，抢在我前头把牌拿了去。我吓了一跳，回头看见那个人，不由愣住。

"怎么是你？你怎么会在这里？"我莫名地有些做贼心虚，四下瞅了瞅，结结巴巴地说，"周诺言，你不会是要告诉我……你来是因为我吧？"

眼前的周诺言似乎与往常有点不同。

我忐忑之余不忘打量他——藏青色的POLO衫配一条浅灰色的休闲裤，整个人说不出的干净清爽。见惯了他穿西装打领带的模样，突然间看到他有别于家居服的另一面，顿时有种奇异的陌生感。

正看得入神，周诺言递了包面巾纸过来。

我大窘，脸微微红起来，低声嘀咕："干吗啊，我没流口水。"

  他挫败地瞪着我，从里面掏出一张纸巾，握住我的胳膊肘细心擦拭，我这才留意到那个部位不知何时沾上了一点巧克力冰激淋。

  周围的乘客投来诧异的目光，我忙说："我自己擦。"

  "好了。"他淡淡地说，将脏的纸巾揉成一团，丢进旁边的垃圾桶，"跟我走。"

  我紧张兮兮地叫起来，"去哪儿？"

  "去拿你的学位证书。"

  "我不去！"我猛地刹住脚步，巴巴地望着他，"我死都不要去，你别逼我。"

  他不说话，眼睛不自觉地眯了眯。

  我嗅到了危险的气息，小心翼翼地伸出手，说："把登机牌还我。"

  他毫无留情地拍掉我的手，力道之大，一点也不手软。我低头看着自己通红的掌心，多日来积蓄的委屈、愤怒一齐迸发，不顾一切地冲他大吼："周诺言你到底什么意思？我说不要就不要，你管得着吗？你是我的什么人？我凭什么要受制于你？你……"然后我还说了很多，大都前言不搭后语，嗓门还奇大，机场一些工作人员蠢蠢欲动就要过来劝架。我发泄完了，闭上嘴巴，用恶毒的目光盯着他。

  他并不动容，不紧不慢地说："我是你的监护人，无偿供你上大学四年，难道没有资格要你的学位证书？"

  这男人每次都拿这个来打压我，更可气的是每次都奏效，那是我的死穴，此时真恨不得哭给他看，让他知道他这个要求有多强人所难，可惜我哭不出来。

  "不是我不想去，童可舒故意刁难我，去了也是枉然。"

  "她怎么刁难你的？"

  我咬牙，索性豁出去，"她要我离开沈苏，还抵毁我爸爸的清誉，说他跟女学生有染,你叫我怎么忍得下这口气。"

周诺言的脸色似乎白了些,说:"她还说了你爸爸什么?那个女学生……"

"我才不信她的鬼话!"我气急败坏地打断他,"我爸爸是一位很称职的大学老师,深受学生爱戴,在我的记忆里,以前每年教师节我们家就非常热闹,登门拜访的、打电话来问候的学生不计其数。现在他已经过世了,想不到还有人这样无耻别有用心地拿这种事来做文章。"

周诺言沉默地看着我,隔了半晌才说:"好了,过去的就让它过去。"声音低得像是在自言自语。我一怔,不明所以地与他对视。

他又说,"碧玺,如果你就这么走了,那跟逃跑有什么区别?你受了委屈,起码要把属于自己的东西讨回来。"

我颓然摇头,"没用的,我开罪了她,她不会轻易放过我。要我低声下气地去求她,我绝对办不到。"

"谁要你低声下气求她?"他挑眉,握住我的手,大步朝出口处走去。

我以为他会直接拉我去医院,谁知是去吃饭。

周诺言的饭量不大,吃东西也不怎么挑食,只是有洁癖。在车上他征询我的意见,我随口说了一家,结果进去不到三分钟他就把我拖出来。

"何碧玺,你经常在这样的大排档吃饭吗?"他脸色不太好。

"也不经常,我在食堂吃得多。"我知道他被里面那堆得到处都是的油腻碗碟倒足了胃口,"那你想吃什么?就我们两个人总不至于去大酒店吃吧。"

"难道就没有卫生干净点的小吃店吗?"

这可把我难住了,再卫生再干净也比不过自己家里,我想很难有饮食店符合他的标准。正皱着眉头想,听见他没好生气地说:"想到没有?我快饿死了。"

抬眼看到他捂着胃，我的心紧了一下，"你怎么了？又胃疼？"

他居然点了点头，这下我更紧张了。忽然灵机一动，笑眯眯地招手拦了辆出租车，"走吧，我想到一个好去处，保证卫生干净。"

从超市出来，我拖着周诺言的手绕过那个人工湖，指着前面不远处那片小区给他打气，"就到了，只要三四分钟的路程。"

他替我拎着几个塑料袋，忍无可忍地说："你刚才也这么说。"

我呵呵笑起来："这次是真的，你瞧，那不就是！对了，你怎么会过来的？谁向你告的密？方文琳还是老班？"我猜不会是老班，当初她跟我要监护人的名字，我没办法只好把周诺言的名字报上去，老班问我亲属关系，我瞎掰说他是我叔叔，老班没有求证精神，一下子便信以为真。

"方文琳。"他如实说。

"那女人被你收买了。"我一边走一边抗议，"以后我得离她远点，说不准哪天又被人卖了。"

周诺言的脸色微微一变。我意识到失言，忙岔开话题说："啊，到了。"

我算准了时间，老班现在该在学校里忙活，她的大房子里只有一个小保姆、一个婴孩，还有一只雪纳瑞。我敲门进去，跟小保姆嘀咕了几句，她笑着偷偷打量了周诺言几眼，小脸立时变得红扑扑的。我打发她去婴儿房，回头瞅见周诺言正半蹲着跟那只狗交流感情，也不打扰他们，飞快地溜进厨房干活。老班是有钱人，老公是飞国际航班的副机长，长年不在家，所以时不时把我跟文琳叫到她家里来聚餐，美其名曰给新房添点人气。

老班的厨艺马虎得紧，小保姆是专门帮她带孩子的，炒菜做饭也不济事，于是每回都是我跟文琳伺候她，她家的厨房简直是我们的天下。驾轻就

CHAPTER 05
旋 转 的 木 马

熟地淘了把米,放进电饭锅后跟着洗菜,客厅偶尔传来一两声低低的犬吠。

"需要帮忙吗?"周诺言甩了那狗,凑过来问我,他显然没有君子远庖厨的思想陋习。

我露出欣赏的目光望着他,顺手从水池里捞出一个土豆,"大医生,让我见识见识你的刀功吧。"

他洗手接过土豆,表情有些哭笑不得。

不多时,两菜一汤大功告成。将鲜莲子玉米蛋花羹端上桌,我笑眯眯地招呼他,"坐下,尝尝看好不好吃。"

他品尝过后,意外之余不忘质问我:"你以前在我面前四体不勤五谷不分是装出来的?"

我白了他一眼,理直气壮地说:"我不做,不代表我不会。"

他无语,夹了一筷子的菜放进嘴里。

解决了温饱问题,我收拾好厨房赶紧走人,被老班撞上可不是闹着玩的,不怕一万,就怕万一。路上我问周诺言是不是去医院,他看了看我,说:"去酒店吧,医院哪来的证书。"然后跟司机报了一个酒店的名字。

我被他弄糊涂了,等回过神来已经连人带包站在海景大酒店的门口。这是本城一家颇有名气的酒店,看大堂金碧辉煌的装修就知道这里的消费肯定低不了。

周诺言叮嘱了我几句,兀自去柜台帮我开房间。我郁闷地坐在大厅的沙发上等他,心里琢磨着这人葫芦里究竟卖的什么药。餐饮部那边热闹异常,好像在开喜宴,时不时有宾客喧哗欢快的起哄声响起。我的注意力被吸引,当主持司仪的声音通过麦克风传过来,我蓦地就想起沈苏说过要跟我结婚,言犹在耳,却已是昨夜星辰昨夜风。

无谓地笑了笑,从口袋里掏出手机把玩。

周诺言拿着钥匙过来，坐到我身旁，"在想什么？"

我摇了摇头，提议："那边有人结婚，我们去瞧瞧热闹好不好？"

他皱眉，说："结婚有什么好看的，两个人就跟牵线木偶似的。"

我没赴过喜宴，仍是好奇得很。

他忽然问我："今后有什么打算？"

我一怔，心想他指的是哪一方面啊，嘴上避重就轻地回应："去上班啊，面朝大海，春暖花开，努力做个正常人。"

他好像在犹豫什么，欲言又止。

坐了一会儿，那边的动静小了下去，我有点困了，从他手里拿过钥匙，看了看上面贴的门牌号，"回房吧，有什么话明天再说。"说着站起来。

他匆匆起身，将我拦在跟前，压低了声音问："离开沈苏，你会难过吗？"

我目瞪口呆地看着他，不明白他为什么这么问。正困惑不已，突然他捏住我的下巴，低头狠狠地吻我，温软的唇贴在一起，然后唇齿相抵，带着令人眩晕的霸道，我惊得睁大眼睛，头脑瞬间一片空白。这时正是酒店客流量的高峰期，周围人来人往，纷纷投来惊讶寻味的目光。这个男人是不是疯了！我的脑子一点点恢复运转，隐约觉得有什么不对劲，正准备推开他，他却主动放开我，沉默地不做一句解释，只是墨黑的眼瞳闪过一丝复杂的神色，转瞬即逝。

"你……"我讪讪地不知说什么好，抬头察觉到他的目光越过了我，停留在我的身后。背脊传来一阵寒意，我慢慢回过头，意料之中看见沈苏那张惊疑不定迅速转为愤怒的脸。

沈苏铁青着脸过来拉我，周诺言拦了一下。

沈苏怒气冲冲地推开他，"这是我跟碧玺之间的事，与你无关。"

CHAPTER 05
旋 转 的 木 马

周诺言后退一步，笑着收回手，"你抓着我女朋友不放，怎么会与我无关。"

沈苏的手微微颤了两下，掌心像是瞬间渗出汗来一般。我有些不忍，在一旁劝说："沈苏，你别这样，有话好好说。"

他愤怒地回过头，瞪着我，"好好说？现在还能说什么？碧玺，你对得起我！"

我看着他，迟疑了片刻，终是将已到嘴边的话咽下。这个男人我是了解的，他温柔而平和，有着难得的好脾气，三年来不曾对我说过一句重话。可是今天，他却在大庭广众之下冲我吼，我知道是我伙同周诺言把他逼到这个地步，但童可舒是催化剂。

"是我对不起你，可是我们已经分手了。"

"那之前呢？"他攥紧我的手腕，力气之大像是要将它捏碎，"你跟他是什么关系？你告诉我——"

如果他能冷静下来听我解释，我愿意将过往说给他知晓，但此时的沈苏让我无力，觉得说什么都是枉然。挣扎了一下，没能挣脱开他的挟制，只好说："你都看到了，我没什么好说，一切如你所见。"

他面色惨淡，眼眶微红，如同失去玩具的小孩一般无助，"原来我妈妈并没有冤枉你，你一直被他包养，甚至跟我在一起的那三年里，你跟他都有着千丝万缕的联系，你一心一意要回去，也是为了这个人，难怪当初我怎么问你都不肯说。你上次带我去见他，又居心何在？我从来没有怀疑过你，你却把我当傻子一样耍，何碧玺，我真是瞎了眼才会爱上你！"他恶狠狠地说着，目光仿佛要将我戳穿。

我无言以对。连包养都说出口，可想而知童可舒在背后说了什么。他已经给我判了死刑，我更不用费什么口舌了，说再多也不过是徒劳的狡辩。蓦地一阵心灰意冷，原以为可以好聚好散，谁知竟是这样收场。

"她现在是我的女朋友，在跟你分手之后。还有，不是你所谓的包养。"周诺言冷冷的声音在我耳畔响起，"你，向她道歉。"

一眨眼，沈苏的拳头从我面前晃了过去。

周诺言反应极快，这一记拳头自然没能落在他身上。我担心沈苏会受伤，扑上去将两人隔开，沈苏面红耳赤，几乎失去理智，我用身体挡着他，低声吼道："你冷静点，有些事不是你想象的那样，我们心平气和地坐下来谈，好不好？"

围观的人渐渐多起来，明目张胆地冲我们三人指指点点。我不明白这些人为什么会喜欢看别人吵架，每天上演的八点档还不够他们看吗？我今晚丢脸是彻底丢到家了，先是周诺言莫名其妙的一顿激吻，紧接着又是沈苏劈头盖脸的一番质问，现在还发展到以暴制暴，这么娱乐大众的场面居然会发生在我身上，以前可是压根都没想过。

"都住手！"一声刻意压低的怒喝自人群外传来，不用回头看我都知道是谁。保安部长与几位客服匆匆赶过来，很快将人群三三两两驱散。

童可舒走到我身边，先是瞪了沈苏一眼，然后转向周诺言，"周先生是吗？我是沈苏的妈妈。"

"幸会。"周诺言勾了勾唇角说。

"周先生远道而来，想必是为了何小姐的事？"童可舒一边说着，一边用沉郁的目光打量周诺言，"方便的话，我想跟周先生私下谈谈。"

"正有此意，沈太太，听闻今晚是吴校长大喜的日子，想必高朋满座，待会儿要请沈太太帮忙引荐一下。"

我这才想起前几天唐宁宁她们在议论有关吴校长未来儿媳妇的八卦，当时我正烦得焦头烂额，也没留意日期，原来就是今天！不经意瞥了童可舒一眼，发觉她本阴沉的脸在周诺言说完话后变得有些青白。

沈苏一动不动地站着，我只好跟着杵在原地，周诺言望向我，笑着说：

CHAPTER 05
旋 转 的 木 马

"碧玺，你先回房休息吧，稍后我去找你。"

他这个笑容摆明是做给童可舒看的，我低低应了一声。

童可舒立即下巴一扬，对沈苏说："回大堂去，你爸爸在等你一起过去敬酒。"

沈苏转身就走，不再多看我一眼。我直觉想拉住他，跟他解释几句，童可舒锐利的眼神比小李飞刀还精准地投射过来，我只能作罢。

如果注定分手，是不是这样会更容易让彼此遗忘？那就这样吧。

酒店的服务生帮我把周诺言的行李一齐拿进我的房间。等他出去，我坐在两个大包中间发了好一会儿呆，脑子有些迷茫，不知道该干什么好。

打开电视机，把包里的东西倾倒出来，整理了一遍又一遍。然后给文琳回了个电话，把刚才的事跟她说了，她沉默了几秒，说："我早说过沈苏不适合你，现在断干净也好，你管他怎么看你，只要今后你们不再有瓜葛。"

我苦笑，"文琳，周诺言给了你什么好处？"

"死丫头！"方文琳在线的那一头咬牙切齿，"你还好意思说，我问你，你是不是早就想好临阵脱逃了？你不跟唐宁宁她们说也就算了，可你居然连我都瞒！你太过分了吧。"

"你别生气，我真是迫不得已，你要是事先知道，肯定不会放我走。"

"没错，我要是拦不住你，就告诉老班，让她来拦你。"方文琳叹了口气，声音缓和下来，"其实你这又何苦，反正已经决定了要分手，你大可以跟童可舒说清楚，沈苏执迷不悟那是他的事，管不了儿子就来折腾你，说出去也不怕别人笑话！"

"文琳，我是不是太自私了？"想到之前沈苏盛怒下失态，我心里就很难受。

"爱情的世界，误伤在所难免，你不用内疚。何况，沈苏说服不了他妈妈,难道要你一直受气下去?碧玺,我自始自终都站在你这边,我从不认为沈苏是好人选,即使他为你离家出走,感动是一回事,事实是另一回事,你趁早回头是对的。"

"为什么这么肯定?"

她笑了笑,说:"可能真是旁观者清,以前看你们在一起,总觉得你把自己压抑得很辛苦,沈苏眼中的你并非真正的你,我认识的何碧玺小毛病不少,既任性又冲动,发起脾气就蛮横不讲道理,我想沈苏不会这么认为吧,你在他心目中恐怕完美得很!"

这话在遭遇先前种种后,只剩下讽刺的意味,我默默地听着,没有接话的欲望。她说的是对的,只是我从来没有正视过这点,我理所当然地将互相迁就看成两个人在一起厮守的不二法门。我跟周诺言就是谁也不愿迁就谁,以致见面就吵,即使没吵也会闹得不欢而散。

方文琳像能读懂我的心思,说:"互相迁就忍让是没错,只是长期如此,你不觉得累吗?"

我正要说话,却听见另外一个铃声在身畔响起。愣了一下,打开周诺言的旅行包,取出手机来看,显示屏上显示蒋恩爱的名字。

迟疑了二三十秒,我终于忍不住按下接听,还未吱声,蒋恩爱那十万火急的声音就撞进了耳里,"周诺言,你到底怎么回事?打你那么多次电话你都不接,给你发十条短信你就给我回了一条!你现在在哪?郭奕说你早上做完手术晕倒了,你不在家好好休息还到处跑,你不要命了吗?"

她又叽里呱啦说了一通,我半句都没听进去,思维固执地停留在某一点上不肯再动,等她发泄完了,我才讷讷地问:"诺言的身体很不好吗?他病了?"

蒋恩爱显然蒙了一下,不确定地说,"何碧玺?"

"是我,诺言跟我在一起。你刚说他做完手术晕倒了,怎么会这样?"

"何小姐,这是诺言的手机,请让我与他通话。"

"他不在我身边,"我似乎可以看到她愠怒的样子,"你还没回答我。"

她二话不说把线掐掉。

我愕然,拿起自己的手机,发现文琳还在等我,于是匆匆地说:"我们回头再聊,我现在有事。"

"出什么事了?"

我本来已经要挂线,忽然心念一动,又问:"你什么时候告诉他我的事?他当时怎么说的?"

"就是今天早上啊,起床后到处找你不着,打你手机你又不接,我实在没办法了,只好打给他,可是打了几次,他也没接,过了一个多小时他给我回过来。"

"他怎么说?"

"啊?没啊,我跟他大概说了你和童可舒几次交锋的战绩,然后就说你卷着铺盖失踪了。"

我这时候没心情跟她开玩笑,急着追问:"那再然后呢?他怎么回你?"

"他说他过来。"方文琳用羡慕的口吻说,"碧玺,从梧城飞过来,少说也要三个半小时吧,这样不顾一切地为你来回奔波,你难道就没什么想法?"

我当下唯一的想法就是马上见到他。跑进宴会大厅,把每一桌的人都浏览个遍,就是没看到周诺言的身影。我的心猛跳,像是即将有什么不好的事要发生一般。有人从身后拍了拍我的肩头,我欣喜地回过头去,却不是诺言。

"老班。"我木着一张脸唤她,此刻我一心记挂着周诺言,看谁都不过尔尔。

老班皱着眉头盯着我,说:"在找刚才那个人?"

我眼前一亮,抓住她的胳膊,"对对,他人呢?在哪?"

"走了，"老班极爱护自己一双手，赶紧挣脱开我的魔爪，"他真是你的监护人啊？想不到那么年轻，要不是知道你跟沈苏是一对，我还以为他是你男朋友呢。"

"他……他去哪儿了？"

"还不是为了你的学位证书，那人口才真是了得，你没瞧见，教务处那些头头都被他轻描淡写几句话说得脸一阵青一阵白的，校长听得汗都飙出来了。谁不知道教务处敢随便扣你证书是他老头子授意的啊。"

"那童可舒呢？"

"她？没看见，她一家子好像很早就退席了吧。"

我心中没有丝毫喜悦，除了担心还是担心，"周诺言是不是去学校了？"

"应该是吧，教务处的人跟他一同离开的。"

老班见我魂不守舍，说了一会儿话就放我走。坐在大堂的公共沙发上，对着门口川流不息的车辆，我想了一些事。

"碧玺——"

似睡似醒中，有人轻轻捏了捏我的脸颊，迷迷糊糊地睁开眼睛，在看清眼前人后，顿时清醒过来，竟欣喜得难以自控。

周诺言的脸色不太好，眉宇间透着浓浓的倦意。坐到我身旁来，递给我一个大大的牛皮信封，说："你拿了省奖学金，恭喜。"

我将信封握在手里，犹豫着要说些什么好，却听见他唤我，匆促地应了一声，"啊？"

他抬腕看了看手表，示意我，"很晚了，怎么不回房睡？"

我咬唇看着他，"等你。"

他像是想起什么，忙向我解释，"傍晚那么做是迫不得已，你别介意。"

我愣了一下，方才领会到他的意思，赌气问："什么叫迫不得已？我怎

CHAPTER 05
旋转的木马

么能不介意?"

他看了看我,语气淡淡,"拖泥带水根本没意义,除非你不想离开他。"

我费了很大力气才忍住,尽量平静地说:"也就是说你那么做不过是为了让沈苏对我彻底死心,然后好去跟童可舒谈判,没有一点特别的意思?"

"你指什么?"他居然反问我。

我垂下眉眼,不愿面对他探究的目光,"没什么,随便问问。"虽然面上装作好不在意,可沮丧失望的情愫齐齐涌上了心头。

他又说:"之所以没事先跟你通气,是因为不想听到你反对。"

我忍不住勾起唇角,这个男人倒是很了解我,一早就猜到我会反对。他坦然自若的样子让我觉得自己几小时前的面红心跳完全没必要,一开始他就是做戏给沈苏看的,演技堪比奥斯卡得主,而我就是配戏的傻子,一厢情愿地投入情绪。想到这里,不加掩饰地冷笑了一声。

周诺言皱了下眉头,疲倦地说:"好了,先回去睡吧,如果明天还不能释怀,你随时找我吵,我都奉陪。"

我站起来,狠狠地瞪了他一眼。走到楼道口,没听见后面有动静,偷偷回过头去看他,只见他整个人陷在松软的沙发里,头向后仰靠着,眼睛微阖,似在闭目养神。我心一软,轻手轻脚走回去,站在他面前静静地端详他。此刻的周诺言没了往日嚣张霸道那股子劲,脸上不见血色,隐隐地透出一股青白,衬托出睫毛下方原本淡淡的阴影越发明显。

站了片刻,他有所觉察,睁开眼睛看我,幽深墨黑的眼瞳在一刹那像要望进我的灵魂。"怎么还不去睡?"他顿了一顿,有些气短,"还为了沈苏的事?"

"你怎么不回自己房间?"他的手一直按在胃部,我知道这个男人在死撑。其实我早该想到,他跟我针锋相对鲜少自动鸣鼓收兵的。

他瞪着我,不说话。

我动手拉他,他无奈地顺着我站起来,说:"你到底想怎么样?"

"我还想问你想怎么样呢!"

他默默地看着我,然后轻声说:"碧玺,我累了。"

我一怔,讷讷地说:"那你回去睡觉吧。"

他站在原地,定定地望着我,深沉的目光隐隐燃烧着一团炽热。我的心跳快得就要喘不过气,只能仓皇转身,逃似的离开他的视线。

在床上翻来覆去,怎么也睡不着。打开电视机,某频道在重播一个系列纪录片,我被其中一幕吸引,一时间心潮涌动,难以平伏。想到刚刚在周诺言那没说出口的话,更是憋闷得慌,干脆拿起房里的电话,用内线拨过去。

等了好一会儿,他却不来接听。我厌厌地挂机,歪着脑袋开始胡思乱想,我敢肯定他现在一定还没睡着,也许正在跟蒋恩爱通话。可我不甘心,好不容易鼓足了劲要跟人家表白,怎么可以出师未捷身先死?拿起话机再拨过去,一次又一次,坚持不懈。

打到第六次,刚响了一声,他就接起来。

"周诺言你闭嘴,听我说。"我听到他的呼吸声,不给他任何开口的机会,兀自说下去,"今天我本来应该搭下午三点半的飞机离开这里,如果那班飞机失事,可能我们从此就天人永隔了。虽然这样的假设有些可笑,但没有人知道下一刻会发生什么,谁也不知道。"

周诺言了然,"你看到那个近十年来飞机失事的纪录片了?我也看了。"

"对,看了,所以有些感触。"

"我也是。"他低低地说。

我忽然觉得委屈,那么煽情的东西他看了,可他却无动于衷,甚至还在跟另一个女人通电话,"你有没有话要跟我说?"

他沉默了一下,说:"拆散你跟沈苏,我早有预谋,只是方法有很多,我选了最恶劣的一种。"

"还有吗?"

"我希望你回到我身边。"

我的眼泪哗地涌出来,"你从没有说过喜欢我。"

等了很久,我几乎要绝望了,才听到他慢慢地说:"碧玺,我不是喜欢你,我是想爱你。"

我的眼泪流得更欢,谁知那个男人又接着说:"可是我至今不确定,如果我爱你,会不会到头来反而害了你。"

我不能理解这话的含义,但是我已经很满足,甚至不愿去追究他的深意,"你试过爱我吗?从什么时候开始?"

"不记得了,也许是四年前,也许更早。"他的声音有些无力,像是伏着身体在说,"但我并没有去尝试。"

我抱膝坐在床中央,那个牛皮信封安静地躺在身畔,我伸手覆在上面,仿佛这样就可以从中获取某种力量,"那,你要不要试试?"

我知道我说得很小声,但也很清晰。等待的过程异常艰难,即便只是短短几分钟,在我看来也变得十分漫长。

"好,可是你能不能先过来一下?"

我困惑地问:"为什么?"

"我的药掉进床底下了,你帮我找一下。"

我破涕为笑,从床上一骨碌溜下了床。

Chapter - 06

听见

花开

的 声音

因为周诺言胃病复发，在我的坚持下，我们在酒店多逗留了两天。

其间，我试图找沈苏解释，但他的手机一直处于关机状态。我没有勇气打他家里的电话，犹犹豫豫就到了登机那天。

周诺言像是看穿我的心思，站在检票口，他故意问我："你需不需要跟哪个特别的人进行道别？"

我无辜地看着他，明知故问："跟文琳吗？反正她也回梧城，到时约她出来玩就是了。"

他勾了勾唇角，没说什么，只是故作深沉地把目光抛向远方。我撇了撇嘴，看前面的队伍还有老长，于是说："我去买蛋糕，你要不要？"

他皱眉瞅了我一眼，语气充满了质疑，"我记得我们吃过早餐才去退房的。"

"我又不是肚子饿，这边的咖啡屋卖的甜点很好吃，而且只此一家，别无分号，回梧城之后就吃不到了。"

"那我去买，你排队。"

"不要啦，我去买，"我拉住他的手，"这个机场你又不熟，我顺便去洗个手，你真的不要哦？"

他摇了摇头，等我走了几步，他又喊住我，"那你帮我也带一份吧，跟你的一样。"

"啊？哦，好。"他不吃甜品我是知道的，刚才不过随口问问，没想到他会改变主意。要了一份提拉米苏，还有一份红酒口味的，正在琢磨还要买点什么，手机响了。我猜大概是周诺言等得不耐烦了，从背包里取出来匆忙按下接听键。

谁知，是郭嘉惠，诺言的妈妈。

我一边听，一边想着准没好事，果然不出所料。越听头越大，憋了好久，终于按捺不住插嘴问了句："那，阿姨您的意思，是让我阻止诺言回

CHAPTER 06
听见花开的声音

梧城?"

她也许察觉出我话里语气不善,忙说:"就十天半个月,我知道这样对诺言不公平,但我现在需要时间,有些话我真的难以启齿……"

她在线那头简直潸然泪下,我于心不忍,只得说:"好,我懂了。"

"碧玺,实在不好意思,我知道诺言不会听我的话,所以我只有来拜托你,恩爱跟我抱怨你总是给诺言添麻烦,可是我觉得你是个明白事理的好女孩,你能体谅阿姨的哦?"

我已经缴械投降,巴不得快点结束这个通话,"最多半个月,我拦不了他太长时间,再说他还要回医院上班。"

"不会超过半个月的,你相信我。"她急不可待地向我保证,"可是碧玺,你能不能也给我一个保证?我知道这样很为难你,但是我……"

"我保证,半个月,再见。"随即挂了线,拒绝再听她的声音。从小到大,我就不怎么待见长辈对着我泪眼婆婆地絮叨,尤其是像刚才那样,她还有求于我。我想,要拉下脸面去哀求一个小辈是需要多么大的勇气,设身处地地想想我都替她难堪。文琳总说我没良心,但我觉得我的良心还是有的,看到路边的乞丐我一定二话不说掏钱出来,而文琳则会先在一旁端详好半天,待确定那是个货真价实的乞丐后再行布施。其实我也知道十个乞丐八个假,但那又有什么关系,我给他钱不过图个自己舒坦罢了。

"小姐,这两份蛋糕你还要不要?"侍者看我握着手机还在发呆,出声提醒我。

"要,当然要。"我扫了一眼冷柜,忽然有些心烦气躁,"再来一份葡萄跟芒果的。"

周诺言退出检票的队伍,在一旁等我,看我慢吞吞走回去,接过甜品,有点不高兴地说:"怎么去那么久?差点想打你手机。"

我随口瞎掰,"那家店客人多,等了一会儿。"

他低头打量手上的东西,嘴里嘀咕,"有那么好吃吗?值得你这样惦记……"

我想到好不容易才跟他协调好的关系,现在又要为一些不相干的事翻脸,心中郁闷至极。他注意到气场不对,抬头注视着我,"怎么了?有话跟我说?"

他的直觉太过敏锐,我不由自主地心虚,支吾了一下,说:"我们把机票退了,先不回梧城了,好不好?"

"为什么?"他十分诧异,脸上露出探究的神态,"给我一个理由。"

"我不想回去。"

"你撒谎。"他微微眯起眼睛,"你说实话,我可以考虑。"

我跟他大眼对小眼,杵了足足两分钟,终于败下阵来,"是你妈妈的意思,何琥珀猜到周守信跟你可能不是亲兄弟,周守信跑去质问你妈妈,你妈情急之下把他训斥了一顿,周守信扬言要跟你做 DNA 鉴定,然后告你独吞遗产,你妈希望你给她一点时间处理这件事,大概就是这样。"

"给她一点时间?"他的声音不自觉大了起来,"她要我当缩头乌龟又躲又避,你还跟她一个鼻孔出气,你有没有脑子啊?"

"周诺言,你冷静一点,我之所以帮她,是因为我觉得你妈妈的做法是可以理解的,我知道你不屑躲避,但不是每个人都像你这么铁腕,你妈妈夹在你们兄弟中间,搞不好就两边不是人,你就当同情她,再宽限她几天吧。"

他面带愠怒,冲我吼:"你以为宽限几天有用吗?不说她跟我爸爸离婚已有十几年,从守信大学毕业算起,也有好几个年头了,这么多年说不出口,难道短短几天就行?你别那么天真了。"

"我跟你说实话吧,我也不相信你妈,但她既然开口了,我们姑且信她一次又何妨?不过是要你离开十天半个月嘛,这对你有什么损坏?"

CHAPTER 06
听见花开的声音

　　他静默，面无表情地瞪着我。不知道是不是我的错觉，我的第六感告诉我他生我的气更甚于生他妈的气。我不怕他生气，但他前两天身体还很不好，我怕他又犯病，赶紧放软了声音说："算了，就当给你妈一个面子，你也说都这么多年了，那再等半个月又有什么要紧？如果到时事态还是老样子，那你想怎么做我都不拦你。"

　　他还是不说话。我试着搂住他的胳膊，他没摔开我，我得寸进尺地凑过去，学着唐宁宁对付她男朋友的那招，"好嘛好嘛，你说话啊，你不说话我就当你答应了啊。"

　　他像看怪物一样看着我，阴沉的脸有所松动。

　　我知道学得过火了，鸡皮疙瘩自己先掉了一地。咳了两声，恢复正常语调，"那到底是你妈跟你弟，解决的办法很多，你别动不动就选择最恶劣的一种。"

　　他叹了口气，把头撇向另一边，"我只请了三天假。"

　　他终于松口了，我笑着指了指他的口袋，"打电话回去再多请几天。"

　　"小姐，你以为我每天都很闲吗？为了你这么一点事，已经有一份检讨报告等着我回去写，你倒好，问都不问一句，就自作主张应承下来。"

　　"什么嘛，又扯到我身上来。"我一屁股坐在长凳上，打开提拉米苏，闷闷不乐地吃起来。这人蛮不讲理的时候也会说出一通道理来，何况现在道理在他那边，我百口莫辩。

　　大厅的广播开始催促乘客抓紧时间登机，周诺言提起行李，我跳起来挡在他身前。他无奈地说："我没有理由请那么多天假，医院的工作还等着我回去做，大不了我答应你，尽量避开守信，不跟他起正面冲突，这样总可以了吧？"

　　"那也不行，"见他不悦地抿唇，我忙补充了一句，"不是不信你，而是周守信跟你不是一个层次的人，谁知道你们碰面后又会发生什么事。"

"何碧玺——"

"你听我说,你以前教过我的,做人要有信用,我都答应你妈妈了,你不要让我当小人。"

"我教过你?我怎么不记得?"

我嘿嘿笑了笑,伸手进他口袋掏出手机,"这样吧,我帮你跟你们主任请假,如果他批的话,你不准再找借口了。"

他把手机抢回去,说:"别胡闹了。"

我又一把抢过来,不服气地说:"我是认真的!你帮我拿回了证书,这次我帮你搞定,互不拖欠。"

他摸了摸我的头,好笑地说:"这也叫互不拖欠?"

"那当然,"我调出他手机里的电话簿,一个个按下去,"我跟郭奕说好了,让他帮你请假。"

"郭奕巴不得我今天就回去上班,他会答应才怪。"

我撇了撇嘴,跑远了些才拨号。周诺言站在原地,一副胸有成竹的样子。我用眼睛的余光扫了下他身侧几步远的人群,忽然有了主意。

"你说真的?"

通话时间五分二十三秒,郭奕第四次问我这个问题,语气充满质疑。

"当然是真的,这种事我哪里敢胡说。"背对着周诺言,我的心里涌上一股恶作剧般的快感。郭奕仍是将信将疑,这个请假的理由无疑是叫人大跌眼镜。

挂了机,我把手机塞进周诺言的口袋里,"搞定了,他说没问题。"

"怎么可能?"他不信,掏出手机要回拨。

我急忙制止他,"难道我还会骗你啊?他都答应了,你别给他反悔的机会!"

CHAPTER 06
听见花开的声音

周诺言目光炯炯地盯着我，说："何碧玺，我觉得你有点古怪。"

"哪有？"我抿唇偏过头去。

他不依不饶："拿出你的化妆镜，看看自己笑得有多诡异。"

"化妆镜？我包里从来不放这东西。"

他讽刺我："你是不是女生？"

我挺胸叉腰："我不是，难道你是？"

周围的人群一片喧哗，我好奇心大作，拉着周诺言凑过去看热闹。

那是一个即将出发的蜜月旅行团，一对对新婚夫妇脸上自然而然散发出的甜蜜，令这个旅行团显得十分与众不同，导游手里的小旗子还别出心裁地以黑色为背景，正中画了两颗醒目的红心，张扬得很。其中一对年轻夫妻正同导游争执，我在旁听了一会儿，了解了大概。这对夫妻家里临时有急事要赶回去处理，蜜月之旅眼看就要泡汤，于是跟导游交涉退费的事。导游是个三十岁左右的女人，举手投足干净利落，而且还很酷，不管那对夫妇说什么，她都是简短地回一句"抱歉，不行"。

我以前跟文琳去旅行社打过工，对这个行业略有所知。其实导游确实是爱莫能助，团费并不经她手。机场的工作人员过来催了，那对夫妇仍缠着导游不放，大有不达目的誓不罢休之势。团里其他人七嘴八舌议论开，一时间，人声鼎沸。

我想反正我们无处可去，于是捅了下周诺言，小声征求他的意见，"要不要去？"

大概是被我眼中的跃跃欲试所感染，他思索片刻，过去跟导游交头接耳。

我乖乖在一旁等着，有他出马，还有什么事办不到。

结果，我们顶替那对夫妇参加蜜月之旅，所有人皆大欢喜。上机后，趁着起飞前的几分钟，周诺言掏出手机回短信，导游过来给了我一面小旗子，又递来一张表格，我接过来，扫了几眼，把自己的资料填上。

"周太太，把你先生的资料一起填上吧。"

我愣了几秒，感觉身侧的周诺言似乎也回头看我，脸不自觉地红了。导游不住地催促，我匆匆填完姓名、性别，然后是出生年月，在几月几日那里卡了壳，只好拿胳膊肘碰了他一下。

"十二月二十四。"

他说，我赶紧填上。

导游露出奇怪的表情看着我们。我面子有点挂不住，想继续往下填，可实在有心无力，除了身高那一栏我可以目测估摸出来，其他的，像体重血型出生地宗教信仰，我都不是很确定，更不要说那些最喜欢的休闲方式、最喜欢的食物、最喜欢的国家、最喜欢的书籍……

周诺言伸手接过去，一分钟不到便填好还给导游，"谢谢。"

"是我要谢谢你们，我叫叶敏，你们可以叫我的名字，也可以叫我叶导，旅途愉快。"她把资料收进文件夹里，笑了笑，"介意我多嘴问一句吗？你们真的是夫妻？"

"我们不像吗？"我反问。

叶敏没说什么，笑得越发意味深长。

我有点窘，有点恼，仿佛被窥破了什么似的。

"今天是我们新婚第三天。"周诺言关掉手机，轻揽住我的肩头。

等叶敏回到自己座位，我开始回味他刚才那话的意思，"哎，你——"

不等我说完，周诺言晃了晃手里的诺基亚，"郭奕发短信祝我们百年好合，老婆。"

我顿时泄了气，还以为他知道后会暴跳如雷呢，谁知居然是这样轻描淡写。他寻味的目光投过来，我立时恨不得直接在机舱里刨个坑，把自己埋进去。

"是你说请不了事假的嘛,那婚假总可以了吧。"我讷讷地解释,其实心虚得很。也许真是鬼迷了心窍,我在拨号的一刹那看到了叶敏心心相印的旗子,像中了蛊惑似的,然后就不管不顾地拿结婚当请假的理由,估计把郭奕吓得不轻。

"那你怎么跟他说的?"我有点紧张,心想完了,他要是矢口否认,那我的颜面就荡然无存了,郭奕一定会在背后笑话我。

周诺言像看穿我的心思,慢条斯理地说:"我答应他,给他带礼物回去。"

我一愣,回过神来,"你告诉他我们去度蜜月?"

他沉默了一下,侧过脸,"你把我的婚假用掉了,以后我结婚怎么办?"

"你结婚?那得等到猴年马月啊,再说,劳动法又没规定人一辈子只准享受一次婚假,现在离婚率这么高,二婚也正常。"

他冷笑,"你倒想得很周到,真谢你了。"

"不客气。"

见他闭上眼睛,摆出一副拒人于千里的架势,我只好讪讪地收声,靠在椅背上,飞机起飞不久便昏昏欲睡。

坐在我们后面的那对夫妻不停地聊天,絮絮叨叨说的全是私房话,可音调一点也不小,至少是清清楚楚飘进我耳朵里的,我想到文琳常批评唐宁宁的一句话——"肉麻当有趣"。尽管努力无视,却是徒劳,那小两口似乎有说不尽的情话,从最初的你来我往,到后来干脆不说话了,直接动手,互相挠痒,女人的轻笑声十分妩媚。环顾了下四周,再看看自己跟身边的人,我们各自身体挺得笔直,仿佛中间画了道三八线,无怪乎别人要来探听虚实,我们就算真是夫妻,也像刚闹过别扭的。

这时,叶敏回头,目光不偏不倚正好落在我身上。

我莫名其妙地一阵激动，身体朝周诺言斜靠过去。

她笑了笑，又扭过头去。

"你干什么？"周诺言低沉的声音在耳畔响起。

我也知道自己刚才的举动很幼稚，赶忙坐好来。

他忽然伸出手按住我，"别动。"

"啊？"我略仰着头，对上他幽深的黑瞳，蓦地一阵眩晕。余光瞥见桌案上的那杯水好像微微泛起了涟漪，难道是飞机遇上了气流，所以晃得厉害？

周诺言凝视我，轻声说："我们结婚吧。"

我怔怔地看着他，大脑呈现当机状态。这人在说什么？是他神经搭错还是我耳朵幻听？

下榻的酒店位于郊区，我们抵达时已是傍晚。夕阳斜照在外面的小阳台上，我放下行李，跑出去凭栏眺望。楼下的园子中央有一条人工湖，湖岸边饲养了几只孔雀。

周诺言跟出来，静默地站在我身边。

望着湖心的船只，想起刚才机上那一幕只觉惊悚，竟没多大喜悦，我现在才知道过于突如其来的东西，哪怕真的曾经无比期待也会有所不同。好像天上掉一个金蛋砸在脑门上，头已经先晕了，兴奋的神经恐怕暂时调不动，我现在就有这种感觉。

"为什么突然想跟我结婚？你不觉得太轻率了吗？"

"是突然，但并非轻率。"

"我记得当年你说过，你一定不会爱上我。"

他不觉尴尬，只是淡淡一笑，"是，我错了，感情从来不可预见。"

"这么说，你是承认你爱上我了，所以要跟我结婚？"

CHAPTER 06
听见花开的声音

他看着我，缓缓点了点头。

我回视他的眼眸，正色地说："很好，但我拒绝。"

"为什么？"轮到他问。

我俯在凭栏上，想了想，说："不可否认你很吸引我，从你带我回家那天起，我就不知不觉想靠近你，可是这种吸引很危险，我看不透你，永远只有被你看透的份。"

他沉默，我继续说下去，"就好像先前我帮你填那份表格，原来我一点都不了解你，周诺言，我连你的生日都记不住，你确定要跟我结婚？"

不提还好，听完这句，他原本略带惘然的脸上露出嘲讽之色，盯着我，"结婚之后你自然会记住，我从来不拿感情开玩笑，你不必急着拒绝，蜜月结束后再答复我。"

"哦。"我应了一句，看他仍板着脸，心想这哪里是求婚，分明是逼婚嘛！看了一会儿风景，低气压高悬，我忍不住抱怨，"周诺言，我几天前刚刚失恋了，你能不能不要摆脸色给我看？"

他轻轻哼了一声，好像听到很可笑的事，我觉得他只差没把"你活该"三个字说出口了。愤愤瞪了他一眼，转身跑回房里。

吃过晚饭，我们在园子里逛了半个多小时，不管走到哪，黑压压的蚊子总在头顶盘旋，我热得浑身是汗，他却像个没事人似的，站在湖心亭里不知道在看什么。我撇下他，自行回房洗了个澡，然后趴在床上看电视。

正看得百无聊赖哈欠连天的时候，周诺言回来，丢给我一袋提子，然后闪去浴室。我边吃边琢磨着，因为是蜜月之旅，旅行团理所当然地给所有人安排了双人卧房，我们虽然是冒牌的，但也不好去要求分房睡。想了一下，打开柜子将里面的被套取出来，平整地铺在地板上，坐在上面继续吃提子。

他的手机响了，我拿在手上看见蒋恩爱的名字在显示屏上不停闪动，假惺惺跑去敲浴室的门，将手机递进去给他。他很快出来，头发还滴着水，蒋恩爱似乎在质问什么，声音尖锐，我听不清内容，但从周诺言简短的回答里也能猜出大概。

像个木头人杵了片刻，我把垃圾拿出去丢，顺便跟柜台的轮班要来电吹风。周诺言看见我手里的东西，眼中流露出一丝讶异。

"都几点了，头发湿漉漉的怎么睡觉？"我故意说得很大声，夺过那条干毛巾，开始帮他吹头发。电吹风噪声大动，清新怡人的柠檬香味扑鼻而来，我心中有些得意，忙得不亦乐乎。

他又说了几句，便匆匆挂线。把手机丢到一边，他忽然侧身握住我的手腕，将我拖到他身前来。我猝不及防，一张脸"啪"地撞在他胸前。

他低头看我，饶有兴致地捏了捏我的鼻子。

我紧张地问："鼻子碰平啦？"

"有点。"他随口胡诌，接着又一本正经地说，"你在吃醋。"

我嘴角抽搐了两下，完了，一不小心成妒妇了。

这男人像是听得懂腹语，说："你真像个妒妇。"

我瞪眼，在我张牙舞爪前，他又补充了一句，"不过挺可爱的，比以前。"

我跟他闹起来，形象全无地滚作一团，从床上掉到地上去。

他怕我受伤，用胳膊肘替我挡了一下，然后把我抱在怀里。

我勾了勾唇角，说："你为什么不喜欢蒋恩爱？"

"我为什么要喜欢她？"

"她那么漂亮，又是医生，你们应该有共同语言。"其实这不是我的真心话，蒋恩爱是很漂亮没错，可是我不见得就比她差，就算我比她差，何琥珀总不会差，论外貌，何琥珀远在我们之上，可周诺言还不是一样不买账，我认识他这么久，也不曾见何琥珀在他面前讨过巧。

"你在暗示什么？"他低头凝视我，"我不喜欢你拐弯抹角。"

CHAPTER 06
听见花开的声音

我想了想,说:"为什么替身不是她?"

他脸色微微一变,将我放倒在地板的被单上,"她不是蒋恩婕。"

"我也不是,凭什么要我当她替身?"见他起身要走,我扑上去搂住他的脖子,"你收养我,并不是因为把我当作替身,对不对?"

他怕我摔下去,只得伸手揽住我的腰,"这个很重要吗?不管当初我是什么理由收养你,我现在对你是认真的。"

老天,这话未免太动听了吧!我差点就笑出声来,费了好大的劲才忍住。事实上我早已从替身的纠结中跳脱出来,因为我知道,他若是只要一个替身,那蒋恩爱无疑才是最好的人选。而我,反思再三,也没发觉自己跟蒋恩婕有什么相似之处。

"那,你什么时候爱上我的?"我笑眯眯地看着他,"不许说不知道!"

他叹了口气,说:"老实说我真的不知道,不然怎会把你一次次气跑?"

我忽然有些动容,情不自禁把头贴在他的胸膛上。他抚摸我的发丝,低沉的声音很好听,"我们不停地错过,却没有一次真正开始,我不想再这样下去。"说完,他把我按倒在床上。

我警惕地仰起下巴对着他,"你想怎样?"

他低头吻我,带着不容抗拒的气息,霸道又温柔,"别想歪,在你答应嫁给我之前,我不会越轨。很晚了,睡吧。"

这个蜜月之旅并没有让我乐不思蜀。我后来跟导游聊天,自她口中得知,这个旅行团策划的蜜月之旅,为游客提供了好几条路线,有远赴外国寻求异域风情的,也有往国内大城市感受都市繁华,唯独我们参加的这条线,所到之处均是小城、古镇之类的宁静之地,几个大点的城市不过是路过,逗留一个晚上或半天歇歇脚。

我跟周诺言都不是游山玩水的能手,跟着导游在古镇逛了一圈后,便不约而同要求自由活动。我看看他，他看看我，彼此的眼中带着心领神会的笑。得到叶敏的准许后，我们迫不及待回到先前路过的茶馆，找了个阴凉的角落坐下，然后点了一壶茉莉香片。

我抬头看了看顶上遮阴的葡萄藤架，悄悄给他投了一个眼神。

他马上露出不屑的目光，压低了声音批评我，"满大街那么多卖葡萄的你不买，非要干偷偷摸摸的事才高兴。"

我不以为然，"你不觉得这里的葡萄看起来最好吃？"

"不觉得。"

我瞪了他一眼，站起来伸手去摘，可惜藤架太高，我够不着。又怕店主骂，不敢明目张胆地站凳子上，只得讪讪坐回去。

茉莉香片很快送上来，茶香怡人。周诺言靠在藤椅上，脸上露出沉思的神态。我顺着他的视线望去，门外的巷口有一对白发苍苍的老人，他们手挽手，在夕阳下慢慢行走。步伐很小，但因为相互扶持，所以跨出的每一步都很稳健。我的心被轻轻触动，只觉夕阳无限好，执子之手，与子偕老，就算近黄昏也没什么遗憾的。

"相濡以沫，不如相忘于江湖，"他收回目光，淡淡地说，"可是如果有相濡以沫的机会，还是不应该放弃。"

"有感而发？"

他抬眸与我对视，笑了一笑，"也是最近才领悟到的。"

"我同意你的看法，虽然相忘于江湖更加洒脱，却不如相濡以沫来得幸福。"

他看我的眸光透出一丝欣喜，唇角微微上扬。我喜欢他明亮的眼睛和温润的笑容，脑海里电光一闪，忽然回忆起当年初次见到他的情景。落霞满天，他也如此刻这般坐在我的对面，不紧不慢地跟我说话。

七年前的那个傍晚，也许就是那一刹那，我的心已经沉沦。

CHAPTER 06
听见花开的声音

"怎么不说话?"他放下茶壶,奇怪我少有的沉默。

在茶馆坐了几小时,换上第三壶茉莉香片。外面暮色笼罩,可我们开始流连忘返。我伸了个懒腰,说:"在想一些往事,说来很有意思,花了好几年都不能释怀的事,现在居然一下子就想通了。"

"比如?"他露出询问的表情。

"上大学的那四年,我一直在埋怨你。"我毫不犹豫地说出口,我想我跟这个男人,缺少的从来不是感情,而是沟通。

"我知道。"他回应得十分自然,"所以你每年寒暑假都不愿意回来,因为回来一定要面对我。"

我低下头,默默喝了一口茶。

夜空繁星点点,古镇的小桥流水显得格外静谧,我们并肩走回旅馆,一路上都不怎么说话。他忽然握住我的手,将一样物事放在我掌心上。

是一小串葡萄,颗粒饱满。

"什么时候摘的?我怎么不知道?"我惊喜地看着他,笑着说,"万一被那个老板发现,周大医生的一世英名岂不毁于一旦?"

"我跟老板买的。"我正陶醉着,他却来句这么煞风景的。

"什么!"我凶巴巴地瞪他,"多少钱买的?我的天,你居然在茶馆买葡萄!那种地方一看就知道消费不低,三壶茉莉香片都去了一百多,分明是专门在赚游客的钱,你也说满大街都有葡萄卖了,干吗还要跟他买?你这么大方,老板不坐地起价才怪!"

我噼里啪啦说了一通,他慢条斯理地应了我一句,"你知道还要?"

我彻底无语,挫败地说:"好好,反正你钱多。"

他笑起来,捏了一下我的脸颊,"傻瓜,买的话怎么可能就拿这么几颗。"

我意识到自己被耍了,大叫:"周诺言!"

巷子深处传来几声犬吠，好像在应声一般，我忍不住哈哈大笑。

回到旅馆，我第一件事就是把葡萄洗干净，放进干净的玻璃杯里，然后盛满清水。周诺言等在浴室门口，看了看葡萄，没发表什么意见，拿了干净的衣服进去洗澡。

我撇了撇嘴，男人有洁癖就是麻烦。把杯子摆在桌子上，屋里的小橘灯正好对着它，我欣赏了一会儿，思忖着找点什么事来干。这间旅馆大概是要刻意塑造古代客栈的氛围，很多现代设备都没有，连电视机都不见踪影，但是却有 CD 机，真是搞不懂老板的想法。

从一堆 CD 里随手抽了张出来播放，动听的音乐随即响起。

这是一首老歌，我记得是电影《青蛇》的主题曲，当年初听便觉惊艳，此时重温依然醉心不已。

半冷半暖秋天，云贴在你身边，
静静看着流光飞舞，
那风中一片片红叶惹得身中一片绵绵。
半醉半醒之间在人笑眼千千，
就让我像云中飘雪，
用冰清轻轻吻人面带出一波一浪的缠绵。
留人间多少爱迎浮生千重变，
跟有情人做快乐事别问是劫是缘。
像柳也似春风伴着你过春天，
就让你埋首烟波里。
放出心中一切狂热抱一身春雨绵绵……

曲终，我还在低声唱，浴室的哗哗水声像极了背景乐。

"……跟有情人做快乐事，别问是劫是缘……"

CHAPTER 06
听见花开的声音

在床上翻来覆去到半夜，仍是睡意全无。于是悄悄下床，爬到周诺言的身旁。他分明是醒着的，却不睁眼看我，只是背对着我说："怎么还不睡？"

我躺下，盯着他的脊梁骨，"睡不着，我们说说话。"

他坐起来，旋开台灯，看了看小闹钟，"现在是肝排毒的最佳时间段，应该熟睡。"

"周医生，你带安眠药了吗？赐我几粒吧。"

他扫了我一眼，阖上双眸不语。

我往他身边凑近了些，扯了扯他身上的薄毯，"给我点，冷！"

他大方地将整条毯子让给我，身子往外挪。

我装作没瞧见，隔了片刻，厚着脸皮跟着也挪了几寸。

他皱了皱眉，低声说："何碧玺，你想怎样？"

我无辜地问："什么想怎样？"

他沉默，再沉默。

我把脸凑到他眼皮底下，"说话唔……"

他的唇贴过来，封住了我的口。我的心开始做加速运动，脸颊滚烫，好像烧起来一样，两只手紧张得不知道放哪里才好。真要命，我是在害羞吗？可是……可是这种反应怎么可能出现在我身上？文琳总说我脸皮厚，有次我们寝室开卧谈会，自爆初吻经历，轮到我说，她们一个个都笑得半死——我曾经因为好奇而把眼睛瞪得浑圆，以至于吓跑了那个原本想吻我的男生，从此我成了全寝室公认的"kiss"杀手。

大概是被我的手足无措给逗乐了，周诺言停下来，好笑地看着我，"把眼睛闭上，搂着我。"

我依言照做。他低头吻我，一举一动都透着前所未有的温柔。我被动地承受着，渐渐投入其中。

"周诺言、周诺言……"趁着分开的间隙，我忽然生出一股勇气，"我们……做吧?"

他的手微微一僵,凝视我,"你确定?"

我搂住他的脖子,舔了舔嘴唇,笑嘻嘻地说:"嗯,你要娶我的哦。"

他似乎有些意外,停顿了好几秒,又问:"你说真的?"

"你再多问一遍,我就重新考虑。"

他的神色很复杂,带着我看不透的情绪,之后紧紧地抱住了我。我以为他很快会松开,谁知等了好久,他都维持着这个动作。

我有点喘不过气,跟他商量:"呃,你先放开我好不好?"

他意识到自己失态,松开手,"我们回去就登记。"

"嗯。"

"回去就举行婚礼。"

"嗯。"

"回去就……"

"等等!"

我想起一件事,心里忙不迭地叫起苦来,"那你还能不能请一次婚假?"

他愣了一下,问:"做什么?"

"度蜜月啊,难道这次真的算我们的蜜月吗?我想去维也纳……"

他笑起来,揉乱我的头发,"我找个时间陪你去。"

我扑到他身上亲他,因为是深夜,怕惊动隔壁的人,我们拼命压低了声音,憋得实在难受,偶尔会爆发出来,随即被对方伸手捂住。

这一夜,我在他幽深漂亮的黑瞳里看到了一个疯子,笑得异常甜蜜。

我简直被幸福冲昏了头脑。

宁静的小镇,美丽的山水,干净的空气,相爱的人,这一切,无不令我沉醉。

CHAPTER 06
听 见 花 开 的 声 音

可是，何琥珀的一个电话，如一桶冰水，浇在我兴奋的神经上。

"何碧玺，你马上给我滚回来，凭什么你们在外面逍遥快活，我就要在这里守着他们娘俩活受罪？"每次到了骂人的时刻，她的嗓门就便越发尖锐高亢。果然不出我所料，接下来十分钟，我把手机交给周诺言，让他也领略下何琥珀骂人不带脏话的本事。

我拿起一早准备好的面膜，敷到脸上。靠在他怀里，仰着头，兴致盎然地欣赏他皱眉的表情，但那表情一点点凝重，我嗅到了不妙的味道。

"收拾一下，去机场。"他挂了线，把手机还给我。

"怎么？"我拉住他，察觉出他的不快，"又是周守信的事？"

"琥珀要跟守信离婚，我妈又扭伤了腿。"

我顿时有种啼笑皆非的感觉，这头我跟周诺言要结婚，她老人家就闹起离婚来了，果真是事事走在我前头啊，我心里这么想着，一不留神就说出了口。

周诺言咬牙切齿地冲我吼："何碧玺，我们还没登记呢，你就想着离婚了——"

我自知理亏，赶紧替他收拾行李讨好他，这男人可是我的长期饭票啊，俗话说得好，宁得罪小人，不得罪自己的五脏庙……

跟叶敏辞行，然后打的去车站，辗转到最近的一个机场，是晚上七点半的班机，到达梧城大约九点，飞机不晚点的话。

周诺言拿了我的身份证一起去办登机手续，我此时饥肠辘辘，在机场里四下逛了逛，就近找到一家商店，进去买了面包和矿泉水。付钱的时候，想起他不能喝冷饮，又要了一杯热橙汁。

把吃的交到他手里，见他没有动手的意思，又拿回来，替他撕开包装纸，递到他嘴边。

他只好接过去，象征性地吃了两口。

"何琥珀他们为什么要离婚？"我一边啃着面包，一边问，"跟周守信能不能得到遗产又有什么关系？"

"这是意料中的事。"他用漫不经心的口气在说，像是完全不把这当一回事，但我知道其实不是，他为周守信所做的一切我都看在眼里。

我有些诧异，"怎么说？"

"有些人注定只能同甘，无法共苦。"他平静地说，"当初守信跟我说要和琥珀结婚，我不同意，他一气之下割脉，试图逼我妥协。"

这事我已从何琥珀那得知，所以并不吃惊，"真的是因为他割脉，你才答应他们吗？"

他看着我，摇了摇头，"要让他对琥珀死心并不难，只是我一念之差……"

"你被他为爱牺牲的决心感化了？"

他沉默，过了良久，说："我曾经做错了一件事，让我后悔至今，也因为这件事，我对感情和死亡重新定义。守信的行为我很震惊，我想如果他为了琥珀连命都可以不要，那我应该相信他的感情，给他们一次机会。"

"所以你选择了成全他们，让他们一起出国留学，后来又替他们筹备婚礼。"

"现在看来，这是个愚蠢的做法。"

"别这么想，"我握住他的手，安慰他，"感情是周瑜打黄盖，一个愿打，一个愿挨。你只是做了一个兄长应该做的事，人是他自己选的，后果也由他自己承担。"

他的目光落在我的脸上，深沉而悠远，仿佛陷入某种回忆。

被深爱的时光

Chapter - 07

明 天 我

要

嫁 给 你

晚上九点十分，我们抵达梧城机场。

叫了车，他送我到楼下，自己却不下车，只是说："碧玺你先上去，我晚点回来。"

我知道他要去见他妈妈，何琥珀必然也在，迟疑了一下，说："我跟你去吧。"

"你不是不乐意见到琥珀吗？"他有点意外，"不要勉强，我自己可以应付。"

我笑着搂住他的臂膀，"谁说我是去见她，你妈扭伤了腿，我去看看她。"

他跟着一笑，吩咐司机，"淑华园2幢。"

大概是周诺言提前通知了何琥珀他要过来，这女人打扮得明艳照人，在屋里等我们。

"妈呢？"周诺言第一句话就问这个。

"睡下了，"何琥珀指了指餐厅旁那扇紧闭的门，"这几天都要陪她去医院打点滴，要不是等你来，我也睡了，在片场拍戏已经够累的了，回来还要伺候她。"

我忍不住插嘴，"周守信呢？他不在？"

"他？"何琥珀冷笑，脸上流露出轻蔑的神态，"晚晚喝得像摊烂泥，我还敢指望他？"

周诺言皱眉，在沙发上坐下，"打电话给他，让他回来。"

"不必了，你们兄弟有什么话改天说吧。今天你来，我就只跟你说，这个烂摊子你来接手，明天我就搬走，这几天，我会跟守信去律师楼办理离婚手续，你不要阻止。"

周诺言勾了勾唇角，淡淡地说："我为什么要阻止？你们是分是合，我都不管。"

"那再好不过。"

周诺言抬腕看了看时间，问她："我妈怎么会扭伤脚？医生怎么说？"

"问你弟弟去吧。"

她还真不给周诺言面子，我跑去厨房给他们倒水，顺便参观何琥珀的新房子，这是我第一次来，看什么都觉得新鲜。不得不承认，何琥珀实在是深谙享乐之道的女人，那个华丽得叫人无语的浴室，我想寻常人装修一套房子的钱都未必赶得上她这个浴室的开销。

溜达回来，看到他们剑拔弩张的架势，心想又怎么了，刚才不是还说得好好的？坐到周诺言身边，他自然而然地将我的手握在掌心里。

"你们——"何琥珀的目光敏锐地扫过来。

"我跟碧玺要结婚了。"

何琥珀把眼睛瞪得像铜铃那么大，过了好一会儿，才慢慢缓过来，若有所思地望了我一眼。我知道她想说什么，满不在乎地冲她一笑。

电话响了，何琥珀去接，说了不到两句话就挂了，转身进房拎了手提包出来，我忍不住瞄了下墙上的时钟，都快十二点了，她这个时候出去？

何琥珀走了几步，忽然想起什么，又折回去拿了一张病历卡放桌上，"你明天带妈去吧，医生说还有炎症，要继续打点滴。我要拍戏，不过去了。"说完，似乎想起什么，又不甘心地补了一句，"反正她就快有一个新儿媳妇了，我去不去也无所谓。"

"有道理，"我接口，把病历卡拿在手里，"明天我去。"

周诺言默许，何琥珀愤愤瞪我，然后重重摔门而去。

客厅一下子变得安静，我跟周诺言面面相觑。他拍了拍我的肩头，拿走病历卡，说："明天还是我去吧，你回去休息。"

我急了，一把抢过来，"都说好了，我可不想让琥珀看笑话。"

他拿我没辙,揉了揉太阳穴,笑着妥协,"那好吧,明天一起去,我今晚想留在这,要不先送你回去吧?明天九点你自己过来。"

"干吗这么麻烦,都几点了,我回去也是睡觉,在这里不能睡啊?何必跑来跑去!"不等他答应,我先抓了一个抱枕爬到他怀里。

他只好搂住我,低着头在我耳边窃窃私语,"我是怕你不习惯,我想等守信回来,跟他谈一谈。"

"谈遗产的事?"

他点了点头,眉尖微微蹙起。我抬手抚平它,欲言又止。

他把我的小动作看在眼里,说:"你想问我会不会分一半遗产给守信?"

"嗯,如果你愿意说的话……"这分明是口是心非,我知道我一定露出了迫不及待的神情,像我这么不懂装深沉的人,一被切中心理就原形毕露,尤其是在这个男人面前。

"我们就快是夫妻了,有些事不该瞒你。何况你迟早会知道,与其让你道听途说,不如我亲口告诉你。"说到这里,他顿了一顿,"守信不是我父亲的亲生儿子。"

这事我早已猜到,上次在机场与他妈妈通电话,虽然她没有明说,我也知趣不问,但同为女人,第六感不致太差。

"我父亲直至离世前一刻都为此事耿耿于怀,老实说,我对她不能说不怨。"

"可是这些年,你一直在资助周守信,可见你对你妈妈还是很有感情的。"

"她毕竟是我妈妈,难道真的撒手不管吗?"

我心疼地看着他,这个男人夹在对父亲的愧疚和母亲、弟弟的不忍中间,他的心是站在父亲那一边,但又不能弃母亲和弟弟于不顾。他注定得不到父亲的谅解,母亲一味偏向弟弟,而这个所谓的弟弟又不争气,想想我都替他抱屈。

"你爸妈之间的恩怨，那是上一辈的事，你照顾他们是情理之中，不要觉得对不起你爸。"我平时还算伶牙俐齿，可一旦需要安慰人就词穷。实际上，若换作我在他的处境上，我想我也会深陷其中，左右两难。堂而皇之的大道理，有谁不知道？但不见得人人都看得透。

等了一夜，周守信都没回来。我依偎着他，到了后半夜就睡过去，早上醒来发现自己舒舒服服地平躺在书房的高级牛皮沙发上，身上盖着他的外套。

旁边茶几下压着一张字条，写着："碧玺，我先去医院了，你醒来不必赶过来，中午去买份粥带过来，我在办公室等你。"

我赶紧爬起来，去浴室简单梳洗了一下，抓了两下头发就冲出去。在计程车上，我给周诺言打手机，他很快接起来。

"怎么不叫醒我？"虽然知道他是好意，但仍觉得懊恼。

"只是打点滴，不用两个人陪。"他解释，声音微微沙哑。

我立时没了火气，关切地说："你昨晚一整夜没睡，找个地方休息休息，反正打点滴有护士守着，对了，等下我买午餐过去跟你一块儿吃。"

"记得带粥过来……"他不忘叮嘱我。

"皮蛋瘦肉粥行吗？"

"行。"

"OK，等我。"

中午我过去，办公室的门开着，可人却不见踪影。我找了几张报纸垫在桌上，放下外卖就给他打手机。铃声响了两下就被按掉，有人敲了敲门，我回头，看到他站在门口。

"买了吗?"

我点头,把那份皮蛋瘦肉粥递给他。

"你先吃,我很快回来。"他急急转身,我这才留意到他穿着白大褂。

心不在焉地坐下来,打开饭盒,又随手翻开他搁在桌面上的一本杂志,边看边吃。不知怎么,竟想起以前跟他一块儿吃饭,我也是这样一心两用,结果每次都被他好一顿说。

"在笑什么?"他回来,看见我一个人正不亦乐乎。

"没。"我催促他快吃,又问,"你妈妈怎么样了?等会儿我去看看她。"

他从口袋里掏出一样物事,放到我跟前,"我妈让我转交给你。"

我瞥了那东西一眼,是一个黑色绒面的方形盒子,很精致,也很漂亮。我含着勺子,嘟囔了一句。他抬手轻拍了我一下,习惯成自然,又开始教训我,"别含勺子,这坏毛病怎么还没改掉?"

"你怎么和我爸一样啊……"我小声嘀咕。

他神情似乎有些僵。

我笑了笑,说:"你忌讳这个?我爸妈过世这么多年,我早就接受现实了。"

"不是,"他否认我的说法,"只是突然听你提起已故的人,有些不适应。"

我不跟他计较,打开那个盒子,从里面拿出一只翡翠镯子。定睛细看了下,我问他:"你妈妈送给我的?"

"嗯。"他瞄了一眼,"戴上吧,很衬你的肤色。"

我笑着将手递过去,一副理所当然。

他握住我的手腕,将镯子细心套进去,凝神看了好一会儿,然后说:"这是我爸爸买的,想不到她还留着。"

我想了想,抽了张纸巾站起来,"她在哪个病房?我去谢谢她。"

CHAPTER 07
明天我要嫁给你

再见郭嘉惠,我被她吓了好大一跳。我记得上一次在明珠大厦那初次见到她,她给我的感觉简直是惊艳,相隔不过几月,她竟变得这样憔悴苍老。

她看到我来,倒是很高兴,眼角的几道褶子都透着笑意,连声招呼我挨着她坐。

我先检查了下输液情况,依言在她身边坐下,抬手晃了晃,示意她看那个镯子,"很漂亮,谢谢阿姨,我很喜欢。"

"喜欢就好,"她将掌心贴在我的手背上,"选好日子了吗?我可以帮忙。刚才问诺言,他说还没定下来。"

"是啊,还没定呢。"她大概以为周诺言故意不跟她说,我低头看见她手臂上有针孔的瘀青,莫名一阵心酸,"其实也不急,等您养好了身体再说。"

她不再坚持,顿了一顿,语气略带自嘲,"人上了年纪,手脚就不利索了。"

我忙安慰她,"快别这么想,您还精神着呢。伤筋动骨是意外,一个不留神就会发生,跟年纪没什么关系,我在家里穿拖鞋都会把自己绊倒呢。"

她笑起来,虽说精神不济,但笑容仍是很美,透着高贵与娴雅。这样极致的女人,若非事实摆在眼前,我真的很难相信她会做出对丈夫不忠的事。

我带来的那份皮蛋瘦肉粥还完好地放在一边,在征得她的同意后,我端起粥,一勺勺喂给她吃。她目不转睛地看我,像是在打量什么,害得我这样厚脸皮的人都有些扛不住。

吃过粥,我本想让她躺下休息,但她一直拉着我的手不放,我只好陪她聊天。她说了很多周诺言小时候的事,我自然听得很投入,但说的人比我更投入。

我想,她是太寂寞了吧,需要一个人来听她倾诉。

等她输完液已是傍晚,我带她回家,回周诺言的家。她本不愿意,怎么劝说都没用，我灵机一动，说："阿姨，您搬过来住，过两天等您身体好些，麻烦您陪我去试婚纱。"

她心动了，但仍犹豫，"可是，守信他……"

"阿姨，守信的事，交给诺言处理吧，您就别操心了。"

她还想说什么，我快走了两步，上前去拦计程车，她只好收声。

一路上，她显得有些沉默，我也不说话，掏出手机给周诺言发短信，让他去找周守信时顺便收拾他妈妈留在那的行李。我问他什么时候回来，他没回，可能正跟某人摊牌吧。

"碧玺，你是不是觉得我这个当妈的太偏心？"她忽然问我。

我正俯身帮她整理客房的床铺，思忖了一下，避重就轻地说："这也情有可原，毕竟守信从小跟在您身边，人都这样，见得多了心就会偏向些。"

她微微一笑，"琥珀是你姐姐，我跟她相处的时日久了，对她要熟悉一些，其实你们姐妹俩不但长得像，就连那一份讨喜的灵气都有相同之处。你们很会说话，很懂得哄人开心，不过琥珀那是用心良苦，而你却是浑然天成。"

之后我回房里上网，脑子里总晃着何琥珀的影像。我跟她已经不止一两次被拿来互作参照物，毫不夸张地说，我从小生活在她的阴影里。那时候，比得最多的就是一张脸，我爸妈不偏心，给她添置衣服鞋袜也必有我的一份，但是这样更糟，穿同款的衣服，更容易比较出高下。她从上小学起就有男生为她打架，挤破脑门子就想跟她同桌。上初中后更了不得，几乎每天都能收到好几封情书，学长占了大多数，她人生的罗曼史也就此拉开帷幕。我就惨了，小学时代长得又瘦又小，六年都坐第一排，还好皮肤白，总算弥补了一点，不然简直就是营养不良的最佳诠释人。我妈为我的个子愁过，背地里跟我爸研究什么基因突变，曾有很长一段时日逼我把牛奶当水喝，是喝到想吐的那种，不知道是不是真有成效，但我后来真的长高了，在初二那年彻底爆发，前半学年好像是个分水岭，我已经有隐隐向上的趋势，但不明显，那之后我开始猛长个，六个月中大概蹿了五六公分，之后以每年两三公分的速度茁壮成长，高三时我已经一米七，比何琥珀还高出了三公分，又因为瘦，所以显得特别高挑。为此何琥珀曾耿耿于怀，而我终于觉得扬眉吐气，不过我对自己的身材没什么信心，觉得跟她的玲珑曼妙没有可比性。

这天周诺言很晚才回来，我本想问他谈得怎样，但话到嘴边又咽了回去，这个男人想说的时候自然会说，我没事瞎操什么心。

结婚的事就这么耽搁下来，周诺言恢复了上班，白天在医院待着还不够，连晚上都经常加班。我觉得他是有意在回避他妈妈，他妈妈也是如此，于是我成了中转站。正好还没出去找工作，每天陪她看看电视，说说笑笑就过了一天，但尽管如此，我还是可以感觉到她有心事，脚伤是在慢慢好转，可人却越来越憔悴，并迅速苍老，跟初次见面判若两人。而令我气愤的是，她搬过来两个礼拜，不要说何琥珀，就连周守信也没有上门探视过，这种儿子真是白养了。

直到有一天，我在打扫他妈妈的房间时，无意中找到一张从没见过的病历卡。

我偷偷把病历卡复印了一份，然后去医院找周诺言。

他扫了几眼，神色有些凝重。

我有种不祥的预感，小心翼翼地试探，"怎么样？是什么病？"

"在哪找到的？"

"你妈的床头柜上，她今天一大早就跟我说屋里好像有蚊子，搅得她晚上睡不好觉，我就进去帮她收拾。"

"交给我处理，你先回去。"他把那张纸放进文件夹底层，打算继续看他的文件。

我急了，说："你怎么跟没事人一样？那上面明明写着'cancer'，我看不懂病历上的学术名词，不代表我看不懂英文。"

他抬头看着我，平静地说："既然你都看懂了，那还来问我什么。"

"你……"他无动于衷的态度让我很不舒服，觉得哪里不太对劲，可又说不上什么，"你妈的病很严重？你好像早就知道了，为什么瞒着我？"

"我也是看到你复印的东西才知道。"

"癌症是随时都会死人的！那个人是你妈啊，你就一点也不紧张、不着急吗？"

他想了想，说："那这样吧，你帮我一个忙，给守信打个电话，将这事告诉他。"

我有些困惑，"怎么你不自己说？"

他一边整理文件，一边说："他在躲我，拒绝听我电话。"

"还因为遗产的事？你要是有心找他，他躲得了你？"

"他知道了自己的身世，情绪波动很大，琥珀跟他离婚又是劈头一击，有些事是很难开导的，给他点时间让他自己慢慢去想，我不想逼得太紧。"

"他是有大把的时间慢慢想，可你妈没有，子欲养而亲不待，等真正体会到这种痛苦的时候是不是太晚了点？"

他似是有所触动，目光定格在我身上，"你说得对，这事你别自作主张，我们回家讨论。"

"可是……"

"碧玺，我现在很忙，等会儿还有一个高难度的手术要做，我现在不想为其他事分神，这样对病人不公平，有什么话晚上回家说。"

他都搬出他的职业操守了，我再说下去反倒是我不对了，于是闭嘴走人。在楼下遇到郭奕跟蒋恩爱，蒋恩爱冲我象征性地一笑，便大步跨进楼层。郭奕却不急着进去,饶有兴致地驻足,兀自聊了起来。

我记挂着那件事,心不在焉地回应着。

他也识趣,很快主动结束了对话。

巧的是,正当我满脑子在想要不要去找周守信的时候,他自己送上门来了。

我放他进屋,给他倒了杯水,然后不住地打量他。短短时日,这男人的形象都变得落拓起来,下巴尽是胡渣,两眼布满了血丝,头发有些凌乱,没了先前那种长不大的乖乖牌模样,看来变故对男人来说,是不可或缺的磨炼。

他妈妈坐在他身边,一脸担忧地嘘寒问暖。他则像个木头人,一言不发。我坐在他们对面,也不说话,只是静观其变。

他妈妈注意到我的存在,说:"碧玺,我今天胃口不太好,你晚上能不能帮我熬点粥?就像你前天晚上做的那种。"

"可以啊,"我意识到她在遣我回避,忙起身说,"那你们先聊着,我去准备材料。"

"好,麻烦你了。"她报以一笑,眼中充满了感激。

撇开这个女人对丈夫、对诺言的态度,我觉得她还是一位慈母,至少对周守信而言,所以我选择尊重她。尽管躲进厨房清洗红豆大枣,我仍竖着耳朵倾听客厅的动静。但他们交谈的声音压得极低,根本听不见内容。我的手机又响了,忙擦了擦手,伸进口袋掏出来接听,是文琳打来的,聊着聊着我就忘了外面那档子事。

"对了,碧玺,你现在还在原来那家公司吗?"她忽然问我工作的事,"我们公司最近跟你们公司有生意往来,下周我会去拜访你们头,到时出来见个面。"

"我不在那家公司做了,你这家伙,要见面何必等到下周,只要你有空,随时约我啊。"

"行,我过两天找你,"顿了一顿,她又回到刚才那个话题,"大小姐,那你现在在哪高就啊?"

我有点不好意思,说:"还没去找,这些天被一点事耽搁了。"

"什么事?要不要帮忙?"她马上说。

"不用不用,"我忙谢绝,又说,"我已经在网上投递了几家公司,大概这两天就会有消息,你们公司请不请人?妹妹我过去跟你一起打天下啊。"

她知我说笑,打趣我:"得了吧,你都找到如意郎君了,花前月下够你沉醉的了,哪还有雄心斗志啊,搏杀这种消磨时光的事就留给我这个孤家寡人吧。"

我笑起来,"你也留点神啊,真命天子会随时降临的。"

"没你那么好命,你知不知道,连老班那么龟毛的女人都对周诺言赞不绝口,说他比沈苏这个白面书生要强上百倍。"

我的笑容一下子僵住,讷讷地说:"沈苏他……"

"他出国了。"不等我问完,方文琳就回答了我的疑问,"你大概不知道吧?去巴黎了,时尚新视界从我们学校招了一批新血,他学历高,专业也算对口,会法语,又有报社经验,怎么看都是最拔尖的人物!法国那边的地区经理看过他的资料之后,直接钦点他过去,这事可轰动了,全校到处都在议论,我离校那天,正好碰到他回去办手续,跟他聊了一会儿。"

"这样也好。"我叹了一口气。

"当然好了,千载难逢的机会都被他逮到了,换作是我就是一辈子当孤家寡人也愿意。"见我有些沉默,方文琳试探地问我,"你怎么了?对他还没放下?"

"当然不是!"我赶紧否认,解释说,"我对他始终有歉意,虽然拆散我们的是他爸妈，但即使不是那样，我想我最喜欢的人也不会是他。"

"你怎么知道？现在不是他，也许在一起久了就是了，感情这东西谁都说不准，你们要是真的结了婚，十年二十年之后，难道这个陪伴你多年的丈夫还比不过你心中一个朦胧的影子？说到底，还是你们无缘，在感情还不够深的时候分开，未尝不是一件好事，你现在有了更合适的人，他也有他的追求，已经很完美了。"

若是以前，我一定会被方文琳这番话打动，但是此刻我想到的却是外面那两对活生生的例子。我听周诺言说过，他爸爸很爱他妈妈，但即便这样，他妈妈还不一样在婚后多年背叛了丈夫？还有何琥珀，周守信对她言听计从，就算当初结婚是一时意气，可这么多年下来，多少也有一定的感情基础，可如今还不是说分就分？

怎样的感情才牢靠，我还想不通，大概是道行不够，我安慰自己。

挂了电话，看着窗外的景物，正想入非非，忽然客厅那边一阵激烈的争吵传到耳朵里，我回过神，忙冲出去看。

"我恨了他这么多年，到今天才知道原来是一场闹剧，当初我一次次问你，你都不肯把真相告诉我，你在怕什么？你怕我知道其实不是你丈夫抛弃你，而是你对他不忠，有了我这个野种！现在我成了所有人的笑柄，琥珀看不起我，周诺言更是从来就没正眼看过我，我还一心一意要跟他争遗产，他不早点揭穿我，就是要看我的笑话，你们一个个都当我是傻子！是白痴！"

正好一句不落地听到他这段高亢的言论，我的怒火噌地就被点着了。周守信说完就摔门而去，看着他妈妈欲辩不能的无奈与悲凉，我转身去拿那份病历卡，二话不说就追出去。

追到小区的花圃前，我看他的身影渐行渐远，丝毫没有停下来的意思。

"周守信，你给我站住！"我加快步伐，可他比我更快，转眼就没影。

我从手机里调出他的号码，拨过去，"周守信你跟谁耍脾气呢？别以为他们一个是你妈，一个是你哥，就活该让你怪罪。"

"这不关你的事。"他在电话里恶狠狠地说。

"怎么不关我的事？"他凶，我比他更凶，"你倒说说看啊？怎么就不关我的事了？你当初追求我姐姐的时候，一口一个妹妹叫得那么亲热，敢情是随便叫的啊。"

"我跟她已经离婚，现在我跟你一点干系都没有。"

我轻笑，说："抱歉，恐怕要让你失望了，我很快会跟周诺言结婚，你可以不认你哥哥，不过你总不能不认你妈吧，你妈是我未来婆婆，你说我们什么关系？"

他一时语塞，半晌，说："你到底想怎样？"

"我们谈一谈，"我知道他一定会拒绝，飞快地扫了一眼手里的东西，"你妈有一份病历卡在我这里，你现在不看，将来会后悔一辈子。"

那边沉默，我耐着性子等待。

"好，你说地点。"他哑声回应。

我得逞，笑起来，"就在小区门口的冷饮店吧，里面有秋千椅的那家。"

他挂了线，我把手机收起来，边走边思忖着这样贸然去说是否妥当。目光落在病历卡上，顿觉困扰全消，他妈妈都病成这样了，还要为他牵肠挂肚，我现在不说更待何时！

打定主意，快步走进"清凉小筑"。

他已经在那等我，我把病历卡递给他，不急着开口，招手叫来服务生要了两份沙冰。

他原来铁青着脸，看完后神情有些慌，眼睛流露出一丝震惊，但很快神色稳下来，把东西丢给我，"这是周诺言耍的把戏吧？他是大医生，随便找人开个证明还不简单。"

我不禁失笑，这人跟周诺言虽说不是出自同一个爹，但好歹是同一个妈生的啊，怎么智商差这么一大截。把病历卡放在自己眼皮底下，说："你以为你是谁？诺言每天有那么多病人等着他去照看，他为什么要大费周章为你这个挂名弟弟编这种有损职业道德的谎言？还有，你自己不孝就算了，别扯你哥哥进去，他不会吃饱撑着无端端咒自己的妈得癌症！"

　　"你——"他冲我干瞪眼。

　　"我说的是实话，现在我不跟你谈你妈的病。"环顾下四周，我压低了嗓音说，"其实我知道你心里怎么想，你恨的不是你妈跟别的男人偷情生了你，你是恨这样的出身害你一分遗产都得不到以致留不住我姐姐跟你一辈子到老，是不是？"

　　"不是，你给我闭嘴！"周守信的脸色越发难看。

　　我不理他，勾了勾唇角，继续说下去："如果不是这样，那你给我一个理由，你为什么要恨你妈？恨她偷情？那似乎还轮不到你介意，又或者你该恨她当年一时心软把你生下来，可是周守信，你想过没有，要是没有你，也许她现在会活得很好，她一个女人抱着孩子跑那么远的地方生存，为的是什么？还有你哥哥，你妈跟他爸爸离婚，把你留在身边却丢下了他，他尚且不说什么，这么多年来赡养母亲，还供你读书，如今你有什么怨言？你也好意思？"

　　"他早就知道这一切，为什么不告诉我？他根本是想看我的笑话！"他仍冥顽不灵，固执地争辩，殊不知辩词有多么苍白无力。

　　我冷笑，"告诉你什么？告诉你其实你不是他的亲弟弟，告诉你其实不是他独吞了遗产而是你根本没有资格？还是告诉你他资助你做这个做那个不过是出于他对他妈妈的感情，事实上他对你完全没有这个义务。"

　　这下，他哑口无言。

　　我知道周守信不善言辞，只是没想到他的综合素质会这么差，以前认为他即使没周诺言长得好，至少性格是很不错的，可原来是个假象。想到周诺言，我有些庆幸，这个男人脾气虽然臭了点，但相处久了各退一步也不是太难，因为他还有很多能轻易打动我的优点。而周守信……我在心里连连摇头，无怪乎何琥珀急不可待地要离开他，我忽然开始理解她的行为。当初这两人会结合，的确是拜周诺言所赐，若非他拒绝，她怎会给自己找这么一个台阶，凭良心说，真是不高明啊……

　　不说她狗急跳墙，也是瞎猫碰见疯老鼠。我叹了口气，视线落在那张病历卡左上角的一行英文字母上，这时，脑子像被一道突如其来的灵光开了窍。

　　那上面的日期是——

　　19th, Nov, 2002.

　　我的神经顿时松懈下来，灵台清明。再联想到某人的举动，马上意识到自己是被耍了。

　　周守信深受打击，一言不发地起身走掉。

　　我望着他挫败的身影，没由来地一阵心烦。独自在冷饮店坐了很久，外面夜幕降临，我意识到手机没响过，掏出来一看，原来没电了。

　　回去时路过常光顾的饭馆，进去点了三菜一汤和三份米饭，让店里的伙计过会儿送上去。我现在心情低落得很，可没力气熬什么红豆粥，更不要伺候人。

　　周诺言还没回来，她妈妈在客厅看电视，但明显精神恍惚。我叫了她两声，她才回过神，看见我像是想起什么，目光有些闪烁，说话的时候不太看我，最古怪的是她明知我是追周守信去的，现在却一句都不过问。

　　"碧玺，你……"她吞吞吐吐。

　　我极力控制自己的情绪，站在她面前等待下文。

"没，没什么。"停顿了几秒，她匆匆找了个话题，"诺言刚才来电话，说会迟点回来，我们晚餐不如就……"

"我叫餐了，一会儿就送来。"我转身走向卧房，临关门前瞥见她略带尴尬无措的神情，又觉不忍，只好说，"阿姨，我累了，想休息一下，送餐的人过来您给签收吧，钱我已经付过了。"

"行，那等诺言回来再一起吃吧。"

"好。"我淡淡应了一句，将门轻轻关上。没人知道这一刻其实我很想摔门。

累自然是借口，躺在床上盯着天花板发呆，时不时瞄一瞄床头柜上的闹钟。等得实在无聊，我拿座机给文琳打电话，她正在回家的路上，公交车上噪声极大，她说话几乎是用喊的，我又不便大声说话，讲不到两句觉得闹心干脆挂掉。爬起来上网，查阅新的电子邮件，有两封是通知我后天去面试的，虽说是不知名的小公司，但所谓的鸡头凤尾，何况我现在没有文琳的宏图大志，要的不过就是一份工作，投递求职信前已想清楚。拿纸笔记下有用讯息，心里盘算着还要准备什么。

这时，客厅传来周诺言的声音。总算回来了，我搁笔，合上笔记本电脑出去。

"碧玺起来了啊，正想去叫你呢，诺言赶紧洗手，饭菜都凉了。"他妈妈一边将菜放进微波炉里，一边招呼我们。

"妈你们先吃吧，我去洗个澡。"周诺言一脸疲惫，径自走进他的卧室。

"诺言，你吃过再洗吧，别饿坏了——"他妈妈在餐厅里叫他。

"阿姨您别管他了，他不洗澡是吃不下饭的。"我见他回来第一件事不是跟我解释，心里也恼了，坐到餐桌边上自顾吃起来。

"碧玺，诺言是不是胃不太好？"他妈妈忧心忡忡。

我蓦地紧张起来，说："他怎么了？为什么这么问？"

"没有,我看他的书桌上放着胃药就问问。"

"哦,偶尔会犯病,这也算医生的职业病吧。"

我低头拨了几口饭,心里憋得慌,根本没什么胃口。跑去周诺言的房里,他已洗完澡,换上了家居服,靠在枕上闭目养神。

我过去把他摇醒,"没事吧?是不是胃又不舒服?我给你盛碗汤。"

"不用,我胃没事,"他拉住我的手,不让我走,"下午的手术比较耗神,有点累而已。你怎么不去吃?"

"我吃过了,饱了。"我还是不放心,抬手抚了抚他的脸颊,"你真的没事?别硬撑。"

他笑了笑,张臂揽住我的肩头。我的心忽然变得柔软,最初的怒气消散了许多。尽管有一堆疑问,但看到他那么累,现在这个气氛又好,我开始犹豫要不要留到明天再问。

"守信去医院找我了。"

"啊?什么时候?"我吃了一惊。

"你跟他谈过之后。"他起身倒了杯水。

我跟着他进了厨房,将门反锁上,"我正想问你这个事,你跟你妈串通好了的?那份病历卡是几年前的,我不信你没看出来。"

他笑了笑,说:"碧玺,听我解释。"

"你说。"我还算心平气和。

"你给我病历卡的时候,我是看出了破绽,但那病历卡不像伪造,即使我有所怀疑,但在没有得到证实之前,我不能跟你多说什么。"

"那你现在证实了什么?"

"我联系上我妈在墨尔本的主治医生了解情况,他说我妈在 2002 年确实患了一场很严重的病,当时诊断结果是癌症,不过幸好是良性,经过治疗已经痊愈。"

"也就是说，这是你妈设的局，她故意把以前的病历卡放在我会看到的角落，想借我的嘴告诉你，不对，她真正的用意是希望我去跟周守信说。"我闷闷不乐地靠在他身上，这个结论真叫人郁闷，其实我不介意帮她这个忙，但起码事先应该跟我通下气。

"她还真了解我，猜到我不会留意日期。"

"别这样，"周诺言轻拍了拍我的背，试图安慰，"也许是一场误会。"

我像只刺猬立即竖起一根根坚硬的毛，大声说："什么误会？你少说这种违心话哄我，我又不是三岁小孩，我承认没看清楚就自以为是地跑去仗义执言是我太大意、太冲动，可你也别把我当傻子对待，单单你妈千里迢迢从墨尔本飞过来，却将几年前的病历卡随身携带，这已经很说明问题，她根本就是蓄意已久！"

周诺言静默了一下，说："这未尝不是一个办法。"

我火了，凶巴巴地问："你什么意思啊？你觉得你妈这么糊弄我是对的？"

他避重就轻，"这是一个漏洞百出的办法，但也是一个能在最短时间内让守信主动回墨尔本的办法，在中国继续待下去，他心里的伤就永远好不了。"

我不明白，"为什么？"

"何琥珀跟一个有妇之夫在交往，现在还是半公开，但指不定哪天就会闹得沸沸扬扬，尤其像她那样的冉冉之星，娱乐版的最爱。"

"她还真是不消停啊。"我并不觉得意外，这种事以何琥珀的个性是完全做得出的，只是……她勾搭男人的速度未免也太快了一点。总听到有人酸溜溜地说女人长得漂亮有什么用，其实那是典型的狐狸心理，男人这么说是因为看得到吃不到，而女人这么说则因为那张皮囊从来不长在自己脸上。

怎么会没有用呢，赏心悦目的东西有谁不喜欢？特别是男人这种感官动物。

我斜眼瞥了下周诺言，心不甘情不愿地说："反正这次我就是被你妈摆了一道，这笔账算你头上，要怎么补偿我？"

他笑得诡异，从身后搂住我的腰，声音低沉悦耳，"以身相许好不好？"

风和日丽，我拿了身份证跟周诺言去民政局登记。

在车上，我晃了晃手，笑着问他："什么时候准备的？我怎么不知道？"

"旅行回来就买了，喜欢吗？"

我满心欢喜，却故作嫌弃地说："钻石的克拉也忒小了点。"

他配合地露出鄙夷的神气，"原来你有戴大石头的癖好。"

我笑嘻嘻地把头搭在他肩上，"大石头是锦上添花，这次你赚到了，用这么小的钻戒就把我骗到手。"

他腾出手来捏了捏我的脸颊，"庸俗的女人！干脆把钻戒折成现金给你好不好？"

"好啊。"我应得响亮，其实不是不懂他的用心良苦。虽然我对钻戒没什么研究，却正好识得他送的这枚——是一个法国的老牌子，我在时尚杂志上看过专题介绍，据说这个公司的设计师会根据不同地域的人文风情进行灵感创作，设计的每个款式皆选用最上乘的材料制作出一件成品，流向指定的销售地，所以这个品牌的钻戒因其独一无二的设计，完美的做工与精良的材质在全世界享誉盛名。

周诺言要是一味摆阔，送个硕大的钻戒给我，那真的不如直接给钞票让我数着过瘾，试问这年头有哪个平民百姓敢戴大石头出门啊，手指还要不要了？正想入非非，目的地已到，他替我解开安全带催我下车，我赶紧开门出去。我没带包，就牛仔裤后面口袋塞了身份证。

原以为登记很麻烦，好在我们去的那天人不是很多，很快就轮到我们，

CHAPTER 07
明 天 我 要 嫁 给 你

在那之前周诺言一直紧紧握着我的手,生怕我后悔随时走掉似的。我们是几对新人里最听话最积极最不黏糊的,工作人员说什么,我们立马照做,一点异议也无,甚至彼此间都不怎么交谈,只是埋头填表,偶尔交换一个眼神。结果两小时不到,当再走出民政局大门的时候,我们已经和单身无缘。

站在台阶上,我抬头看着蓝天白云,大概是幸福过头了,忽然觉得眩晕。

"周诺言,我们真的是夫妻了?"我坐倒在地,嘴里喃喃,"怎么跟做梦似的,一点真实感都没有……你呢?"

他没回答,捏住我的下巴,狠狠吻了下去。

我一惊,急忙推开他,"干吗呀?公共场合!注意影响!"

他勾了勾唇角,低声说:"不是在做梦。"

我留意到他的神情,原来不是只有我一个人觉得不真实……他也是。我四下里瞅了瞅,趁他一个不留神,身子前倾贴上去,不轻不重地咬了他的下唇一口,"嗯,不是做梦。"

然后,我很不争气地脸红了。

回到家,很意外地看到周守信,我的喜悦浇灭了一半,心想不会又出什么事吧?再转念一想,管他呢,反正结婚证都领了,他再闹也不能把我们的关系闹黄。

周守信今天的精神不错,很明显头发打理过了。我跟周诺言去登记结婚的事,他妈妈是知道的,当婆婆的心情也急了点,非要小儿子叫我一声嫂子。我一听这称呼整个人都囧了,周守信好歹也是何琥珀的前任丈夫,虽然我没叫过他姐夫,但那层关系也在光天化日下摆了好些年,这突如其来地变换身份,我一时半会儿还真适应不了。

周守信准也跟我一个心态,支吾了半天就是叫不出口。我的脸皮算厚的了，可今天是红彤彤的春天红彤彤地过，连着红了又红，于是找了个借口躲进卧室，再不敢出去。

过了一会儿，周诺言进来。我从床上跳起来，小声说："他走了？"

"没有，跟妈在说话。"

"咦——"我像是发现新大陆，"他们母子俩和好了？"

周诺言想了想，说："我妈铁了心要带守信回墨尔本。"

我领悟他的言下之意，了然，"你妈装病骗他，那骗回去了怎么办？"

"守信秉性不坏，只是容易钻牛角尖。"

"你想说，时间是最好的良药？"我笑着搂住他的胳膊。

他点了点头，"明天中午有空吗？我妈想请你吃饭。"

"明天中午？你不是要上班吗？"

"她想单独请你。"

我心里发毛，"不、不用了吧。"

他抬手刮了一下我的鼻子："鸿门宴也得去，过两天她就回墨尔本了。"

"好好好，"我自知逃不掉，干脆摆出视死如归的架势，"明天早上我去面试，完事后给你妈打电话，满意了吧相公大人？"

虽然没有隆重的婚礼，但这天怎么说也是我结婚的大日子。吃过晚饭，周守信回去，我跟周诺言陪他妈妈在客厅看了一会儿电视，刚过九点，老人家就犯困了，我殷勤地伺候她回房歇息，随后自己溜进浴室泡了个热水澡。

等我回到客厅，那里空无一人，周诺言躲进了书房。

我轻手轻脚潜进去，反手把房门关上，然后跑到周诺言身边黏糊。他似乎也刚洗过澡，换上了舒适的家居服，身上散发着淡淡的青草香。

"这么晚了还看书啊？"我搭着他的肩，身体斜靠在他皮沙发的扶手上。

"嗯，反正也没事。"

"你看什么书？"我歪着脑袋看了看封面，是医学方面的工具书，意料之中。

"你困了的话先去睡吧。"跟我说话,他的视线却专注地流连在字里行间。

我搂着他翻页的胳膊,"这么早,我不困。"

他抬头看了我一眼,"那去看电视吧,刚才你不是看得津津有味?"

"那是陪你妈看,我不喜欢看连续剧!"

"哦。"他可有可无地应了一声,将书本往旁边挪了一下,又翻过新的一页。

这样都看得进去!我撇了撇嘴,若无其事地伸手把玩桌上的台灯,将发烫的灯泡拢在掌心里,光线一下子暗了。

"碧玺别胡闹,小心手烫着。"

我怏怏地把手缩回来,又去玩他书案上的地球仪,结果一个不小心,把上面的球弄掉了,"咚"的一声砸在桌面上,滚到附近一个玻璃杯上,里面盛了八九分多的水受到撞击,溅出了少许。我慢吞吞抽了几张纸巾,一遍又一遍地擦拭水渍。

周诺言无奈,"碧玺,你到底想做什么?"

"没什么。"我闷闷地回应,低头继续擦桌子。

他笑了笑,把书本合上,像是自言自语地说:"才九点多,不看书又不知道干什么好。"

"你又不是跟书结婚,春宵一刻值千金都不知道……"我嘟囔了一句,手上越发卖力。

"你在嘀咕什么?"他搂住我的腰,把我按坐在自己的大腿上。

"哪有。"我也不客气,用力往后一靠,将他当成人肉靠背沙发。

他亲了亲我的脸颊,笑着说:"真的没有?那我可继续看书了,你要是一张桌子不够擦,不如连地板也一起拖了。"

我气得扭过头瞪他,"你当我是菲佣啊?这才头一天嫁给你就使唤我干活!"

"那——"他作势想了一想,脸上笑容有点坏,"要不我们一起洗地板?"

"啊?"我还没反应过来,前襟的两粒纽扣已经被他解开了。

他一边笑,一边动手。

目瞪口呆地看着那双修长漂亮的手脱掉我的衣服,只剩一件蕾丝文胸在身。我抬起头,艰难地咽了下口水,"……在这里?"

他幽深的黑瞳迸发出星辰一般的光芒,含笑说:"你不喜欢?"

我的脑子都成糨糊了,哪里分辨得出喜不喜欢?但可以确定的是——我愿意。他低头,温柔地亲吻我的锁骨。我已经意乱情迷,转了个身,依然坐在他的腿上。

然后,我们一起滚到地板上。

热吻像雨点密密麻麻地落在肌肤上,那炙热的温度,仿佛就要透过皮肤表层直达灵魂最深处。

"诺言、诺言……"我轻喃他的名字,紧紧地攀附着他。

我们的身体纠缠在一块,带着原始的眷恋。

疼痛与快感一齐涌上头皮,如飞一般美妙。

他贴着我的脸,低低地说了一句什么,落在我的耳里轻得如一声缠绵的叹息。

人逢喜事精神爽,这话一点也没错。

隔天的面试,我状态好表现突出,人事部的经理当场表态录用了我。看得出他们公司真的急需人手,我办理好入职手续,答应后天就来上班,设计部的组长是一个中年男子,台湾人,个子不高,穿着一件亚热带风情的花衬衫，两只精光的小眼睛藏在黑色橡胶眼镜后面。我去跟他打招呼，他用一种质疑的目光打量了我老半天，才慢条斯理地说："你今年刚毕业？"

"对。"

"听说你之前在 BO 实习，怎么不在那继续待下去？"他的眼神依然不太友善，带着咄咄逼人的高姿态。

"我们公司更适合我。"

"哦？"他推了推眼镜，正眼看我，"怎么说？"

"我的英文不太好，跟那些老外交流起来有困难。"

他长长地"哦"了一声，然后伸出手来，"欢迎加入衣玥，以后合作愉快。"

我笑着将手递过去，"谢谢，您是前辈，请多指教。"

走出衣玥公司大门，我给文琳打了个电话，多谢她提供的小道消息。

"聪明！"她听完我的陈述，夸了我一句，"那个戚组长比女人还善妒，我一个同事，当年第一份工作就是栽在他手里，被恶意辞退还落了个办事不力的罪名，真是比窦娥还冤。碧玺你记住，他让你做的事你花个七八分力就够了，不必精益求精，挑不出大毛病就行，你做得太完美，一点瑕疵都没有，这样会令他这个上司丧失一定的乐趣。还有，他没说的事你千万别做，吃力不讨好，除非你有把握爬到他头上去。"

我忍俊不禁，连连称是。我还是有点自知之明的，大智慧从来没有，小聪明倒是一堆。人不犯我，我自不犯人，我现在是幸福的已婚少妇，没兴趣跟那种老男人争风头。

想到这个，我忙说："对了文琳，我结婚了。"

方文琳一怔，尖叫："什么时候？跟周诺言？你这死女人——"

"昨天的事啦，我们只是去登记，没举行婚礼。"

"为什么？结婚是一辈子的头等大事，怎么可以这么随便？"

她说出了我的心声，但我仍替周诺言说好话："他妈妈跟他弟弟的事够他烦的了，哪有心情筹备婚礼，再说他那么忙……"

"何碧玺你完了！"方文琳在线的那头笑得肆无忌惮，"你以前不是这么想的，你说过你很向往在教堂举行婚礼，我还记得你给自己手绘了一款婚纱设计图，你说将来一定要穿上它嫁给心爱的人……现在倒好，一切从简啊，被周诺言迷得七荤八素的，一张结婚证明就满足你了？看来爱情真把你给改造了。"

我无语，如她所说，我被爱情改造了，爱人出现之前，择偶标准定得尽善尽美，恨不得将世间所有溢美之词全部附加上，就算遇不到十全十美的男人也要十全九美才甘愿嫁，可一旦命中注定的人出现，那些条条框框就见鬼去吧，管他是胖是瘦是高是矮是美是丑，管他有没有良田千亩豪宅大院宝马钻戒，总是照爱不误。

这毫无道理的爱情啊……

打车去西餐厅，诺言的妈妈已在那里等候。

我忙走过去，"阿姨对不起，我来晚了。"

"是我来早了。"她微笑，招来侍应，要了两份黑胡椒牛排。今天她跟初次见面时一样的装扮，只是项链换成了周诺言送她的那条，化了淡淡的妆容。整个人的状态虽然没有之前好，但经过这几日来的调养，再加上周守信答应与她一同回墨尔本，她的气色好转许多。

"碧玺，今天特意约你而不约诺言，是因为有一些话想单独跟你说。"

我点点头，诚恳地看着她，"您说。"

"关于我跟诺言他爸爸的事，我想诺言一定没有说太多，这孩子不在我身边长大，但知子莫若母，他的脾气我还是清楚的。"

我静待她说下去。

CHAPTER 07
明 天 我 要 嫁 给 你

"他爸爸曾是一位很成功的商人,我们是在墨尔本的拍卖行里认识的,当时我是留学生,在那里打工赚生活费。两年后我们结了婚,很快有了诺言,那几年是我一生中最快乐的时光。在诺言三岁的时候,因为他爸爸生意上的需要,我们举家迁到了中国。我是学油画的,但在婚后完全放弃了这个专业,一心一意当起了家庭主妇。之后,他爸爸比在墨尔本还要忙,夫妻间经常一连几天都见不上一面,他爸爸怕我辛苦,给家里请了保姆,照顾我和孩子的一切起居。不久,诺言被他安排进了幼儿园,我变得很沉默,每天一个人面对空荡荡的大房子总是心生恐慌,于是开始想给自己找点事干,原打算重拾旧业,但他爸爸不允许我出去工作。"说到这里,她停顿了一下,冲我无奈地一笑。

我感觉出她隐忍的哀伤,忍不住问她:"那您反抗过吗?跟他说过您的想法吗?"

她缓缓摇了摇头,神情有些惘然。"我不会反抗,从来也没有过。你相信么?我们做夫妻的那些年,我从来没有违背过他的意愿,除了……守信的出生。"

我不忍心看她,低下头默默地喝了口果汁。

"守信的生父是我们当时住的那栋房子的邻居,一个老实热心的小警察,他的太太早年因为难产过世了,他就没再娶。那阵子我很苦闷,身边连个说话的人都没有,日子久了就和他成了朋友,我们关系很清白,在一起不过是聊聊天,偶尔也会说心事。有一次请他过来品尝红酒,他跟我说,他这辈子最大的遗憾是不能和他妻子拥有一个孩子,然后他说了很多关于他亡妻的事,我看得出他还是很怀念他妻子,想起自己的不如意就越发觉得落寞。那晚我们都喝了很多酒,把彼此当成了心里的那个人。"

我小心翼翼地问:"那,既然您对他没有爱情,为什么要留下孩子?"听她说这段往事,我觉得她并不认为那次神志不清的出轨是对丈夫的背叛,其实若换作是我，我想我也会有相同看法。爱一个人是很容易的事，而不爱是那么的难……

"很不可思议吧……"她苦笑，继续说下去，"不久，幼儿园放假了，诺言的爸爸安排我带诺言去国外散心，等我发现自己怀孕，已经是两个月后的事，我回来想偷偷打掉孩子，但我不敢一个人去医院，就找他陪我去，就在我进手术室的前一刻，突然把我拉出去，央求我将这个孩子生下来。"

"您答应了？"我吃惊不已。

"当然没有，我爱的始终是我的丈夫。"她的脸上流露出一股悲楚，仿佛陷在某个回忆不可自拔，"可是，他死了。"

我睁大了眼睛看着她，"死了？"

她点了点头，说："也许是命中注定，我那天没有做成手术，因为接到家里保姆的电话，说诺言在去幼儿园的路上被陌生人掳走了。我当时就吓得蒙了，打他爸爸的手机又不通，只好请他陪我沿途寻找。"

我一听跟周诺言有关，一颗心提了起来，"是被人贩子拐走的？"

她摇头，"不是人贩子，是一个刚失去儿子神经失常的女人。在天桥下找到他们时，她正死死地搂着诺言不放手，嘴里不停地说诺言就是她的宝贝儿子。我害怕极了，生怕硬抢会伤害孩子，那时候诺言才四岁啊，他也不哭，可小脸吓得惨白惨白的。僵持了很久，那女人不耐烦起来，抱着诺言撒腿就跑，守信的爸爸上前阻拦她，很快把诺言抢了回来。那女人受了刺激，抓起地上的木棍，不顾一切地攻击我们，他为了保护我跟诺言，被击中了头部，当时没有流血，我以为没事，后来他还送我回家，临走前又求我再好好考虑一下打胎的事，谁知道当天晚上他就……"说到这里声音哽咽，她痛苦地将手掩在脸上。

我忙掏出纸巾递过去，安慰她，"阿姨，您别难过，都过去这么多年了。"

过了好一会儿，她终于平复了情绪，说："守信出生后，我把所有的精力都放在这个孩子身上，渐渐疏忽了对诺言的照顾。可能真有父子天性，守信从小就不如诺言得宠，当然这也跟守信怯懦的性格有关，诺言比较像他爸爸，刚强稳重。后来我受不了良心的谴责，跟他爸爸说出了真相。"

这点倒是出乎我的意料，通常这种事人家遮掩都来不及，她竟自己捅出去。

"他爸爸十分震怒，当场丢给我两个选择，一是把守信送去国外交由别人抚养，二是离婚。我想了三天三夜，到底选了把守信留在身边，我已经亏欠这孩子很多，怎么忍心再不要他？"

"您这个抉择，等于丢弃了另一个同样需要您照顾疼爱的孩子。"

"我知道，诺言心里一直埋怨我。对他，我始终有愧。他是个好孩子，为我和守信做了很多事，我是明白的。"

"诺言要的不是您的明白，"我轻轻叹了口气，握着不锈钢刀柄的手有些麻木，嘴里微微发涩，以致那七分熟的牛排嚼起来都觉得透着一丝苦味，"阿姨，您为什么要跟我说这些？"

"你跟诺言是夫妻了，这些事你有权知道，诺言不喜欢说别人的是非，我是他妈妈，想来他更不会说，可你是要与他共度一生的人，我想由我来告诉你会好一些。"

我沉默，过了片刻，说："阿姨，您后悔过吗？"

"有过，在很多年前。"她与我对视，目光坦然，"如果有一个机会重新来过，我想一切都会不一样，可世事可能重新来过吗？何必给自己这么一个只会越想越痛苦的假设。一步错，步步错，但已经错了，就不要沉湎在追悔里。诺言的爸爸也过世这么久了，我跟他是算不清了。"

"阿姨……"

"碧玺，你是不是该改口了？"她微笑望着我。

经她一提醒，我才意识到自己根本没有把她当婆婆的自觉。乖乖叫了一声"妈"，忽然心头涌上了一种很奇异的归属感，这个称呼再一次让我确信与周诺言的非一般关系是真真实实存在于情理之中的，是可以得到长辈祝福的。

她轻柔地拍了拍我的手背，说："我以前听琥珀提过你跟诺言经常闹意见，其实两个彼此深爱的人相处并不难，平时的磕磕碰碰就是磨合剂，只要多给点耐性去沟通，没有过不去的槛，这是妈的肺腑之言。"

"谢谢妈，我知道该怎么做。"

Chapter - 08

暗

涌

从机场回来，周诺言显得有些沉默。

"怎么了？舍不得你妈回墨尔本？"我侧头看着他，笑吟吟地问。

他挑了下唇角，对此不置一词。

我翻开刚才在机场小店里买的杂志浏览起来，一张醒目的彩色图片映入眼帘，看完那则报道，不由心存侥幸，"地下情见报了，还好周守信已经上飞机。"

他匆匆扫了一眼，"最近见过她吗？我们结婚的事应该跟她说一声。"

我装作没听见，仔细看了看那男人的身家介绍，吓了好大一跳，"本城也有这么一号人物？他的家产怎么花得完。"

周诺言对这个兴趣不大，换了话题问我："工作怎么样？还习惯吗？"

"嗯，还行。"我漫不经心地回了一句。

在衣玥上班，把握住一个原则就不会错，那就是"中庸"。

可是，别以为中庸很容易，它跟平庸也就一线之隔。

我每天早上八点半，准时坐到办公桌前，趁戚伟业还没来，赶紧把街头买的早餐解决掉，然后开电脑查看电子邮件，九点整戚伟业雷打不动地开早会，实质内容通常不会超过三句，但他一定会滔滔不绝说上半小时，有时还不止。十点左右，面料供应商会陆陆续续地来拜访，这块由我负责。泡一杯绿茶，拿着笔记本，在会客室坐到中午下班，然后跟同事去餐厅吃饭，下午就忙了，除了应付供应商，还要腾出时间整理面料样品，与戚伟业讨论，加班加点是家常便饭。

虽然早出晚归，但跟周诺言的步调倒是相当一致。以前觉得天天宅在家里等老公回来的日子挺惬意，可自从听了他妈妈说的往事后，我不免对那样的生活心生畏惧。

到了夏末，设计部的人都变得繁忙，据说是惯例。我的工作量也比之前多了一倍，公司预定在十月中旬举办一场新装发布会，届时免不了要找模特来走几场秀，规模虽比不得大公司，但这关系到能否吸引更多的加盟商，因此不容有半点疏忽。戚伟业认为我是新人，设计方面的经验不够，于是把找模特这种工作分派了给我。

我也乐得其所，欣欣然接下任务后，给周诺言打了个电话，邀他共进午餐。

进入十月，用于走秀的样衣陆续完工。

我挑选的模特，几个设计师看过后基本满意，我以为可以参与找模特之外的其他工作了，谁知戚伟业摔给我一叠不知猴年马月出炉的照片，让我一个人满城去找，说是给模特搭配新装要用到的饰品。后来我实在没办法，约文琳出来救急，她看了几眼，皱眉说：“碧玺，你哪里得罪他了？我不是跟你交代过吗，不要跟他抢风头，要收敛锋芒。”

我顿觉六月飞雪扑满面，开始大吐苦水，"我还不够收敛啊，文琳你都不知道，我现在在我们办公室就差没挖个地洞藏起来了，从来只有他喊我名字时才冒头，平时我可是一心一意当个小透明的，连开会我都找最偏僻的角落坐，只恨没把自己整成布景了，你认识我这么多年，什么时候瞧见我这么低调过？"

文琳也觉奇怪，指着其中几张照片说："那戚伟业针对你做什么？你看这些，全是 2004 年本土时装界出品的东西，你们公司今年走秀会用到才怪！"

她说得斩钉截铁，我心里也是百思不得其解，凑在一块儿琢磨了半天，干脆结伴去逛巴黎春天，现在正是新品上市，我买了两件长袖 T 恤，一条牛仔裤，在文琳的怂恿下又买下那条死贵死贵的山羊皮镂空花裙子。我不买的理由有十个，文琳只用了一个就说服我，她说：何碧玺，你打扮得这么青春活泼，哪一点像人家的老婆？

冲这个，刷爆信用卡我都得买！

逛完女装，我意犹未尽，拖着文琳去楼上的男装继续逛。认识周诺言这么多年，我从来没送过他礼物，却收了他给的一堆馈赠。文琳后来知道那套小公寓是周诺言送的，问我这男人是不是把我当情人在养，再后来我跟她说了这七年来发生的事，文琳问我是不是上辈子是他债主？哎，这辈子有些事我都搞不清，哪里知道上辈子的事。何况现在我跟周诺言修成正果，自然皆大欢喜，可当初他把我从何琥珀那要过去，我没少觉得屈辱。

感情大抵就是这样，好的时候做什么都是对的，不好的时候就怎么都是错，哪怕同一个行为。

回家已经八点半，周诺言要是在家通常会在书房。

我掏钥匙开了门，看见客厅的灯亮着，把血拼回来的大袋小袋往地板上一搁，一边脱鞋一边大叫："诺言，快出来看，我给你买了羊绒毛衫，还有 JODOLL 的西装，你来看看喜不喜欢——"

"碧玺。"这个突如其来的声音把我吓得够呛，猛回头看见蒋恩爱穿着睡衣，笑意盈盈地站在洗手间门口。

"怎么是你？"我的笑容顿时僵在脸上，继而将目光投向从书房出来的人。

"恩爱的房约到期，房东急着收房子，她会在这里暂住几天。"淡淡地解释了两句，周诺言走过来，帮我把东西拿到沙发上。

"不会打扰到你们吧？"蒋恩爱似笑非笑地看着我。

我不知哪根筋不对，想也不想就说："如果我说打扰的话，你是不是可以不住在这里？"

这话令她措手不及，脸上不由自主流露出尴尬与窘迫，但这些都是其次，我从她那双漂亮的眼睛里看到了毫不掩饰的恼怒。

我知道我不该这么直白，连个台阶也不给人家，怎么说她跟周诺言也是关系匪浅。可是，打从见她第一面起，蒋恩爱就给我一种无形的压力，这不仅仅来源于她那张酷似蒋恩婕的脸，更来自她本身。

女人的直觉告诉我，她对我的男人有企图，而且还不是一点点。

客厅一股浓浓的火药味在弥漫，我意识到自己有失风度，一时脸色讪讪。

这时周诺言接口说："今天拣到元宝了？见谁都打趣。恩爱，你刚才不是说累了吗？早点休息，明天你还有几场手术要去观摩。"

"嗯，那晚安。"她应了一声，动作迅速回了客房。

"她凭什么出现在我们家？"

"过两天医院会对实习医生进行一场测试，恩爱要集中精力备考，腾不出时间去找房子，就让她在这里住几天。"

"这是你的意思还是她的意思？不用说，一定是她的意思了。"我被周诺言拖进卧室，急不可待地抗议，"你怎么可以答应她？你事先有没有征询过我的意见？周诺言，你这是专断，你根本不尊重我！还有，她知不知道我们结婚了？"

"这怎么是不尊重你？事出有因，再说这只是小事，你不要动不动就上纲上线。"

"我上纲上线？你不要假装不知道她对你有意思，你去问任何一个女人，问问她们介不介意她们的丈夫自作主张让一个心怀不轨的女人住进自己的家？这对你来说也许是小事，而且还是好事，可对我来说这根本就是引狼入室！我不管，你明天就让她走，待租的好房子满世界都是，大不了找中介，钱我来付总行了吧？"

"这不是钱的问题，我承认让恩爱住进来有不妥之处，但按你说的做只会更加不妥，她在这边孤身一人，没什么亲戚朋友，我答应过她妈妈照顾她……算了，说这些没必要，这件事到此为止，几天时间克服一下就过去了，你白天在公司，顶多就晚上打一个照面。"

他说得理所当然，我气得跳脚，"这也不是我跟她打几次照面的问题！这事跟你说不通，你答应她妈妈要照顾她？你是她什么人？老公还是情人？你们背着我……"

"何碧玺，够了！"

他大吼了一声，把我震慑住了，待回过神要还嘴，忽然想到若是跟他吵开，隔墙有耳，岂不是正中她下怀，没准这时候那女人正竖起耳朵听动静呢，但要我闭嘴，心里又愤愤难平。想当初他不也是以照顾为名收留了我，结果我跟他成了夫妻，自古以来，借着照顾的幌子冤家变亲家的好事还少吗？再说，这种照顾是可以随便应承下来的吗？也不看看对象是谁。

越想越郁闷，憋在胸口的一口气无处排解，干脆躲进浴室泡澡，直到关灯睡觉都没再跟周诺言说一句话。

第二天，我起了个早，他被我开衣柜的声音吵醒，随口问了一句："今天怎么这么早起？"

"眼不见为净，你继续睡。"

他微微怔了一下，我想他大概还没记起昨晚的事。不再多言，换好衣服，我把今天要背的大包拿出来，将手机、钥匙、纸巾等零碎的东西一股脑倒进去。

"碧玺，你至于这样吗？"

"不然怎样？"我站直了身体，将大包拎在手里，"该说的我都说了，我不想跟你吵，惹不起我总躲得起吧？"说完不再搭理他，径自出了家门。

买了份早报，去茶餐厅吃早点，坐了大半个钟头，然后徒步到公司，结果还是来早了,办公室一个人都没有。打开电脑,在几个大网站上胡乱逛,也不知看什么,搁在鼠标上的手指无意识地点着,大脑有些钝,缺了氧似的转不利索。

过了上班时间,同事陆陆续续进来,看到我不约而同地问:"昨晚没睡好?干什么去了?脸色这么差。"

家丑怎能外扬,我动了动嘴角,但笑不语。

连喝了两杯特浓咖啡,好不容易挨到中午下班,我的上下眼皮几乎黏在一块,也不跟同事下楼吃饭了,吃了半包饼干充饥,然后拿外套罩住头,伏在桌上补眠。谁知睡不安稳,刚入眠手机就响了,闭眼摸索出手机,直接按下接听键。

"碧玺,是我。"

一听周诺言的声音,我略微清醒了些,"有事?"

"刚做完一个手术,你还没吃吧?中午一起吃饭。"

"不了,我吃过了。"我毫不犹豫地拒绝,等了片刻,那边没反应,我准备收线,"你找别人去吃吧,就这样,挂了。"

"碧玺,你还要闹别扭到什么时候?"他似乎不耐烦起来,闷咳了一下,说,"我们能不能不要为一个外人吵?"

"我没打算跟你吵,"我此刻睡意全消,掀开外套坐直了来,"昨晚明明是你先冲我吼的。"

"小姐,昨晚你说的是什么话?我心情确实不好,尤其在被你质疑我的忠诚度。"

"好,我承认昨晚是我口无遮拦,可是周先生,我的心情也不见得比你好,我们结婚才多长时间,家里平白无故住进来一个我对她提不起半点好感的女人,作为你名正言顺的太太我还不被允许有反对权。"

我们在电话里对峙,我甚至可以想象出他的神态。

随后几天,我的工作频出状况。

找不到戚伟业要的东西,被他劈头盖脸臭骂了一顿。若照我以往的脾气,还不揭竿而起,不过这次却忍了下来。文琳说得对,戚伟业摆明是在找碴想赶我走,要我引咎辞职——门都没有。

于是,他又玩新花样,把我调去给装修部打下手,美其名曰监督舞台进度。装修部的人欺生得很,在这里,跟人家比年纪是肯定比不过的,比资历更是妄谈,几个爷们轮着给我出难题。

在公司憋了一肚子气,下班后我又不想回去面对蒋恩爱,看见她我就不能不想起蒋恩婕,我不信周诺言不跟我一样,可他还收留她!

想想就郁闷,这男人动不动就把认识的不认识的全往家里带,真是不像话,之前何碧希就算了,我后来悟出他的用意——那阵子何琥珀回国,他知道我跟她有心结,放个外人在中间,大家面上多少会有所顾忌,不致轻易撕破脸。可是蒋恩爱就……

说什么要全心应试,什么没时间找房子,都是借口!

我一手拿着刀,一手拿着钢叉,愤愤不平地往牛排上戳。

"烂了烂了!"方文琳忙不迭地提醒我,"跟我吃饭好像很委屈你似的,这么不放心老公,把碍眼的人赶走就是。"

"你说得倒轻巧,她碍我的眼,又不碍周诺言的眼,他们什么关系?说老土点那蒋恩爱没准还是他初恋情人临终前托付照顾,我赶她走?不怕他先把我给赶走吗?"

方文琳笑得像只狐狸,"你能不能赶走她我不确定,可周诺言绝不可能赶你走,这点我对他有信心。你啊别杞人忧天了,我看周诺言做事很有分寸,他才不像你!"

"我不怕周诺言爱上她,要爱早爱了,哪有我插脚的份。"我切了块牛排,细嚼慢咽。

CHAPTER 08
暗 涌

"那你担心什么?"

我看着她,欲言又止。说不清楚在担心什么,我只知道自己不喜欢蒋恩爱这个人,非常不喜欢,而且她对我也有敌意。

我们是两看相厌,不信周诺言看不出来。

吃到一半,接到郭奕的电话,竟是来问蒋恩爱的事,我听他闪烁其词,不由心念一动,说:"你们在拍拖?"

他似乎有些苦恼,斟酌了一下,才说:"只是尚处于追求阶段。"

真是峰回路转,我立刻发挥八卦无极限的娱乐精神,追问之下才知原来什么房约到期,根本全是鬼话!蒋恩爱自去仁爱医院实习以来,一直借住在郭奕家中。郭奕对她日久生情,毫不犹豫地展开追求攻势,谁知太心急,用力过度,把佳人给气跑了。

郭奕在线那头唉声叹气,我在这头恨铁不成钢,拼命给他打气,"那你还磨蹭什么,赶紧亡羊补牢啊,她现在就住我家,你哄也好,骗也罢,赶紧把她弄回去供着。"

"碧玺,我打电话给你就是为了这个,我知道她住你们家,是我拜托诺言答应下来的,要是真让她在外面落了脚,我劝她回去岂不难上加难?"

这话很有道理,我明白过来,说:"你要我怎么配合你?再把她气跑?让她意识到还是你最好,然后重投你怀抱?"

郭奕奸笑了两声,"我们是互惠互利,你也巴不得她走吧……"

我正要说点什么,发现有新电话进来,就说:"郭奕,我现在有电话,等会儿给你回。"

跟林灿然通完电话,我蒙了好一会儿,脑子才恢复正常运转。

原来,卓延相中何琥珀为公司旗下几个服装品牌拍平面广告,主题叫"两生花"。所谓两生花,顾名思义需要两个外表相似气质相远的模特,他不知从哪里得知我跟何琥珀的关系,竟萌生找我当模特的想法。平心而论,我惊讶之余更多的是欢喜，这个机会有多么难得！我现在的感觉是天上忽然下起了黄金雨，而最神奇的是这场雨还不下在别处，只冲我一个人噼里啪啦砸下来。如果这一切跟何琥珀无关，那就圆满了，但牢骚归牢骚，我实在没有资格抱怨什么，说到底还是我沾了何琥珀的光，否则这种好到星光熠熠的机会怎会轮到我？

回家跟周诺言商量，他也觉得意外，说："你已经答应了？"

"还没有，我说考虑一下。你知道，我面对镜头的表现都不太自然，我怕自己不能胜任。"

他一下子揭穿我，"你是担心跟何琥珀共事吧？"

我脸一黑，愤然瞪着他，"就算是又怎样？"

他笑了笑，摸着我的头说："忽略琥珀不计，你喜不喜欢这样的工作？如果你喜欢，那不妨一试，反正也没什么损失，做得好你可能会得到很多工作机会，做得不好，大不了你再回来，还有我养你。"顿了一顿，他似笑非笑地补充了一句，"半路出家，中途逃跑都是你的强项，有什么好怕。"

"照你这么说，我从来成事不足，败事有余？"我跳起来作势打他。

他耸了耸肩，说："女人有无须太努力的特权。"

我面上不认同，心里却有些小甜蜜，于是勇气倍增，欣欣然去赴约。

意料之中见到何琥珀，我过去同她打招呼，她的助理很识趣地坐到一边，离得远远的。

打量她一头海藻般的卷发，我不由抓了抓自己束在脑后的马尾，大学毕业后我开始蓄长发，好歹现在也是已婚少妇，但始终没有人家那股浓浓的女人味。

她像是看穿我的心思，故意高高撩拨了下垂落在肩头的发丝。

"最近过得如何？"她问。

"很好，你呢？"

她低头打量自己手腕上的浪琴名表，答非所问："老实说，你会跟周诺言结婚，这点让我很意外。当初说好听点是他看上了你，跟我要了你，其实是我把你丢给他。我们虽然是姐妹，但我没有那么伟大，我是个经常自顾不暇的人，哪里顾得上你？"

"你想说什么？"我皱了皱眉，不明白她突然说这些做什么。

"我要是知道周诺言会对你认真，也许当年不会把你交给他。"

我愣了一下，侧头对上她自嘲的目光。

"我一直不想承认，但刚才在楼下看见他送你过来，那一刻我真的很嫉妒你。"

"你根本不爱周诺言，你爱的只是你自己。"

"你说得对，可是周诺言对我来说就好像是少女时代的一个梦想，得到了不见得就会珍惜，但得不到注定是个遗憾。"

她说了一句大实话，我无语。

等了一会儿，卓延跟他的助理一同过来，发了些资料给我们看，并详细讲解了工作范畴和签约事宜，我听后答应一周内答复。

离开时，何琥珀的助理过来说顺便载我一程，被我温言拒绝。刚走出门口，明晃晃的光线照得我有些眩晕，在一楼大厅的沙发上稍作休息，很意外地接到卓延亲自打来的电话，他诚恳地问我对合约的意见，让我有任何不满尽管提出来。可他们给的报酬已经相当丰厚，我想不出比那更好的，做人要知足。

第二天我回衣玥辞职，因为试用期未满，没有签正式的合同，所以离职程序很简单。戚伟业是巴不得我走的，这下我称了他的心，他又觉得意外，一脸狐疑追问我原因。我敷衍了他几句就走，实在懒得应付这种人。文琳知道他存心刁难我，前几天费了点工夫找旁人从他嘴里套出了原因，原来我跟文琳约会吃饭曾被他撞见过一次，这本没什么，但文琳所在的公司跟衣玥算是竞争比较激烈的，所以戚伟业自然而然把我当成了眼中钉。

外面天空晴朗，冬日的阳光照在身上暖洋洋的，无比惬意。

我一个人溜达，逛花鸟市场，放眼过去都是老人跟小孩的天下，我背着挎包穿插在人群里，接受四面八方投递而来的目光，却没有半点不自在，看来脸皮厚也有好处。

买了几条热带鱼回家，周诺言的书房有一个类似鱼缸的玻璃罩，我打算利用起来。相对于养鱼，其实我更想养一只猫，可是周诺言不同意。

以前上大学的时候，我在寝室里养过一只小兔子，花十块钱买来的。当时宿管员查得紧，为了掩人眼目费了不少工夫，好不容易保了它两个多月，谁知天气突然降温，一夜间它就冻死了。我拿大勺子在小花圃里挖了个洞，把它埋进去，为此感伤了好一阵子。

后来跟周诺言说起这事，他不但不安慰我，反而说："你连自己都照看不好，养什么小动物？纯粹是瞎折腾。"

偏见！

往玻璃罩里注满水，把热带鱼放进去，我在旁边驻足看了一会儿，蒋恩爱凑过来，饶有兴致地说："你也喜欢养鱼？我爸也喜欢，特地买了书来研究……以前我家客厅有一个超级大的鱼缸，养了各种各样的鱼。"

"那你爸一定很懂生活情趣。"我扔了点饲料下去，逗鱼儿围过去吃。

蒋恩爱笑了笑，"还行吧，他脾气好，做什么事都温暾暾的，养鱼适合他。"

"那你妈妈呢？人家说夫妻的性格最好是互补，不过我觉得未必，像我爸妈，他们是同一类型的人，做什么事都合拍，经常出去旅行啊，买东西啦，还会手挽手去听音乐会。"

蒋恩爱脸色微变，隔了半晌，闷闷地说："我妈脾气不好，我爸只能让着她。"

我不由多看了她一眼，她本来拿着装饲料的塑料袋在玩，忽然手一抖，把大半包饲料倾倒进玻璃罩里。

"哎呀，你怎么这么不小心！"我忙端进浴室换水。她也没跟过来，过了一会儿，我听见她重重关门出去的声音。

我有些莫名其妙——是哪里得罪她了？

周诺言回来，我说给他听，他犹豫了一下，交代我，"以后别在恩爱面前提你爸妈有多恩爱，也别问她关于她妈妈的事。"

"怎么了？"我好奇心大作，一个劲追问，"为什么呀？你跟我说清楚嘛，我知道了原因才能避免犯错，否则说不定哪天我就脱口而出了。"

他被我弄得不胜其烦，只好告诉我，"当年恩婕的死对她妈妈是个巨大的打击，这些年她妈妈身体一直不太好，尤其是……精神方面。"

我脑子一时短路，居然傻乎乎地问："那是什么病？"

他叹了口气，过来给我盖上被子，"恩婕过世后，她妈妈在精神病院住了几年，饱受折磨，恩爱每次去探望她回来都要大哭一场，那种感觉我们很难想象。直到去年，她妈妈病情好转，医生观察了一段时间，觉得让她回家里住更有助康复。"

"啊？那恩爱怎么不在家里陪着，还特意跑到这里工作？"我的言下之意很明显，她丢下有病的母亲不侍奉，就为了留在他身边，我真是低估了她的用情之深。

周诺言摇了摇头，否定我的想法，"你不明白，有时候眼睁睁看着至亲至爱饱受折磨比自己去死更难受，她妈妈的病情虽然得到了控制，但偶尔也犯病，会跟她爸爸激烈吵架，怎么哄劝都没用，也不肯吃药，直到累了才静得下来，严重时甚至会出手打她，恩爱很痛苦，上大学就常常不敢回家，毕业之后只能逃到我这里来。"

"逃避也不是办法，何况那个人是她妈妈。"我不敢苟同他的说法，下一秒又想起另一个问题，"照你这么说，万一我得了绝症，你是宁愿撒手而去，也不要跟我在一起？"

"别胡说！"他按在我身上的手倏地一紧，冷着脸训斥我，"哪里有自己诅咒自己的？我真想拿针线缝住你这张嘴。"

我撇了撇嘴，不以为然地笑着说："怎么医生也忌讳这个？在我看来医生是拥有超强悍神经的非人类，尤其是——外科医生，再说我的话要真这么灵验我早就是亿万富翁了。"

他俯身搂着我，有些无奈地说："医生也是人，只要是人，就有无能为力的时候，我在医院看了太多的死别，我不能想象那样的事降临在我跟你身上，碧玺，那种痛不欲生的滋味我希望你以后永远都不要体会。"

我被他打动，主动亲了他一下，"傻瓜，只要你好好的，我自然就不用去体会了。"

"你也是，别让我体会。"他低头贴着我的脸颊，轻轻蹭着。

签约后第一天拍广告，周诺言亲自载我去公司。

我紧张得一夜没睡好，顶着两只熊猫眼冲他嚷嚷："怎么办？怎么办？变得这么丑，一会儿卓延见到肯定后悔死，放着那么多美女不要，偏偏挑中了我……"

他正专心开车，抽空看了我一眼，说："哪里有变丑，你本来就是这样。"

我勃然大怒，扑上去在他肩膀上咬了一口，"都怪你，说什么热牛奶增进睡眠，根本没用！"没用就算了，还害我半夜跑了好几趟卫生间。

"谁叫你喝五百毫升那么多？"

我沮丧地蜷在座位上，就我这模样还"两生花"呢，跟何琥珀站一块儿跟人家小跟班似的。

他笑了一声，"现在不是流行烟熏妆吗？跟你们设计师建议一下，没准你那点黑眼圈可以派上用场。"

我气急，不管不顾地把脑袋埋进他怀里，"你这人怎么一点同情心都没有？我是你老婆，你还成天消遣我……"

"好了好了，不消遣你，"他腾出手揉了揉我的头发，"我开车呢，别闹——"

话音未落，他猛地踩煞车，轮胎急剧摩擦地面发出尖锐的噪声。

我吓了一大跳，直起身体，慌慌张张地问："怎么了？怎么了？撞到人了？"

他直视前方，过了片刻回过神来，"没有，看见一个人。"

我顿时泄气，"看见一个人你这么紧张？满大街都是人好不好？"

他不吭声。

我打趣，"说啊，看到谁了？该不会是哪个旧情人吧？"

他横了我一眼，启动油门。

"你们要拍到几点，我来接你。"到了摄影棚楼下，他侧身问我。

"不用了，这工作不定时的，我也不知道摄影师怎么安排，"我一边解安全带，一边对着镜子皱眉，"再说你今天不是还有大手术要做？哦对了，中午记得去吃饭，你昨天又吃胃药了，别以为我没看见。"

他笑了笑，说："你哪里像个平面模特，十足十的管家婆。"

我轻哼了一声："哪天我要成了名模，第一件事就是把你甩了！"

"古人说，苟富贵莫相忘，你这么快就想着变节了，我白对你好了。"

我已经开门下车，听到这话，笑眯眯地伏在车窗上，把头探进去，"那就对我再好一点吧，我要是对你死心塌地，你就是赶我我也不走。"

"离死心塌地还有多远？"他轻柔地吻我的脸颊，"碧玺，这个世界上你再也找不到一个比我更爱你的男人,你信不信?"

"怎么突然说起这个?"我狐疑地望着他,他不像在开玩笑。

"没什么,"他挑了挑唇角,"快进去吧,别第一天就迟到。"

"哦。"我走进大厦,隔着玻璃窗看他掉头把车开走,心头涌上一股异样的感觉,他刚才的表现真是奇怪,难怪被那个急刹车震出毛病了?

拍了几个镜头之后,那个来自德国的老外摄影师烦躁起来,丢下满场子配合他的工作人员,跑去空地上抽烟,这大概是搞艺术的人特有的作风。

何琥珀去补妆,我拿瓶矿泉水找了个位置坐下,没多久她过来跟我闲聊,我有一句没一句地搭着,心里总惦记着周诺言到底吃午饭了没。

好不容易等到摄影师发完神经回来,我以为可以接下去拍了,谁知他叽里呱啦说了一通,就是不见要开工,我听不懂德语,只能等着翻译来解说。

"他说要去郊外拍外景,明天早上五点就出发。"不知道是老外太啰唆,还是他的随身翻译太干脆,那说了将近二十分钟的鸟语转换成中国话竟就这么一句。

何琥珀脸色不太好,指桑骂槐地冲她的助理发火。我心里同情她,虽然对老外朝令夕改也有些不满,但转念想到现在收工正好可以找周诺言一块儿吃午饭,就没什么意见了。

偷得浮生半日闲,大概就是这样。

回化妆间收拾东西,我摸出手机想跟诺言说一声,正发着短信,卓延的助理推门走进来,我回头看她,她冲我微笑。

这个助理是新来的,我在 BO 实习时不曾见过,林灿然前几天被公司派去香港参加一个为期三个月的培训,工作就由这个助理接下。那天,她协助卓延给我们讲解合同细节,我就觉得这个女孩不简单,作风干练,办事利索,一举一动颇有大将之风,难得的是还很漂亮,不是华丽的那一型,但很耐看，且活色生香，像一株盛放的雏菊。

"何小姐，现在有时间吗？卓延想请你过去一下。"她笑着走过来，用礼貌而客套的语气跟我说话，我注意到她手里捧着一堆沉甸甸的杂志。

我搁下手机，替她分担了几本拿着，"有时间，你叫我碧玺吧，这些杂志要拿去哪里？我帮你。"

"好的，谢谢你。"她没有拒绝我的好意，自然而然地引我去会议室，一边走一边说，"杂志是卓延要的，我刚才路过宣传部，顺便取了来。"

我喜欢她明亮的笑容，多看了两眼，"对了，你叫什么名字？我只知道你的英文名。"

"小鞠，纪小鞠。"

"很好听。"我由衷赞叹，这名字真是与她相得益彰。

很快就到了会议室，这里除了大厅，还有一个用玻璃隔出来的小房间，里面办公设备俱全，通常只有高层才有资格使用。

纪小鞠招呼我就座，转身去倒了杯咖啡给我，小声地说："是时尚新视界的人，在跟卓延讨论新一季宣传方面的事，请你来多半跟这个有关。"

我纳闷极了，"琥珀呢？怎么没叫上她？"

"那不一样，公司打算跟新视界杂志联手打造一个系列专题，用于宣传集团旗下的几个项目，而'两生花'是我们公司自己做的。"她正解释着，忽然听见卓延在里头叫她。

"Coco，碧玺到了吗？请她进来。"

我忙站起来，不知怎地有点慌，"我进去？他们不是还在谈吗？"

"没事，你进去吧，"她轻轻推了我一下，鼓励我，"镇定点，大概是想当面跟你谈合作的事宜，这是个好机会。"

推门的那瞬间，我在琢磨运气这码事，当我看见里面那个西装革履的人之后，我才知道，自己的确是很有运气，俗话说无巧不成书，我从来没相信过，可今天却由不得我不信。

"不用这么拘束，过来坐吧。"卓延看我傻呆呆地站着，示意我坐到他对面的皮沙发上，又说，"我给你介绍，这位是沈苏，时尚新视界总部特派的栏目主编。"

"何小姐本人比照片上还漂亮！"大班椅上的人笑着起身，朝我伸出手。

我怔怔地望着他，那张熟悉的脸此刻显得十分陌生，"你……"

他含笑看着我，仿佛不认识我一般。

后来的我几乎是落荒而逃的。

纪小鞠拿着我的背包追出来，不放心地打量我："你脸色很差，没事吧？要不要我送你回去？"

"不用了，谢谢。"我需要腾出一个空间来消化这件事，接过包，拦了辆车钻进去，"你回去吧，帮我跟他们说声抱歉，我真的不太舒服。"

"好，那你回去好好休息，明天如果身体还欠佳，打电话给我，我帮你跟卓延请假。"

我点了点头，吩咐司机开车。

居然是沈苏。

我以为这辈子再不会见到这个人，而且是在这样的场合以这样的身份，真是做梦都想不到。

当初文琳跟我说他去了巴黎，去了时尚新视界，我替他高兴但没有放在心上，直到纪小鞠跟我说起这个杂志，我甚至也没能从中联想到他，连一丝丝影子都没有。

我想大概是因为我把他忘得太彻底，连老天都看不过去，所以把他重新送到我跟前。坐着计程车漫无目的地四处逛，那司机终于忍无可忍，抬起松

CHAPTER 08
暗 涌

垮的眼皮，盯着镜子里的我："小姐，你到底要去哪里？这么逛下去不是办法，说个地点行不？我一会儿就交班了。"

我正想着，周诺言打来电话，说："碧玺，晚上有空吗？郭奕要请我们去天逸雅座吃烧烤。"

他声音隐约带着笑意，郭奕在那头大叫："碧玺，你老公敲我竹杠，你跟他说换个地方。"

"怎么回事？"我忍不住问。

"没什么，跟他打了个小赌，他输了又想赖。"嘈杂声渐渐远去，他可能跑到外面空地，周围安静了许多，"早上广告拍得顺利吗？能不能适应？"

我无精打采地回应，"别提了，老外闹别扭，临时决定明天改拍外景，凌晨五点就要出发！我现在收工了，先回家睡一觉，晚上你来接我。"

天逸雅座的烧烤，每人一小份就要五百块，估计还吃不饱，难怪郭奕叫嚷着换地方，可我现在正需要给自己找点乐子转移情绪，舍他其谁。

当晚四人在天逸雅座吃了两个多小时，如愿痛宰了郭奕一顿。蒋恩爱坐我对面，看我吃那么多，向我讨教瘦身秘诀。我本来想说是遗传我妈这方面优良的基因，话到嘴边想起周诺言的叮嘱，改口说："其实也会胖，我打算报个培训班去学瑜伽。"

她大感兴趣，立刻说："哪一家比较好？去的话叫上我，我也想学。"

"好啊。"我随口说说而已，哪有那个时间。可能是知道她家里的情况，我看她似乎顺眼了一些，而她也不再动不动就对我流露出质疑和敌对的情绪。

不知道是不是周诺言的功劳，抑或是人在屋檐下，不得不低头？

回家的路上，我问周诺言："蒋恩爱跟郭奕好上了？"刚才，我见她很爽快地接受郭奕的邀请，搭郭奕的车去兜风。

"没以前那么抗拒了吧。"

"真的?"这有点出乎我的意料,"不会吧,我觉得她不是那么容易放弃的人。"

周诺言没搭理我,片刻换了个话题,"明天是要先去公司集合吗?"

我一想就头大,"是啊,那摄影师有毛病,五点天都还没亮。"

"明天我送你。"

"不用了,那么早,我打的就行,你多睡会儿吧。"我想了想,打电话给纪小鞠,问清楚明天的行程。她一听我不请假,高兴得很,让我明天六点在家的小区门口等就行,不必赶去公司,因为去外景地是要路过我家的,来回跑太折腾。

我谢过她,又闲聊了几句才挂线。结果刚到家,她的电话又打来,说明天行程有改动,增添了一个外景地,离市中心有点远,大概会在那里逗留五天,让我准备一下过夜的衣物。

周诺言有些不放心,问我:"新的外景地具体在哪个方位?她没说吗?"

"我没问。"我躲进房里,埋头整理东西,"问那个也没用,跟着大部队走就是了,难道她会把我卖了?你放心好了,我是模特,又不是廉价劳工,不会吃苦头的,就当短途旅行好了。"

他跟进来,一言不发站在我身后。

我回头看了看他,笑着说:"怎么了?我又不是小孩子了,再说这工作的性质就是这样,跟你平常要加班没什么区别。"

"我有点后悔,当初不该鼓励你去。"

"这么舍不得我呀?"我笑嘻嘻扑到他身上,张开双臂揽着他的腰。

他顺势抱住我,下巴抵在我的头上,"我从来没想过你会干模特这行,那天你征询我的意见,其实我是想跟你说不要去的。"说到这里,他叹了口气,"可是,不让你去尝试一下,我怕你将来要后悔。"

CHAPTER 08
暗 涌

我垫起脚跟,亲了他一下。

外景地的工作持续了两个礼拜,因为天气阴晴不定,我们比预计推迟了三天才回来。

回到公司,一组人马不停蹄地跟卓延开会,确认细节。

我本来打算开完会去医院等周诺言下班,谁知刚一散会,纪小鞠就过来说晚上一起吃饭,卓延做东犒劳我们。我跟何琥珀算是主角,这顿逃不掉。

设计部的人向来公私分明,饭局上,大家不谈工作,只聊一些跟菜式有关的话题,气氛很好,轻松而愉悦。酒过三巡,卓延有事先行离开,纪小鞠跟着走,两人大概还要回公司加班。没五分钟,何琥珀也带着助理告辞,她眼界甚高,满桌子人估计她只乐意应酬卓延一个。

我从外景地回来手机就没电了,备用电板又不知道丢哪儿去,这时也想走,回来之后一直没同周诺言联系,手机打不开,他的号码我记不住。

跟着何琥珀出来,她漫不经心地问我:"去哪?要不要载你一程?"

"不用,我搭计程车就行。"我把自己的行李从她车厢里取下来,这边打车的人多,我看见前面不远有一个站台,快步走过去。

刚走到一半,一辆车从身边经过,在不远处停了下来。

沈苏下车,抢过我的行李,说:"就你一个人?我送你回去。"

这世界真是小,越是躲他,他就越要出现在你面前。我在心里嘀咕了几句,瞅着他:"你怎么在这里?路过?"

"你们聚餐,卓延请我来的,可是临时有事来迟了,他都不等我,"沈苏面对我明显的质疑一派坦然的样子,又说,"反正我跟你们公司的人不熟,去不去无所谓,再说卓延不在,我进去也没意思,送你回家好了。"

我婉言拒绝,"不用,我打车很方便,你还没吃饭吧?不麻烦你了。"

沈苏不容分说把我的行李塞进车里,回头看我,"你要没让我碰上就算了，现在怎么好意思让你打车？我怎么都比那些司机值得信赖吧？快上来吧，你这行李还挺沉的。"

我觉得再坚持下去反而做作，不如爽快一点，于是上了他的车。

沈苏系上安全带，笑着说："你家住哪？跟我说怎么走。"

我这才想起他根本不知道周诺言家的住址，报了小区的名字给他，他没多问就把车开上跑道，我脑子一时不太灵光，居然问他："你回来多久了？对这里很熟似的。"

"你忘了，我在这里住过一段时日。"他笑了一笑，表情有些僵。

我意识到自己失言，尴尬地别过头去，假装看窗外的风景。

车缓缓驶入小区的正门。

我家楼下的空地停满了私家车，他在附近绕了一圈，只能把车泊在有点远的花圃旁边，我跳下车，看见他跟着下来，忙说："你快去吃饭吧，我自己能行。"

他把行李取出来，固执地说："我送你进电梯再走。"

我不忍拂他的好意，再一次选择了妥协。临上楼前，他忽然按住电梯门，说："对了，有件事跟你说，你这两天要好好休息，注意控制饮食，保持体重，我会安排专业的营养师和形体教练给你，等我们预约的化妆师一到就投入工作，具体时间卓延会通知你……"

他又说了一堆注意事项，我忍不住插嘴，"沈苏，你变了很多。"

他挑了挑眉，问我："是不是变得太啰唆了？"

我笑起来，"你以前就很啰唆，唠唠叨叨的没完没了，不过以前没见你对工作这么积极认真。"

"没办法，"他不由苦笑，"在其位就得谋其职，跟你们公司这次合作的成败，关系到我未来在时尚新视界能不能继续受重用，不容有半点疏忽啊！"

我表示理解,温言安慰了他几句。

进了家门,屋里静悄悄的,周诺言跟蒋恩爱都没回来。

我有点失望,胡乱整理了一下行李,把备用电池找出来换上,给周诺言打电话。

等了好一会儿,他才接起来,我听见蒋恩爱的声音,心里不太舒服,问他:"你们在哪?"

"吃饭,一会儿回去。"

他的反应跟平常看到我下班回来一样平静,我有点生气,"哦"了一声准备挂线,又隐约听见蒋恩爱殷切地喊:"诺言,外面风大,快把衣服穿上!"

我跟自己说别胡思乱想,可是收效不大。人家说小别胜新婚,我就没从周诺言的话里听出半点喜悦。气呼呼把手机丢在床上,转身去浴室泡澡,大概过了半小时,他们有说有笑地回来。

我穿着浴袍出去,正好周诺言推开房门进来,他过来拥抱我,说:"什么时候回来的?怎么不事先说一声,我好去接你。"

我侧身避开,冷冷地看着他,"这是我的家,我想回来就回来了。"

他一怔,低头看我,"怎么了?工作不顺心?"

我没好气地回应,"好得很,你少乌鸦嘴。"

"那是怎么了?"他边说边脱去外套,"没事发什么脾气?跟小孩子似的。"

我抓过他的外套往地上狠狠一掷,"周诺言,你少装蒜!你刚才跟蒋恩爱干什么去了?"

"吃饭,怎么了?"他有点不高兴。

"吃饭吃饭,吃什么饭?"我踢了他的外套一脚,声音不自觉大了起来,

"吃饭要把衣服全脱了？你是吃饭还是吃她？"

他脸色也变了，压低了嗓子说："何碧玺你吃错药了？我跟她在办公室吃便当，接到你的电话就马上赶回来。"

我看他神色就知道他没有说谎，但又不愿承认是自己小题大做，去外景地这些日子我无时无刻不在想他，这个男人理所当然地掌控着我的喜乐，反过来却一点也不受我影响，这让我心有不甘。

讪讪地把衣服捡起来，作势拍了两下，"你干吗跟她吃饭？周诺言，我告诉你，就算有郭奕，她对你也没那么容易忘情，你最好离她远一点。"

他可能觉得我不可理喻，沉着脸去了书房。

我捧着一本书在床上看，过了十点半，见他没有要回来的意思，心想，好嘛，这么有骨气以后都别碰我。

关了灯睡觉，翻来覆去折腾了近一小时，连一点睡意都没有，越想越沮丧，这一个多星期我天天盼着回家，连做梦都在想，他倒好！爬起来去厨房倒水喝，路过书房看见虚掩的门透出橘色的光，一时没忍住撞了进去。

周诺言在灯下看书，抬眼看了看我，一言不发又低下头去。

我随手把门阖上，磨蹭了一下，走到他身边，扯了扯他的衣袖，"还生气呢？"

他居然不理我。

这个小气的男人！我在心里恨得咬牙切齿，把水杯递给他，"要不要喝水？"

他皱眉，接过我的杯子搁在案上，"你坐下，我们谈谈。"

我瞥了墙角的沙发一眼，问他："坐哪儿？"然后自作主张厚颜无耻地蹭到他身上去。

他被我弄得没办法，只得顺势搂住我的腰。

"别生气了，我错了，错了还不行吗？"我一听他说要谈谈就有点心虚，仿佛回到从前被他当孙子训的时代,"你想啊,我兴高采烈地回来,你不在,不在也就算了,还跟蒋恩爱在一起,我有多不乐意你跟她单独在一起你又不是不知道。还有,我在电话里听到她跟你说……我也是紧张你才跟你急的,要换个男人试试,我才懒得理,爱怎么怎么去!"

"你这是强词夺理。"他僵硬的表情有所松动,看我的目光也由严肃一点点柔和下来,叹了口气,带着小小的无奈,"何碧玺,我怎么会娶了你?"

我知道他心软了,得寸进尺地说:"因为我是你的软肋,你没有我就活不下去。"

"肉麻当有趣,你还真大言不惭!"他批评我,不轻不重捏了捏我的脸颊。

我笑眯眯地把脸贴到他的手上,"诺言,我们回房去吧?我想你了。"

得到这么热情奔放的邀请,他早不记得要跟我谈什么了。直接把我打横了抱起来,回卧室办正经事要紧。

第二天,神清气爽醒来。一睁开眼,就看见周诺言在外面阳台上摆弄那盆小苍兰。

我光着脚跑出去,笑着从背后搂住他,"在干什么?这么早起来。"

周诺言动了动叶子,说:"这盆栽哪来的?以前没见过。"

那是前不久沈苏托纪小鞠转送给我的,我拿回来后顺手搁在阳台上。本来没什么,现在被他这么一问,我鬼迷心窍就扯了个谎,"我买的,从一个花农那里买的。"

"什么时候对植物感兴趣了?"说着,他饶有兴趣地多打量了几眼。

"随便买而已,对了,搬到客厅放吧,这花听说要养在室内。"我有点心虚,说谎不是我的强项,撇下他回房找衣服穿。

"碧玺,"他语气充满了不认同:"你又买鱼又买花,我没见你打点过它们。"

"那有什么好打点的？放着又不会死。"

梳洗过后，我拿出公司送的几个品牌的衣服裙子，逐一试给他看。

"怎么样？"

"好。"

"这件呢？"

"不错。"

"现在这套？"

"还行。"

……唉！

我有点郁闷，这评价怎么一个不如一个啊？过去扯掉他手里的报纸，颐指气使地说："今天，你什么事都不许干，给你一个任务，那就是——专心看我换衣服！"

看得出他心情不错，配合地看了一场真人秀，可是这个男人惜字如金，觉得好看就说一个好，觉得一般般就说还行，处于两者之间就说不错，这样言简意赅多少令人意兴阑珊。换上唯一的一件晚礼服，对着镜子摆了几个POSE，顿时被裙摆那闪闪发亮的珠片眩晕了眼球，转过身美滋滋地问那人："怎么样？"

原以为他会赞叹一番，谁知他皱着眉头看了半晌，从牙关挤出几个字："不准穿！"

"为什么？我觉得很漂亮啊……"

"难看死了！"他毫不留情地说，顿了一顿，又郑重警告我，"何碧玺，你听好，不准穿这衣服出去，否则看我怎么修理你。"

我委屈地瞅着镜子，什么嘛，真不懂欣赏！这裙子明明把我的腰身跟胸部衬得……忽然，我在镜子里发现他纠结的根源，不由暗暗好笑。

CHAPTER 08
暗 涌

——把我那条扎染的围巾当绷带绕脖子上,这男人大概就没意见了吧。

几天后,公司正式敲定我作为新一季品牌宣传的主要模特。

我每天往返于摄影棚和家中,时不时去参加公司为我安排的培训。沈苏是这次策划的主要负责人,我跟他的接触不可避免多了起来,他经常送我回家,在路上同我讨论配合宣传的事,并提一些工作方面的建议,我对他挺感激的。这些我都没在周诺言面前说过,因为觉得没有必要,对我而言,沈苏的身份跟卓延、纪小鞠他们没有太大区别。

蒋恩爱还没有搬走,郭奕尚在努力。

到了年底,公司里不少外国员工赶着回家过圣诞,所以之前这两个礼拜,工作变得很密集,为了节省时间,甚至要昼夜不休地赶拍。整组人累得是人仰马翻,但为了能尽早完成工作,从大牌到小卒,没一个不在拼命。

这天,沈苏有事到公司来,照例送我回家。

连续工作了三天三夜,我人累得快要散架,一上车就迫不及待地打起瞌睡,从公司到我家大概要半小时的车程,等他叫醒我,我已经补了一觉。

轻拍了拍脸颊,我笑着跟他道别,开了车门走下来。

他忽然叫住我,匆匆从车里跟出来,略一迟疑说:"碧玺,有件事我一直想问你,可是怕你要不高兴。"

"什么事?"我纳闷。

我们站在路灯下,周围很安静。

他望定我,过了片刻像是终于下定决心才说:"我想知道,如果当初不是我妈妈阻拦我们在一起,你会不会离开我?"

我狠狠愣了一下,没料到他会这么问。从我再遇上他到这一秒之前,我们除了聊一些可有可无的话题之外,谈论最多的就是工作上的事,感情方面好像是一个雷区,我们都心照不宣地回避,今晚这是怎么了?

他见我不回答，自嘲地笑了一笑，"你别误会，我没什么不轨企图，只是这个问题困扰了我很久，即使现在说什么都晚了，可我还是很想知道……"

我沉默了片刻，老老实实地说："可能不会，我真的想过跟你结婚，不过世事无绝对，很多变数是我们不能预知的，就好像你妈妈，还有……诺言。"

我对沈苏一直心存愧疚，且不论他母亲的态度，我自己本身就不够坚定。

听我说完，沈苏的眼中有一层压抑的情感渐渐流露出来，我心慌意乱，想走，被他一把抓住，随即他张开双臂揽住我，口里苦苦哀求："碧玺别走，我还有话要跟你说，碧玺，你给我一次机会，听我把话说完……"

我几乎就要心软，正想叫他松手，偏偏在这时，被一股突如其来的力量猛地往后拽了一下，我吓得叫出声来，两手在空气中乱抓，仓皇之下竟握住了一只胳膊。

我定睛一看，周诺言不知什么时候站在我身边，而沈苏……我想起他，急忙转过身去，只见他脸色有些发白，站在离我三步远的台阶下面，胸膛剧烈起伏。刚才是周诺言推了他一下，因为沈苏抱着我，来不及放手，我差点就被他带着一起跌下去。

"你在这里做什么？"这话是冲沈苏说的，周诺言阴沉着脸，没有看我。

沈苏乍看见他，有些意外，但很快镇定下来。深看了我一眼，说："我送碧玺回来，人送到了，我这就走。"

"你站住！"周诺言居高临下地盯着他，"沈苏，我警告你，以后不准碰她，也不准你再见她，她是我的太太，我不管你们以前是什么关系，我只看现在。"

我的脸一阵白一阵红，暗中掐了下他的手臂，示意他别再说。我跟沈苏

CHAPTER 08
暗 涌

明明没干什么苟且的事，经他这样一说我简直没脸见人！

沈苏的神色已经恢复如常，不紧不慢地回应，"很抱歉，周先生，我恐怕不能答应，碧玺现在与我共事，我们每天都必须见面。"

周诺言这才偏头看了我一眼，他的眼瞳深处似乎隐隐蹿着一团怒火，在外人面前他向来喜怒不形于色，但我可以感觉到他正在极力控制自己的情绪。

他在生气，这把火不是针对沈苏，而是撒向我。

可是，我不认为是我的错。

直到临睡前，周诺言对我还是爱理不理的。

"你能不能不要一言不发就判我死罪？"我无法忍受他的漠视，率先打破沉默，"沈苏是时尚新视界的责编，我跟他的来往仅局限在工作上，我又没做对不起你的事。"

"你现在解释有什么用？今晚之前你为什么不说？你们每天都见面，工作接触无可避免，你也总时不时在我面前说工作的事，可你半句都不曾提到过他，可见你是故意隐瞒。"

我被他这一通指责弄蒙了，愤愤不平地说："对，我是故意不跟你说他的事，可那并不是因为我做贼心虚，而是我不愿给你机会让你像现在这样怀疑我！"

他沉默了一下，说："你拍广告的第一天，我送你去公司的路上，就已经看见他了。"

我一怔，想起那天他突然刹车的异常反应，这时才明白过来，"那，为什么当时不跟我说？"

"不知道，"他略侧过身，带着一丝他平日少有的茫然，"可能我希望你能主动跟我说，我想他一定会单独见你，在我不知道的时间和地点。"

我目瞪口呆地看着他，顿时有种啼笑皆非的感觉。看来，我们对心虚的理解背道而驰，我一直认为没事找事跟他报备是心里有鬼的表现，否则，君子坦荡荡，小人才常戚戚。而周诺言大概是认为我明明见到沈苏了，却对他一句都不提，明显中间有不可告人之事。

这是不是我们平常缺乏沟通的结果？

此刻的我比窦娥还冤，人家窦娥尚有老天为她六月飞雪，我这吃的可是实实在在的哑巴亏，反正是解释不清了，越说，他就越觉得我心虚。

有句话叫事实胜于雄辩，于是我缄默了。

不久，公司悬挂在楼身那副巨大的广告换成了我跟何琥珀的照片。

那是犹如置身在绿野仙踪的画面，何琥珀化着浓烈的眼妆，妖娆如魔幻世界的女巫，一头海藻般浓密的卷发被撩拨着铺散开来，而她则神态慵懒地侧身躺在巨型秋千上，穿着红色超短紧身的针织衫和热裤，完整地露出腰部，光洁紧实的小腿随意跷起，这个姿势淋漓尽致展现了她完美的曲线，我坐在她旁边的青草地上，头发松松垮垮扎成两根麻花辫，身上一袭洁白的高腰裙，裙摆只遮到膝盖，同样露出光洁纤瘦的小腿，一只手看似不经意地搭在何琥珀的臀上，另一只手抓着一个青色的苹果，扫上一层淡绿色眼影的双眸充满了困惑，专注地凝望上空，仿佛在期待着什么，又在等待着什么。周诺言看过之后评价我的造型像游弋在大森林里一个略带神经质的精灵，与何琥珀美艳女巫确实是震撼视觉的强烈对比。

这张照片是卓延的杰作，当初样片出来的时候，整组人都在惊叹。

"两生花"的宣传册也送到各大专柜，据说反响很不错，人人都在问跟插班天后何琥珀酷似的女子是何方神圣。平常只闻其名不见其人的大老板特地在回国前抽空召见我，毫不吝啬地赞美了我一番，并承诺未来日子将视我为优质苗子重点培养。

这突如其来的溢美之词，让我有点飘飘然。

最搞笑的是方文琳，自从我当模特之后，她就念叨着要送一副极具明星范的墨镜给我。几天前，我请她吃饭，她欣然应约，当真拿了墨镜过来，结果就是那副明星范儿的墨镜，后来遭到周诺言无情的嘲笑，说我戴上后像极了顶着两只圆滚滚黑眼球的青蛙。

害我从此对墨镜这玩意有了心理障碍。

自从上周拍摄工作结束后，我一直比较清闲，不用每天大清早去公司打卡，也不必每天八小时坐班，除了每周腾出三天上形体方面的课程，几乎是什么事都不用干。圣诞节前三天，几位高层都回国过节，卓延也不例外，他父母都在加拿大。公司短期内没有安排工作给我，只是让我注意保持状态，准备元旦之后出席一系列宣传活动。

这几天阴雨不断，气温骤降。

平安夜那天是周诺言的生日，认识他这么多年，我从来没在这个日子上费过心思，但今年不同，我早早预备了一份礼物要送他，是一个 Polymer Vision 阅读器，花了我这次工作所得的大半酬劳。买回来后我亲手包装，然后偷偷藏到他书桌下面最不起眼的一个小抽屉里。

正浮想联翩，看见蒋恩爱匆匆开门进来。她远远地跟我打了声招呼，一头扎进自己房里不知在捣腾什么。

通常这个时间，她应该在医院上班，大概是遗漏了什么东西回来拿吧，我没理会，回房拿换洗的衣服去浴室，准备洗澡——刚才出门头发被雨淋湿了。

正洗到一半，听见外面有响动，隔着磨砂玻璃我看见蒋恩爱的身影。

"碧玺，诺言打电话给我，让我帮他在抽屉里拿个东西——"她大声跟我解释。

"哦，你自己拿吧，我在洗澡。"

等我洗好出去,却看见她僵直着身体站在大柜子前,中间的抽屉开着,她手心里攥着我的怀表项链,神色惊疑不定,不知道在想什么。

"你怎么了?"我走过去,碰了她一下。

她触电一般弹跳开,像如梦初醒,略带茫然地看着我。

我被她的反应吓了一跳,奇怪地问:"你没事吧?找到诺言要的东西了吗?你拿我的怀表做什么?"

她低头看了看手里的东西,"这是你的?那里面嵌着的相片……"

"是我爸妈的照片,这只怀表是我十四岁那年,爸爸送给我的生日礼物,表已经坏了,我舍不得扔,一直珍藏着。"

她脸上起初那点惊疑渐渐转变成饱含愤怒的情绪,死死地盯着我看了好一会儿,仿佛想从中探求什么,最后像是经历了一番内心挣扎,她颓然将怀表放回抽屉里,语气生硬地说:"没找到诺言说的东西,不找了,我赶着回医院去。"

我望着她迅速离开的背影,不由愕然。

整个下午,我都心神不宁,时不时回想蒋恩爱的异常行为,直到接到纪小鞠打来的电话,我的注意力得到转移。卓延不在,她俨然成了代言人,让我在平安夜陪同公司某高层去参加一个慈善活动,我听后有些不快。

若换作其他日子或许无所谓,可偏偏选在平安夜。

推托了好半天,都被纪小鞠四两拨千斤的本事给打败了,只得答应下来。我琢磨了一下,活动是七点开场,我在那里逗留两三小时应该差不多了,其实没我什么事,听纪小鞠的口气,此举就是为了让我在公共场合多露脸,多一些社交,多认识些本城名人,一来可以提升我的知名度,二来也有利于公司宣传的进行。

我开始为投入这份工作后悔,也对纪小鞠的要求有些犯难。我一向不喜

CHAPTER 08
暗 涌

223

　　欢逢迎别人,不管对方是富贵中人,抑或贫苦大众,谈得来就做朋友,谈不拢则老死不相往来。方文琳说我这个脾气是被周诺言惯出来的,否则在这样竞争激烈的社会营生,哪里可以由着自己的性子去交友?我细想,觉得她说得不是没有道理。

　　第二天,应约去公司试穿晚礼服,那袭熠熠生辉的低胸长裙,领口、腰身以及裙摆处均可见施华洛世奇水晶的踪影,华丽程度叫人叹为观止。

　　纪小鞠说公司铆足了劲力捧我,这话一点都不假。

　　可是,当从镜子中看见自己的神情举止因为这件衣服而变得小心翼翼。

　　我蹙紧了眉头,有点不舒服。

Chapter - 09

你 和 我

和

他 之 间

平安夜。

我一早跟周诺言讲好要晚上十点之后才能给他庆生，为了补偿他，我特意在瑞阳大酒店订了套房，打算好好享受二人世界。饶是这样，我还是挺内疚，但傍晚他给我打来电话，说十点之前要加班，我一听即释然。

听从纪小鞠的叮嘱细细妆扮了一番，然后下楼等她来接我，可结果却出乎我的意料，来的竟是沈苏，我一下子沉默了。

一言不发上了他的车，过了好一会儿，见他完全没有要解释的意思，我按捺不住，开口问他："纪小鞠跟我说，今晚我是跟公司公关部的主管一同出席活动，为什么临时换成了你？并且之前没有人通知我。"

"程经理有个很重要的会议要开，大概八点之后才能到，这个活动我本来就要代表新视界出席，最近跟你们公司有合作，你们老总打越洋电话让我当你的男伴，程经理会跟纪小鞠一起。"说到这里，他侧头看了我一眼，"碧玺，希望你明白，这是商业上一些必要的手段，你既然为这家公司工作，前提就是服从跟配合。如果你介意与我搭档，我现在打电话给纪小鞠，你跟她换一下。"

我不说话，眼睛直视前方。

他真的腾出手来打电话，但是打了几次都占线。

我忽然觉得厌倦，淡淡地说："算了，专心开车吧，我去去就走。"

下了几天的冬雨还没见停，冷风簌簌，雨点斜斜溅在车窗上。我情绪低落，胸口毫无预兆地泛起阵阵恶心。

九点一刻，纪小鞠和程复生姗姗来迟。我撇下沈苏，走过去跟他们打了声招呼，私底下跟纪小鞠说要走，纪小鞠看了看表，积极挽留我："时间还早呢，再多留一会儿吧，我介绍几位供应商给你认识。"

我不好驳她面子，只得答应。像只花蝴蝶在一群宾客中来回穿梭，通常我跟人家应酬，不说话的时候就喝酒。满场逛下来，我不知喝了多少杯鸡尾

CHAPTER 09
你和我和他之间

酒。纪小鞠借口替我整理衣服,把我拖到洗手间,吃惊地说:"碧玺,原来你这么能喝酒!可是,你没事吧?这种场合跟人家碰杯意思意思就可以了,要攀交情的客户那么多,你一人干一杯,再怎么海量也受不了啊!"

她的话已经应验了,我的胃难受极了,翻江倒海地往喉咙口涌酸水,实在挨不过,伏在洗脸盆上吐起来。我的酒量向来是很好的,但是一遇到心情差就要大失水准。

纪小鞠在旁边手忙脚乱地递纸巾,轻拍我的背。

"怎么样?没事吧?"她看我呕得面白唇青,也急了,"你这样怎么回家?我扶你去休息室歇一下,稍后我送你回去。"

"不用……"我缓了缓,接了点清水漱口,"我自己回去就行,吐过之后好多了。"

她不放心,硬要我去休息室坐坐再走。

在门口遇见沈苏,他看我的模样,脸色微变,"怎么回事?身体不舒服?"

"她酒喝多了。"纪小鞠替我回应,顿了一顿,想起什么,"沈苏,你刚才不是说要走吗?正好,你送碧玺一程,我不放心她一个人回去。"

"不用不用,"我忙不迭地出声反对,"真的没事了,平常我喝再多都没事的,今天不知怎么了……你们谁都不用送我,该干什么干什么去。"

"我送你,"沈苏不容分说抓住我的手把我拖出去,见我老大不乐意,补充了一句,"大不了就送你到小区门口,你脸色这么差,手又这么凉,我都想送你去医院了。"

送我去医院?开什么玩笑!要让方文琳知道我喝酒喝进医院,她非笑掉大牙不可!我想了一下,只好说:"那走吧,麻烦你了。"

上了车,我同他说要去瑞阳大酒店。沈苏看着我,满脸不认同,"碧玺,你现在应该回家休息,我送你回家。"

"我看我还是自己打车吧,酒店跟你住的地方又不顺路。"我不想多说,打开车门要下去,谁知他伸过手来,"砰"的一声将车门猛地关上!

"你干什么?"我惊讶地看着他,心情糟透了,"沈苏,今天是我先生的生日,如果不是为了参加这个无聊的宴会,我想我这个时候应该是跟他在一起的,我知道你关心我,可是我希望你能把握好分寸,我们只是朋友。"

他的脸色有些难看,"如果你真的当我是朋友,为什么这样介意跟我单独相处?"

"我不是介意,只是不想引起不必要的麻烦。"

"因为周诺言?你怕他不高兴?"

"这是其中一点,更重要的是不想你越陷越深。"

他轻笑了一声,没有回应。

我干脆把话敞开来说:"沈苏,我们早就结束了,请你接受这个事实,不要再在我身上浪费时间,你将来会遇到更适合你的女孩。"

"你知道我为什么要去法国吗?你跟着他走了之后,我妈妈很快给我介绍了一个女孩,我对她根本就没有感觉,那时候我总觉得我们还有可能,觉得你还会回到我身边,可是你一去就没了消息,我想你想得快发疯,给你打电话,没想到你那么快就换了号码……为了摆脱我妈的监控,我选择去法国,也算是对现实的逃避,我以为去了法国,就可以把你忘记,重新开始,可原来还是不行,我无时无刻不在想你,只有把自己完全投入在工作里,我才能少想你一点。"他脸上的痛苦一点点流露出来,慢慢卸下这段日子在我面前伪装出来的从容淡定,声音艰涩嘶哑,说这些话时神情无助得像个孩子。

我再次看见了以前的沈苏,我所熟悉的那个沈苏。

我于心不忍,但又不知道该怎么安抚他才好。

"对不起。"无数言语在喉咙里翻滚,最后只挤出这一句。

他的脸色蓦地发白,良久才勉强开口:"我要的不是对不起。"

"可是,除了对不起,我给不了你什么。沈苏,我已经有了新生活,我现在过得很好,希望你也一样,以前的事就让它过去吧,别再想了。"

"我做不到!"沈苏断然否决,继而僵硬地说,"碧玺,我问你,你究竟有没有爱过我?哪怕只有一点点。"

"我曾经很努力地尝试爱你……"我微弱无力地解释着,"但就算我爱过你,那也是过去的事了,我现在有自己的家,有一个彼此深爱的丈夫……沈苏,你到底要我怎么说你才能明白?我跟你在一起的时候很快乐,你这样优秀,无论家世还是才华,你满足了我对爱情所有的虚荣,我也想过嫁给你,跟你过一辈子,但我们没有足够的缘分,当然这错在我,我不够爱你,不够坚定,所以面对你的父母,我既不够积极也不够主动,甚至心里还有点抵触,我不乐意被你妈妈调查身世,我讨厌她用那样的高姿态对待我,我恨她诋毁我爸爸的清誉,我到现在还记恨着。"

他怔怔地看着我,眼底有深深的悲哀。

"对,我是还在记恨她,"我无奈地笑起来,"我一直都是这么小气,学不会宽容,从来睚眦必报,以前跟你在一起,我经常说些言不由衷的话,只是你不知道。我其实没有你想象中那么好,你往我的MP4里下很多温柔缠绵的歌,每次我都跟你说喜欢,其实我一点都不喜欢,我没有音乐细胞,很少听流行歌曲,只喜欢玩MP4里你觉得很无聊的游戏,我知道你看不惯恶毒的女孩,你觉得文琳说话太刻薄,我当时没反驳你,可其实我跟文琳是最好的朋友,都说物以类聚人以群分,一点都没错,我不自觉地在你面前将自己乔装成了另一种人,害你误以为我就是你想要的,其实不是,真的不是……不说我都不知道原来我有这么恶劣,对不起……"

"我知道,你是为了让我对你死心,才这么说的,其实你不用这样……"他目视前方,修长的手指紧紧抓着方向盘,"不管你是什么样的,我总是喜欢你的,哪怕你一句话都不说,只要静静地陪在我身边,我都会觉得高兴,这种感觉是真实的,它骗不了人。"

他越对我好,我就越觉得羞愧,如果他气急败坏地骂我一顿,同我彻底决裂,我的良心可能会好过一些。

"沈苏,你不要这样,我真的不值得你再为我做什么。今天跟你说这些话,也算了结一桩心事,如果你愿意,我们还是朋友,如果你不愿意,我也不勉强。"我停顿了一下,把心底的话说出来,"以后我们不要再见面了,这对你、对我都好。"

他看了我半晌,沉默地把车开上跑道,是去瑞阳的方向。

我松懈下来,脑袋昏昏沉沉的,不一会儿上下眼皮就打起架来。

不知过了多久,我被一阵窒息惊醒,发现沈苏在眼前放大的脸,还有……他居然在吻我!

"你干什么?"我气急,用力推开他,透过车窗看见不远处瑞阳的金字招牌,我仓皇地打开车门,慌不择路跑出去。他从后面追上来,死死地箍住我的手,截住我的去路。

"沈苏,你疯了!快放手!"

"碧玺,再给我一次机会好不好?"他的眼眶泛红,目光执拗得可怕,"当初我不该那么轻易放手的,不该听我妈的片面之词就失去理智,不该看到你跟他在一起就否决我们的感情,如果那时候我可以留住你,你就不会跟他结婚,你不会……"

"沈苏,你先放开我好不好,我的手好痛啊!"我被他吓坏了,一个劲地往后退。他步步紧逼,硬是把我禁锢在一个怀抱的范围内。

"碧玺,跟我去法国吧,你想怎么样都行,只要你肯跟我走。"

"沈苏,你真的疯了,我已经结婚了,你放过我吧,你清醒一点!"我这才注意到,沈苏也喝了不少酒,一身的酒味扑鼻袭来,熏得我的胃又开始

CHAPTER 09
你和我和他之间

231

抽搐。

"放开,放开我……"转眼间我觉得手脚疲软,一下子软瘫在他身上。

他顺势搂紧了我,把头埋在我的胸前。

这个姿势暧昧无比,引得路人纷纷侧目,我没有力气推开他,气得就要掉眼泪。

忽然耳边一阵风声扫过,接着一声闷响。

沈苏捂着右侧的脸颊踉跄了一下。

我"扑"地坐倒在地上,顿时天旋地转的,我抱头缓了一阵,才勉力抬头看扭打作一团的人。上次如果不是沈苏他妈妈及时出面制止,这两个人的战争可能要向前推移很长一段时日。我居然没有上前阻止的想法,身体的极度不适让我的脑筋也跟着迟钝起来,看再剧烈的打斗都像镜头回放,缓慢且无声。

围观的人越来越多,但敢上去劝架的人几乎没有。地痞流氓闹事不新鲜,可两个西装革履平头整脸的男人打架就很稀奇。直到警察赶来把他们强行分开,其中一个人走近我,在我耳边说了一句什么话,同时扶我站起来。

周诺言把自己的外套披在我身上,嘱咐身旁的人送我去医院。

我急巴巴地抓住他的手,问:"你要去哪?你为什么不送我去?"

他皱了皱眉,用另一只手抚了下我的脸,大概是看出我的精神状态实在很不妥,温言安慰我:"我跟他们去警察局做笔录,随后去找你。"

我看见他的嘴角在流血,颤巍巍地伸出手去,他却倏地转身走掉了。

警车呼啸而去,我怔怔地在原地站着,还没有从这场混乱中回过神来。

一夜没睡,外面天蒙蒙亮的时候,我听见开门的声音。

从床上爬起来,跌跌撞撞扑到客厅。

"诺言,你没事吧?"我扑过去拥抱他。

他摇了摇头,神情疲倦。

"你、你先去洗个澡吧?"我有千言万语,但在看见他布满了血丝的眼睛之后,一句都不忍心说出口,他的白衬衫很脏,正面赫然留着一个明显的鞋印。

我鼻子一酸,低下头去。

"嗯。"他淡淡应了一声,径自回了房,不一会儿,传来他去浴室开花洒的声音。

我坐在床沿上等他,寻思着该怎么做才好。今晚的事闹得这么大,我不知道他心里怎么想的,我是后悔死了,早知道宁死也不去参加那个慈善活动,不过是一群有钱的名人玩的游戏,早知道就不要喝酒,碰都不要去碰,早知道就是跳车也要从沈苏身边逃走,就算摔瘸胳膊腿的也比现在好,早知道我就该早点冲上去把他们俩拉开,早知道……唉。

明明有那么多次机会可以避开,怎么就被我一次不落地踩中了呢!我一头栽倒在床铺上,懊悔到了极点,恨不得挖个坑把自己埋进去。

他洗完澡出来,我不敢看他,灰溜溜地低着头。他走到我身边,一言不发。犹如低气压盘旋在头顶,我蓦地紧张起来,慌慌张张地坐起来搂住他。

他轻拍了拍我的脑袋,"没事吧?医生怎么说?"

"我没去医院。"我半路就撇下警察跑了,不过是酒喝多了,还闯了这么大的祸,我哪里好意思去医院啊。我一边低声回应,一边打量他。

他嘴角破了皮,有个挺显眼的小伤口,好像一夜之间就瘦了,脸上虽然很平静,但透着失望与厌倦的那双眼眸,像高悬在寂寥夜空中的寒星,与我隔了十万八千里。

这种感觉让我难受。

他只是敷衍地"哦"了一句,就再没声音了。

"诺言——"我唤他的名字,渴望他能像平时那样蹙眉略带无奈地看

CHAPTER 09
你和我和他之间

我,或者开口抱怨甚至责备我,而不是像现在这样将一切情绪掩盖在波澜不惊的表象之下。

"什么?"他应了我一句。

"诺言,你没事吧?"我迟疑了一下,伸手触摸他脸上的伤口,"疼吗?我帮你涂点药膏。"

他偏头避开,面无表情地说:"不用了,自己会愈合。"

我讪讪地收回手,又问:"警察怎么说?没为难你们吧?"

他的表情终于起了一丝变化,看我的眼瞳越发深不可测,轻挑了下唇角说:"没有,我连打架的动机都说不出来,难道我可以告他侵犯我的太太?他没事,你可以放心。"

我愣住,呆呆地望着他:"你……什么意思?我是在关心你,你以为……"

"多谢关心。"他接口,掀开被子上了床,"没别的事我睡觉了,离上班时间还早。"

我胸口发闷,仿佛有一块铅堵在那里。盯着他的后背,半晌才有力气说:"你一个晚上没睡,今天别去上班了,我帮你打电话请假。"

"不了,医院事情多。"他闭上眼睛,不再搭理我。

我难过得想放声大哭,可是又怕会吵到他,我不知道他今天有没有手术。独自在黑暗中坐了很久,直到天色大亮才倒头睡去。

祸不单行,麻烦接踵而来。

不知是什么人,居然拍下那晚周诺言跟沈苏打架的现场照片,并上传到了互联网上,我若不是 BO 的代言模特,估计不会引起太多人注意,可糟的是正好赶上公司卖力捧我上位的时候,更过分的是那个唯恐天下不乱的好事者还无中生有地编造了很多事,大侃特侃我如何一脚踩两船,再加上一个耸人听闻的标题——"BO 旗下新星私生活淫乱不知检点,导致新欢旧爱对阵兵戎相见！"

纪小鞠十万火急催我回公司，开了那个网页给我看，我留意时间，帖子刚发布没多久，但点击率已经超百万，跟帖的数量更是惊人，一条条留言触目惊心。

纪小鞠见我面色惨白，不好再出言责怪，只是焦急地给我分析情况。我一边沉默地听着，一边拖动鼠标一页页看下来。

即使我是新人，不了解这行的规则，也清楚这事的影响力和破坏力。它不但玷污了我的声名，让前一刻还是冉冉之星的何碧玺一夜间变成过街老鼠，连同先前代言的品牌、拍的一系列宣传照，以及跟时尚新视界的携手合作，这一切都可能毁于一旦。

我的心情一下子跌到冰山谷底，凉透了！

"我该怎么做？"我艰难地吐出这几个字。

纪小鞠同情地看着我，"我不知道，卓延已经去开会，新视界的高层一大早就过来了，我们老总也在，应该很快会有决定。"

不管什么样的决定，我知道我完了，之前所有的努力付诸流水，还连累了很多人，我尤其觉得对不起卓延，他那样赏识我，力排众议将许多人梦寐以求的机会给了我，我若成功了，他就是眼光独到，我要是失败了，他就是有眼无珠，这无疑是一场赌注。退一万步讲，我在这一行没法混，我还可以回家去，这个结果对我来说不是太坏，可是卓延那边怎么交代？怎么让卓延跟别人交代？想到这里，胃又开始痉挛。

我现在终于体会到项羽宁死不过江的心情了，没脸啊，哪有脸呢。

如纪小鞠所料，高层会议很快有了结果，但转达这个意思的是公司的副总孟元元，一个平常与我几乎没有交集的中年女人，据说她以前是很厉害的经纪人，捧红娱乐圈无数艺人。

听完孟元元的话，我连死的心都有了。因为之前跟公司签了长约，在这

CHAPTER 09
你和我和他之间

当口出事，公司损失也是惨重，他们预备为我开一个记者招待会，让我现身主动澄清那晚的事。问题是，我跟沈苏各自代表着身后集团的利益，所以他们替我想好了说辞，要我当着记者的面承认当晚是周诺言酗酒，导致了行为失控，把所有过失推到他身上，而沈苏只是自卫。

我当场就一口回绝，且不说这种做法颠倒是非黑白，我要是真这么做，周诺言大概会杀了我，就算他饶我一命，我的婚姻差不多也完了，他是我的丈夫，可不是路人甲、乙、丙、丁。

孟元元语重心长地劝我，给我详细讲述了中间曲曲折折的利害关系，当我听到她说沈苏的事业会因此一蹶不振时，我的心冷不防抽了一下。这辈子我最不愿亏欠的人就是沈苏，之前已经无可挽回，这一次错在他，可却因我而起，说到底还是我欠了他。

我沉吟不语，孟元元以为说动我了，又抓紧煽惑，"之前公司没有将你的婚姻状况公诸于众，与其等你红了让记者爆料，不如现在就借这个事公开，周诺言不是娱乐圈的人，与你的工作没有半点关系，由他背这个黑锅是最适当不过。你不用担心，舆论对平常人很宽容的，再说不过是酗酒闹事，又不是放火杀人罪大恶极，人们过几天就会淡忘，我保证不会给他带来任何困扰。"

尽管闪过一丝动摇，但我仍是拒绝，"不，不能这么做，我先生没有酗酒，他是太愤怒才会失控出手的，这不是事实的真相，我不能让他做代罪羔羊。"

孟元元垮下脸，郑重其事地说："你这孩子怎么这么不懂事，你之前默默无闻，公司培养你不容易，之前重用你拍摄'两生花'，你知道有多少歌手演员模特抢破头皮要上吗？公司信任你，给你一次又一次机会，甚至把上新视界封面这样一夜成名的机会都毫无保留地给了你，你现在出了事，公司不但没有放弃你，还一心一意想办法帮你补救，你难道就一点都不知道感恩，不懂得回报吗？"

我羞愧难当，"你们要我做什么都可以，可是要我诬蔑我先生就不行。"

"何碧玺！"她不耐烦起来，叉着腰喘着粗气，在办公桌边来回走了几步，然后侧着头看我，重重拍了两下桌子，"这怎么叫诬蔑了？你先生跟沈苏打架是不容狡辩的事实，有照片为证，内容可以胡编，照片总是千真万确的，我问过沈苏了，是周诺言先动的手，这件事他本来就要负全责，现在不过是让你替自己、替公司合作方开脱一下，这说到底受惠的人还是你自己，这么浅显的道理，我随便找个新人来问都明白，可你，你的脑子怎么就这么不开窍呢？"

无论她怎么说，我咬紧了牙关就是不松口，她被我气得脸色发青，最后撂下一句话，"给你三天时间，回去好好考虑清楚再回复，你未来的路还很长，你的事业刚刚起步，你要权衡轻重，不要因小失大。"

圣诞刚过，公司高层逐渐回归，各个部门又恢复先前的忙碌。我从电梯出来，一路上都是熟人，相互打着招呼问好，不知是不是我敏感，总觉得他们看我的眼神饱含深意。

好事不出门，坏事传千里，何况是网络时代。

逃一般离开了公司，我打车回家，一路上脑子里不停回荡着孟元元的话。如果我不出面澄清，无疑默认了网上空穴来风杜撰出来的说法，最倒霉的是我，还有公司，可以预见我将成为公司的弃卒。如果我说出事实真相，那倒霉的是我们三个人，沈苏的职业道德与人品都将遭受舆论抨击，他的事业必定受影响，媒体也不会放过我，我跟沈苏过往的恋情会被深层挖掘，人们在唾弃沈苏的同时会把我一并带上，他们会说一个巴掌拍不响……而周诺言，他是最无辜的，别的不说，到时我臭名昭著，足以令他颜面无光。第三种情况就是如公司建议的，扭曲事实的真相，将它解释成一个误会，一场闹剧。

CHAPTER 09
你和我和他之间

我跟沈苏逃脱升天,让周诺言一个人下地狱。

这或许不失为一个将伤亡降到最低的解决方法,但是一想到必须牺牲周诺言,我就犹如万箭穿心般难受。

到底该怎么做?

真是左右为难,我想得头疼欲裂,最终也没个定论。自从那晚喝多了酒,我的身体一直不太对劲,嗜睡、头晕、恶心作呕,偏巧这几天医院事多,周诺言每天早出晚归,有时还要在医院过夜,他不在身边我就做噩梦,一个接一个地做,宛如置身在恐怖片里一样,醒来满头冷汗。

睡不好,精神就越来越差。

回家洗了个热水澡,整个人轻松了一些。我把换下来的衣服扔进滚筒里,顺便将储物箱子里需要换洗的衣物一并丢进去,不小心将周诺言早上回来换下的白色衬衫掉在地上,我弯腰去捡,无意中瞥见衣服领口上的红色唇印,认出那是蒋恩爱常用的口红颜色,顿时眼前发黑,过了好一会儿才缓过来,愤然将它塞进滚筒里,倒了整整一袋洗衣粉进去。

误会!

一定是误会,我跟自己说。

躺在床上翻来覆去,头越来越疼,像有一把小锤子在脑壳里不停地敲打。我爬起来去医药箱里找药吃,意外地在书房的柜子上看见沈苏送的小苍兰,上次我跟周诺言说要放到客厅去,可是说过就忘了,大概是他搬进来的。

拿药从它身边经过,我一时不察,袖口勾在小枝上,连累花盆砸下来摔得七零八落。我只好先把药搁一边,去拿工具来清理现场,蹲在地上将几个大瓦片捡起来,忽然在泥块里看到一个东西,我拿在手里细看,竟是一个约有两根手指宽的玉佩。

我不由纳闷，翻来覆去地看，越看越觉得眼熟。拿到水龙头下冲洗，泥土沉淀在玉身繁复的花纹里，我用小刷子一遍遍刷，然后再放到阳光底下打量，我的心渐渐变得沉重。

　　还记得和沈苏确定关系后过的第一个生日，他送我一条碧玺挂饰当礼物。为了买那个碧玺坠子，他花光了他的奖学金，在公交站台等车时遇上了贼，放礼品盒的背包被抢走，他一个白面书生追着那个贼跑了六条街，到最后贼都怒了，掏出明晃晃的匕首吓唬他，那个呆子居然不管不顾地冲背包飞扑过去，小贼被他不要命的架势吓到了，手一抖，在他手臂上深深划了一刀，然后惊慌失措地跑了。事后我在医院听他绘声绘色描述这件事，心底都替他捏了把冷汗，当他把玉佩交到我手里，我感动得一塌糊涂。

　　"这块玉是西瓜碧玺，喜欢吗？我在店里一眼就看中，它像为你量身定做的一样。"

　　"到底是花光奖学金买来的，值得你这样奋不顾身。"我故意打趣他。

　　"跟奖学金有什么关系……"他有点郁闷，又有点委屈，"还以为你会喜欢，店主说这种料子很难得，雕工细致，上面的纹路也很少见，只有这一个，再找不到一模一样的了。"

　　"你也只有一个，也找不到一模一样的啊。"我笑眯眯地把它套在脖子上，亲了亲他的脸颊，"跟你开玩笑的，我很喜欢，谢谢你。"

　　"你喜欢就好。"他笑得很满足，比拿到巨额奖学金都开心。

　　"对了，我姐姐叫琥珀，你说她男朋友会不会像你这么聪明送她琥珀？沈苏，我爸要是地下有知，大概要后悔当初没给我取名叫钻石，哈哈。"我一边幻想，一边乐不可支。

　　他跟着笑，"你要喜欢钻石，我也送你。"

　　"不要，那是结婚才送的。"

　　"反正我们以后也要结婚的。"

"谁说要跟你结婚了?"我笑着叫起来,心里喜滋滋的。

两个礼拜后,我跟方文琳、唐宁宁去乡下泡温泉,摘了那个玉佩放在一边,走的时候忘了拿,等我想起来回去已经找不到了。我怕沈苏知道后要不高兴,于是耍无赖,先发制人跑到沈苏跟前诉苦,不停地自责,他果然转移了注意力,完全忘了怪我,反而安慰我说以后看到好的再买一个送我。我得了便宜还卖乖,打趣说将来要是没找到一个有八九分像的回来,就算送我再大颗的钻石都没用。

想到这件往事,我到现在都觉得内疚。此刻攥在手心的这块碧玺跟被我遗失的那块确实有八九分相似,尤其是玉身的形状和颜色。我当时不过随口说说,想不到他全记在了心里。

在阳台的藤椅上坐了许久,胸口越发窒闷,仿佛有无形的巨石盘踞,令我透不过气来。傍晚时分,我起身给周诺言打了个电话,接听的人却是蒋恩爱,她张口就说:"碧玺你有什么事?诺言现在没空。"我缄默,其实也确实不知道自己想说什么,打之前就没想好,只是忽然之间,很迫切地想听听他的声音。

搁下电话,我回阳台上坐下,继续发呆,看着天空布满了晚霞,再逐渐消退,夜幕一点点降临,寒意逼人。

两天后,我答应孟元元出席记者招待会。

孟元元拍着我的肩头,对我的答复表示满意,并一再承诺公司在未来将如何如何厚待我。我心不在焉地听着,不做太多回应。

这一切尚未开始,却已令我厌倦。

记者会召开的前一刻,我避开所有人,躲进洗手间给周诺言打电话,一次次按下重拨键,话筒里等待的声音总是从绵长变成急促,最后干脆传来女声标准音提示——"对不起,您所拨打的电话已关机。"

我蹲在地上,久久地,心被一股无力感填满。

记者招待会结束之后的几天里，本城各大报刊相继报道，并大肆渲染，我的照片跟名字几乎天天上头条，风头一时盖过所有当红明星，惹得方文琳、何琥珀纷纷致电。

我的知名度更上一层，公司开始安排新工作给我。因为情绪低落，我在拍摄过程中经常出错，但没人敢怪罪，连作风很大牌脾气很火暴的老外摄影师都在我面前沉默。

我跟周诺言已经冷战多天，他看完报道后出奇的冷静，一言不发，也不跟我吵，只是砸碎了他书房里的一个青花瓷，他不听我的解释，甚至连一个问号都欠奉。事实上我也不知道该怎么解释，这件事从头到尾都很简单，简单到一目了然，我因为沈苏撒了谎，我为了沈苏把他推向深渊。我现在唯一能做的就是等待，让时间来平息他的怒火。

周末，何琥珀约我喝咖啡。

绿荫树下，斑驳的阳光洒落在四周。她优雅地端着白瓷杯，唇角慢慢勾成一道略带嘲意的弧，"想不到，你对周诺言可以这样狠，这次你真让我大吃一惊。"

我专心品尝咖啡的醇香，不去接她的话茬。

"周守信要结婚了。"过了一会儿，她换了一个话题。

"这么快？对方是什么人？"我好奇地问。

"一个小学教师，好像是当地人。"她的语气有些不屑一顾，"特意扫描了请柬，发到我的私人邮箱，你说，这不是示威是什么？都快三十的人了，还这么幼稚！"

"不管怎么说，他肯走出你的阴影，总是好事一桩。"我轻描淡写。

"也许吧，想不通当初怎么会为这么个男人浪费掉自己大把青春。"她兀自懊恼，且是发自内心地抱怨，不是装模作样。

我不予置评，想了想，问她："周诺言知道吗？"

她奇怪地看了我一眼,"我怎么知道他知不知道?你才是他的枕边人好不好?"

我苦笑,她不知道,漫漫长夜,我孤枕难眠。

跟何琥珀分手后,我在附近元祖精挑细选了一个蛋糕,打车带去医院。

方文琳给我忠告,除非我决心不要那个男人,否则就算再怎么难也要哄回他的心。我不可能不要他,所以我努力不去想那个鲜艳的唇印,我愿意用卑微的姿态去打动他。

他不在办公室,我坐下来等他。

时间过得很慢,等待变得难熬。我抱着一丝侥幸打他的手机,响了几声,他接起来,富有磁性但沙哑的声音像敲在我的心头。

"诺言,你现在有没有时间?我买了蛋糕,在你的办公室。"

"你去医院了?"他愣了一下,反问我。

"是啊,怎么了?"我觉得不对劲,不是已经说了在他办公室了吗。

他沉默了几秒,"你走吧,我不在医院,这几天我休假。"

我像被闷头打了一记,深深吸了口气,才说:"那你现在在哪?我过去找你。"

"不用了,我想静一静。"

我狠狠掐了自己一把,然后说:"我不会吵到你的,就是想请你吃蛋糕。"

他突然没了声音,我固执地等着,泪水一下子漫出眼眶,滴在冰凉的桌面上。

"我在小公寓。"说完他挂了线。

我抽了几张纸巾胡乱抹了把脸,戴上墨镜就想离开,忽然听见蒋恩爱充满焦虑与不满的声音从门口传来,"不是让你回去休息了吗,你怎么还……"

她边说边闪进来，看见我之后立刻沉下脸，"何碧玺！你怎么在这里？你来做什么？你把诺言害得还不够吗？"

我不想多说什么，从她身边经过就要跨出门去，她不肯放过我，一把抓住我的手腕，将我推到门后面，一张脸犹如千年玄冰，望向我的眼神如刀锋犀利，"何碧玺，我从来没见过像你这样的女人，你搞出这么多事，居然还能心安理得地站在这里。"

"我想我跟周诺言之间的事，不需要向你一个外人交代。"

她冷笑了几声，眼眸渐渐染上一层凄色，"我真不明白，诺言怎么会喜欢你，你到底凭什么占据了他的心，你怎么可以把他逼成这样？"

我心乱如麻，无言以对。

看我不说话，她继续说："你知不知道他这几天是怎么过的？医院的同事在背后议论纷纷，病人视他如瘟疫，以前想方设法都要托关系请他操刀，现在因为你一个可笑的谎言，他们不再信任他，他被院长停职了，你满意了？"

"怎么会这样？我以为……"我大惊失色。周诺言重视他的工作甚于珍惜他的生命，停职？我不敢想象。

"你以为什么？你以为酗酒闹事对一个主刀医生的名誉是无关紧要的？你少在我面前装天真了，如果你真的不觉得酗酒打架是件什么大不了的事，你为什么要颠倒是非，不能大大方方说出事实真相？因为你知道这件事会影响到你，还有你那个旧情人的大好前程，所以你宁愿睁眼说瞎话把所有过失推到诺言身上，何碧玺，你怎么能这样？你的良心被狗吃了，他对你还不够好吗？你得到了那么多，你还有什么不满足？"

我在她的激烈抨击中落荒而逃，却在门口撞见来不及回避的郭奕，我意识到他可能是跟蒋恩爱一起过来的，刚才我跟她的对话，他都听见了，只是顾及我的感受才没有露面。

CHAPTER 09
你和我和他之间

在计程车上收到郭奕的短信,只简单打了一个小区的名字。

我回了个"谢谢"给他,这种情况下,他肯帮我,我实在感激。

按了许久的门铃,不见他来开门,我掏钥匙开门进去。

"诺言,诺言——"我叫了几声,没人应。

客厅光线昏暗,没有开灯,落地玻璃被厚重的窗帘遮得严严实实,一丝光亮都透不进来。我转身去卧房,看见房门虚掩,我敲了两下推门进去。里面一个人都没有,床上有些凌乱,乳白色的羽绒被子摊开着,有一角垂落在地上,几个抱枕丢得到处都是,东面墙壁上的一扇窗大敞,冷风一个劲呼呼地往里灌进来。

我蓦地慌起来,刚才脱了鞋进来,现在一股寒意从脚底蔓延全身。正漫无边际地胡思乱想,身后传来一阵熟悉的脚步声。

我一喜,回头,"诺言!"

他站在离我五步之外,淡淡地说:"你来了,别光着脚,小心着凉。"

我慢慢凑到他跟前,鼓足了勇气伸手搂住他。他很给面子,僵直地站着,没有推开我。我小心翼翼地打量他的脸色,然后踮起脚尖亲吻他,几乎是贴身的那一瞬间,我察觉到他的唇他的皮肤透着一股灼热,心里不由一惊,下意识想离开他,却被他一手按住。

"诺言,你是不是……"

话还没说完,他扳过我的脸,狠狠地吻住我的唇,像要把我生吞活剥似的。他的气息缠绕着我,令我不自觉沉迷,他的掌心仿佛有一团火苗在燃烧,顿时熨热了我的皮肤,我的呼吸急促起来,脑子昏眩了一下,周围的景物变得轻飘飘的。在我的记忆里,他的吻总是轻浅温柔,蜻蜓点水一般,可这次却霸道,充满了攻击性,吮吸很快转变成了噬咬,忽地就失了轻重,唇齿间淡淡的血腥弥漫开来,他没有停下的意思,我由着他,没有一丝抗拒,如果这样可以令他开心一点，他想怎样都好。

不知过了多久，他猛地推开我，目光沉郁得可怕，"那晚他也是这么对你的？"

我跌坐在一个抱枕上，缓了好一会儿才听懂他的意思，心急火燎地解释，"那是误会！诺言你听我说，那天我跟沈苏都喝了酒，我们脑子都不太清醒，我当时就推开他了，我们真的没什么，你要相信我！"

"好，我相信你当时推开了他，可是后来呢？为什么你撒谎都要维护他？如果你是为了自己的事业选择这么做，我愿意成全你，可你是吗？"

"对不起，对不起……"我急得又扑过去抱他，从没像现在这样痛恨自己嘴笨，"诺言，你听我解释，我是帮了他，可是我帮他，我帮他是因为我欠他太多，我想做点补偿……你以为我对他旧情未了是吗？没有，没有！"

"你觉得你跟我结婚就是亏欠了他？"他脸上的悲哀一点点涌上来，神色暗淡，"何碧玺，我可以相信你爱我甚过于爱他，可是我只要想到有另一个男人同时在你心里占据着这么重要的地位，哪怕是你所谓的歉疚，我也受不了……你为了他不惜撒谎，而这个谎言的代价甚至可能会毁灭我。"

我顿时泪如雨下，"对不起，我不知道会害你被停职……"

他竟然笑了一下，"你不知道？对，你是不知道，你当时考虑最多的是怎么替沈苏开脱，你当然不会知道，没有关系。"

我说不出话来，眼泪汹涌而出。

"还记得那次我把你从沈苏手里抢过来，我故意当着那么多人的面吻你，只差没在你身上贴周诺言这三个字当标签，"他苦笑着，慢慢地说着，仿佛在回忆过去的点滴，"那时候，我很自信，很有把握能让你回到我的身边，因为我知道在那之前我没有尽全力去爱你、挽留你，可是现在不一样了。"

"碧玺，我对你已经用尽全力，如果这样都留不住你的心，我不知道还能做什么。"

CHAPTER 09
你 和 我 和 他 之 间

"所以,"最后,他的声音透着一丝无力,"让我们彼此都冷静一下吧。"

我不肯离开,他把卧房让给我,自己在客厅过了一夜。

第二天醒来,屋里静悄悄的,我出去转了一圈,没看见他,失望之余也心凉。去厨房找吃的,冰箱空得只剩下外壳,也难怪,这房子已经很久没住人了,不知道他这些天在这里是怎么过的。找了半天一无所获,忽然听见周诺言的手机铃声,我一激动,循声跑出来,结果在一个靠枕下面发现他的手机。

应该是出去的时候落下的,我看了看来电,按下接听。

"郭奕,是我,诺言把手机落家里了。"

他一听我声音挺意外的,说:"哦?哦,诺言人呢?他身体好点了没?今天还要不要打点滴?"

我吃了一惊:"打点滴?他怎么了?"

"啊,你不知道?前阵子他照看一个重症病童,几天几夜没睡,操劳过度,结果那孩子病情刚有所好转,他自己就倒了,前天高烧不退,我估计停职的事对他打击挺大的……对了,你昨天不是去找他了吗?他怎么样?"

"高烧不退怎么办?打点滴能好吗?我现在去找他,带他去医院找你!"我听到他高烧不退心就揪了起来,想起昨天他滚烫的体温,当时就觉得奇怪,可是被他一阵狂吻后就昏了头,居然没想到是他病了。

郭奕被我急吼吼的发问怔了一下,笑着说:"你不用这么紧张,虽然发高烧可大可小,不过诺言是医生,他有分寸的,你只要督促他乖乖吃药就行,医生都有不给自己喂药的毛病,他简直是个中典范。"

我没心情跟他说笑,犹犹豫豫地将心里的想法说给他听:"郭奕,我去跟你们院长做个澄清好不好?希望他别停诺言的职,其实醉酒闹事的不是他,这其中有隐情,打架也是情非得已。"

郭奕说："你就是不说，我们心里也清楚，我跟诺言共事这么多年了，他酗不酗酒我会不知道？再说，他有胃病，平时也喝不得酒。不过碧玺，没用的，你现在再怎么解释都是多此一举，不是院长要停他的职，是诺言自己受不了，你那事闹得太大，满城风雨人尽皆知，病人跟病人家属是特殊人群，很容易疑神疑鬼，一个个当面质疑他的专业操守，这事换谁都不能心平气和。"

"难道就什么都不做吗？"我替周诺言憋屈，如果害他做不成医生，那我就是千古罪人，真是死一百次都没用。

"其实没那么严重，"停顿了片刻，郭奕温言安慰我，"你要是担心诺言的前途，那你可以放一百二十个心，诺言是我们医院最优秀的主刀医生，我们院长舍不得他走。眼下正在风头上，停职在所难免，就当是放大假，让他休息一下也好，等过阵子大家淡忘了再回来。"

我默默地听着，心里仍是七上八下。

"不过，"他忽地来了这么一句，接着一本正经地说，"我看诺言不是为这事生气。"

"我知道，总之一言难尽。"我愁得不知所措，跟周诺言相处这么久以来，这次我是被彻底难倒了，完全想不出怎么做才能得到他的宽恕。

郭奕察觉出我的困扰，半开玩笑半认真地劝我，"慢慢来吧，他总不会气你一辈子，你就像是他的一根肋骨，丢不得的。"

我一哂，扯了几句闲话才挂线。等到下午四点，都不见周诺言回来，我饿得受不了，只好给他留张字条，自己先回大房子去了。

隔日，婆婆自墨尔本打来电话，邀请我们下个周末过去参加婚礼。

我心想或许可以借此机会跟周诺言重修旧好，于是自作主张答应下来。换好衣服打车去小公寓，这次我学乖了，在超市买了好几大袋食物拎过去。

自行开了门，我先去厨房把东西一一放进冰箱里。周诺言的皮鞋搁在玄关处，我知道他在家。到了卧房门口，我看见他正在给自己打针。

我生怕惊动他，不敢出声，只是远远地站着，等他打完针才问："你的病好点了没？需要什么药？我帮你买。"

"不用了，我打了退烧针。"他抬眼看我，脸色很差。

"哦，那你想吃什么东西？我去给你做，我买了很多吃的在冰箱里。"我见他虚弱憔悴的模样，心疼得不行。

他摇了摇头，"不用。"

虽然他一副拒人于千里的模样，我仍是决定再努力一回。从挎包里掏出礼盒递给他，"一早准备好的生日礼物，那天没来得及给你。"

"谢谢。"他当着我的面拆开，把 Polymer Vision 阅读器拿在手里看了几眼。

我一鼓作气，走到他身后搂着他说："还有一件事，妈妈刚才打电话给我，让我们去墨尔本参加守信的婚礼。"

"我知道了，守信前两天有给我发邮件。"

我看着他，满怀希冀地问："那你会去的吧？妈妈很希望我们去，别让她失望。"

他没吭声，起身去厨房倒了杯水。

我傻傻地站在原地等他的答复，垂下头，眼眶慢慢地红了。

"你能请到假吗？"

我倏地抬起头，看见他靠在门框上凝望着我，深邃的眼中流露出一丝不忍。

"能，当然能！"我拼命地点头，忍不住喜笑颜开。

被深爱的／时光

Chapter - 10

绝望比

冬天寒冷

周诺言神通广大，只用了短短几天就办妥了出国手续。

我们决定提前出发，一来为了避世，二来也是闲着。我跟卓延请了长假，起初他不肯批，后来我实话实说，他才放行。

一大早到达机场，我们的行李不多，但有一大箱是礼物，周诺言拿去托运，我大大方方站在人群中央等他。有时候很庆幸自己只是一个模特，工作的时候浓妆艳抹，卸了装就判若两人，除非遇到眼力特别好的，否则不太容易被认出来。

一个橘红色的橡皮球滚到脚边，我弯腰拾起，大柱子旁边一个虎头虎脑的小男孩笑嘻嘻地冲我蹦跶过来，只有四五岁，圆嘟嘟的小脸像个苹果，说话奶声奶气。

我蹲在地上跟他玩了一会儿，远远地看见周诺言过来。把小孩送还到他父母身边，我朝他迎上去，正要说话，却听见他手机响了。

我几乎可以肯定是蒋恩爱打来的，这是女性独有的直觉，不需要推断的理由，但百分之百正确。那个红得刺眼的口红印又浮现在我的脑海，我忽然意识到一个问题，如果我从没有看见过那件衬衫，还会不会那么坚定地维护沈苏？

我不知道他们在说什么，只看见周诺言的脸越来越白，神色越来越凝重，最后听见他做结案陈词似的说了一句："我马上过去，你等我。"

瞬间，我的心沉了下去。

我不知道自己最后是怎么上的飞机，只记得在机场跟周诺言吵了一架，他让我先走，他处理完事情再过去，我问他是不是因为蒋恩爱，他叫我别乱想，我追问他到底发生了什么事，要紧的话我留下来陪他，他断然拒绝，仿佛我多留一刻对他都是一种折磨。

忽然觉得身心疲累，我开始怀疑自己这样努力去挽回到底有没有意义。

抵达墨尔本，婆婆亲自到机场接我，明明之前说好两人同行，我形只影单地来，她却一句也不多问，显然周诺言已经交代好。

面对婆婆的殷切关怀，我不得不强打欢颜。大概是为了补偿我，她对我呵护备至，我在这里不过只停留短短数日，可方方面面她都为我打点妥当，从喜欢吃的食物到卧房的摆设。即使得到这样的厚待，我在墨尔本的第三天还是病倒了。

之前在国内就有的症状一下子严重起来，上吐下泻，头疼，我以为是水土不服，也没放心上，他妈妈要带我去医院，我不肯去，一心只想睡觉，日以继夜地睡。白天很少出去溜达，醒着就跟婆婆坐在小花园里聊聊天，她的房子外面是一个私人花圃，她每天都腾出时间来打理，有时只是把花盆搬到阳光底下晒晒，她仍干得不亦乐乎。有次我在花园里浇花，她在旁边看着我，突然提议给我画张像，我欣然应允，后来那幅半米来宽的油画被她拿去镶上框架，就挂在她的书房里。

周诺言迟迟没有过来，也不说理由，甚至不与我联络，我打回去的电话他不接，等他主动打来，我也不想接了。

他妈妈在我面前替他说尽好话："诺言一定是被工作绊住来不了，没关系的，就是一个婚礼而已，形式嘛，明年让守信夫妻俩回国去看你们，碧玺，诺言这人平时是严肃了点，可他对你是一心一意的，要是有什么疏忽，你别憋在心里，尽管跟他说，他疼你都来不及，怎么舍得委屈你？"

我听后眼泪直在眼眶中打转，好半天才忍住，低声说："我知道。"

她叹了口气，摸了摸我的头，"你们啊还太年轻，觉得吵架斗气没什么，其实很伤感情的，两个相爱的人在一起不容易，吵一次感情要少掉一点，吵到最后感情就没了，看你怕不怕！"

"真的……会把感情吵没？"我将信将疑地问，心想如果这样，那周诺言大概已经不爱我了。

"你信不信？"她笑着看我，目光充满了慈爱，"孩子，听我的话，有什么不开心的不满的,全都说出来,跟诺言开诚布公地谈,你赌气不理他只会把他越推越远,你们以后的日子还怎么过?虽然你们认识很多年了,可结婚才半年吧?"

吃过饭,我在一楼的客厅看电视,算好时间给他打电话,响了很久他终于接起来。

"诺言,你最近是不是很忙?"我尽量把语调放得轻柔。

"嗯,有事吗?"他漫不经心地回应我。

我咬了咬唇,很没骨气地说:"嗯……没什么,我想你了。"

他沉默了一下,说:"身体怎么样?妈说你精神不太好,要多注意休息,不行就去医院看看。"

"我没事,这两天好多了。"磨蹭了好一会儿,我支支吾吾地说,"诺言,你是不是还在怪我所以才不肯过来?"

"不是,别乱想。"

"那你为什么不来?结婚前不是说好,你陪我去维也纳的吗?你过来好不好?婚礼结束之后我们一起去维也纳。"

我按捺住极度的不安等了良久,听见他缓缓地说:"对不起,我恐怕不能陪你去了。"

我的泪水在眼眶里打转,"说到底你还是不肯原谅我。"

他不说话,连一个字都吝啬给我。

"如果我在墨尔本快死了,你来不来?"

他在那头微微叹息,"傻瓜,怎么每次跟我生气就咒自己?碧玺,以后不要这样,你会长命百岁,即使……我不在你身边。"

我的心中涌起一股不祥的预感,后悔说什么死不死的。

"婚礼一结束我就搭机回去,我们当面说清楚,如果你想跟我离婚,也请当面说。"不等他回应我就挂线,在电视机前坐到深夜,脑中无数过往的

CHAPTER 10
绝望比冬天寒冷

画面纷沓而来，汹涌如潮水将我淹灭。不知过了多久，忽然听见婆婆在楼上叫我，我赶忙高声应了一句，仓皇站起就要上去，不料眼前陡然一黑，人委顿在地上，很快失去了知觉。

婆婆叫了救护车送我去医院，在路上我就醒了，心里害怕得要命，我长这么大从没平白无故晕倒的经历，记得上大学的时候，隔壁班有个男生，壮得像头牛，一次上完体育课后就晕了，火速送去医院，诊断出来竟是脑癌！

我一边发抖一边想，别好死不死地被我这乌鸦嘴说中了——周诺言，我要真是快死了，也不稀罕你来不来了！可是你说我会长命百岁的……

婆婆看出我心中的惊惶，不住地安慰我，"没事的，没事的，快到医院了……"

在病房里胆战心惊了一个晚上，一位神态严谨的女医生过来宣布结果——

怀孕！

居然是怀孕，我一听就傻眼了。

回到家，婆婆第一件事就要给周诺言打电话，我轻描淡写地拦下了，让她务必帮我保守秘密，我订了后天的机票，婚礼完毕就回去。

婆婆心领神会地笑说："明白，你想给他一个惊喜。"

我只笑不语，这对我来说确实是个莫大的惊喜，希望对他来说不是惊吓。

长途飞行让我的身体几乎吃不消，胎儿已经快两个月，因为最近一系列变故，再加上我的例假向来不准，有过两三个月不来的前例，以前看妇科，医生说我子宫寒，将来很难怀孕，所以即使孕吐明显，我也压根没联想到那方面去。

下机后打车回家，昏昏沉沉睡了一上午，醒来周诺言还没回来，我只好打他手机，他又没接。我灵光一闪，跑去翻看他书桌上的台历，看见他在今天的日期旁边注明指导手术四个小字。于是去他们医院，正好赶上午休时间，科室里的人都走光了，周诺言也不在，他的办公桌上放着一份没开动的便当，还有一个包装精美的奶油蛋糕，上面搁着一张卡片，我随手拿起来看，顿时手脚冰凉。

是周诺言的字迹，写着："恩爱，谢谢这段日子以来，你寸步不离地陪伴与守候，在我最慌乱无助的时候。如果没有你，我不知道该怎么办。"

我不由自主默念了几遍，眼前渐渐模糊起来。

"你在干什么？"

周诺言不知什么时候出现在我面前，他的脸上闪过一丝惊讶，还有……惊慌，尤其是看到我手里拿着贺卡。

"你不想去墨尔本，可以坦白跟我说，你不想跟我去我不会逼你，我对你有多么内疚你知道的，你一直不来，我还以为你真有什么苦衷，可原来你是故意支开我，好跟蒋恩爱缠绵厮守！"我看着这个男人，我深爱的、迷恋到不可自拔的男人，他最终还是背叛了我。

他与我对视的眼瞳有些暗淡，黑沉沉的，看不真切。

"对不起。"他只简单说了这一句，并不打算做任何解释。

我气得浑身发抖，仿佛坠入冰窟，"你们……"

"就是你想象的那样，"他顿了一顿，移开视线不看我，"有些事情不自禁。"

"什么叫情不自禁？"我被这个词刺激了一下，瞬间失去理智，抓起桌上的文件夹，朝他身上砸去，"你是在报复我吗？因为我帮了沈苏，所以你用蒋恩爱来报复我？"

他居然不闪不避，巨大的声响引得外面走廊的人纷纷探头询问。周诺言过去关门，若无其事地敷衍了几句。

CHAPTER 10
绝望比冬天寒冷

"不是报复，我只是觉得，我们并不适合做夫妻，我们的性格不适合。"他把文件夹捡起来，放在桌面上快速整理了一下。

我泪如雨下，"你是今天才知道我们不适合的？你七年前就该知道我是什么样的人！你当初为什么要向我求婚？也是情不自禁？"

收拾完毕，他把手插在白大褂的口袋里，忽然笑了笑，"好吧，我说实话，跟你结婚是因为我厌倦我们以前的相处方式，无休止的争吵是人都会累，我以为结婚会有所改变，可结果却让我很失望，你扪心自问在意过这段婚姻吗？平安夜之前，我已经告诉过你不要再跟沈苏见面，你听进去了吗？你从来就不把我的话放心上，我跟他打架是一时冲动，可是我怎么都想不到会有那样的下场在等我，何碧玺，你不要觉得你才是受害人，我也是，我对这份感情死心了，不想再继续下去，我想尽快抽离，恩爱是个好人选。"

"沈苏那件事是我做错了，我连累了你对不起你，可是你们在一起多久了？开记者招待会之前我就看见你的衣服上有她的口红印，难怪你让她住进来……"

"口红印？"他微微有些错愕，很快又镇定下来，"不错，在那之前我就动摇了，如果不是你诬陷我酗酒打架，可能我没这么快下定决心。"

我拼命死咬着下唇，怕自己会哭出声来。他没看我，说完目光盯着屋里的某个角落，脸色惨淡，神情变幻莫测，不知在想什么。

"够了，碧玺。"长久的沉默之后，他在座位上坐下，淡淡地说，"就算是我错了，是我移情别恋，我会找律师把大房子转到你名下，另外我会给你一笔钱作为补偿。"

"我不要。"我心灰意冷，抹掉脸颊上的泪水，瞥见自己戴在无名指上的戒指，我摘下来，用力投进旁边一个盛着水的玻璃杯里。

我决定尽快搬出去。

我不要他的钱,不要他的大房子,我恨不得将七年来所有他给的东西都还给他,跟他撇得一干二净赤条条离开!

回家收拾东西,打算去方文琳那暂住几天。

已经晚上六点多,我麻木地坐在地上,把衣服和重要证件放进皮箱里,这时手机响了,我看了看号码不想接,按掉之后继续埋头整理,打开床头柜的抽屉,里面属于我的东西只有那个怀表,什么东西都可以不要,唯独这个是一定要带走的。

可是,我翻遍整个抽屉,怎么也找不到它。

我以为是自己随手乱放,可想来想去除了那天被蒋恩爱拿在手里看过之后,就再没去碰了。联想到她那天的行为,越想越觉得她可疑,只是我想不通她要一个坏了的怀表有什么用。难道是因为她知道那个怀表对于我的意义,所以故意拿走,想借此打击我?可是她为什么想打击我?她抢走了我最爱的男人,再拿走我珍视的东西向我示威?

这个谜团让我坐立难安。

我决定找她问个明白,匆匆走到楼下,忽然意识到不知道上哪去找人,打她手机她没接,我只好打给郭奕。

郭奕说:"恩爱啊,她正在医院观摩一场高难度的手术,对了,是诺言现场指导的,这种手术之前就他做过,这下他扬眉吐气了,我们院长亲自请他回来……哎,你不是去墨尔本了吗?什么时候回来的?"

"今天。"我匆匆挂了线,立刻打车去医院。

手术还没结束,我坐在手术室门口等她,病人的家属纷纷望向我,一副欲言又止的样子。我缄默,生怕一张口就会爆发。

"她是谁啊?"

"不知道,是小泉的朋友吗?"

CHAPTER 10
绝望比冬天寒冷

"以前没见过……"

我听见他们的窃窃私语,小泉就是躺在里面的人吧,他的亲人个个眼角犹带着泪痕,而我则酷得像来索命的煞神,惹人厌恶。时间在慢慢流逝,周围的叹息声、哭泣声不绝于耳,坐在我身旁的老妇人从默默地抹眼泪到声泪俱下。

我没法不动容,僵硬的表情也有所松动,扭头安慰她,"您别太担心,手术还在进行中,他会没事的。"

"我孙子命不好,生下来就多灾多难,好不容易养大,昨天刚过了十四岁生日,这次要是挺不过去,我……我也不想活了……"她伤心欲绝。

她的家人围过来劝她,大概是她的儿子子侄之类,好说歹说,却没一个能劝得住她。

我自觉缩到角落待着,恼怒的心情被这么一打岔,似乎好转了一些。世间任何纷争,在关乎生命面前都是微不足道的,我自烦恼我的,他们悲伤他们的。

手术灯终于灭了,门被打开,一群护士和医生拥了出来,周诺言走在最后面,低着头跟身侧的人交代什么。

我没过去,躲在拐角处远远地看着。

蒋恩爱从我身边经过,她正跟旁边的人说话,没留意到我的存在。

我伸手抓住她的胳膊,她吃了一惊,看见是我轻笑了一声。

"你干什么?"她问了一句,随即遣她同事先走。

"我有话问你。"

她回头扫了一眼,不太情愿地说:"现在?我跟你没什么话说。"

我深吸了口气,尽量心平气和地说:"我不想跟你在医院里吵,蒋恩爱,我问你,为什么要拿走我的怀表?"

"我不知道你在说什么。"

如果她的表情能配合得好些，我会以为自己误会了她，但她明显是在说谎。

我冷笑，"敢做就要敢当，你有什么不满大可以冲着我来，背地里耍这种偷鸡摸狗的手段，你以为这样就可以打击我？蒋恩爱，你真不配穿这身白大褂。"

"你——"蒋恩爱怒视我，愤恨的目光在我脸上打了个转，却投在人群中的周诺言身上，"没错，是我拿的，不过你来晚了，我已经把它丢进海里了。"

"你说什么？"我又惊又怒，"你再说一遍！"

"我说——我已经把它丢进海里——"

"啪"的一声脆响，我掴了她一巴掌。她没有料到我会突然动手，一下子蒙在原地。

"何碧玺，你居然敢打我？"她回过神来，震惊与羞愤溢于言表，"我告诉你，我是丢了它，我还把它放在脚底下踩得稀巴烂才丢掉的！如果何长清还活着，我一样不会让他好过。"

我有点发怔，"你认识我爸爸？"

蒋恩爱恶毒地笑起来，"要不是那天看到照片，我做梦都想不到你就是何长清的女儿，更不知道原来他七年前就死了，真是老天有眼。"

我抓住她的肩膀，用力得指骨都有些泛青，"你给我把话说清楚！"

她没反抗，像是完全感觉不到痛楚，"我答应周诺言不说的，既然你这么想知道，不如自己去问他。何碧玺，你这辈子最走运的就是有周诺言护着你，要没有他拦着我，你以为你还可以安然无恙地站在这里吗？"

直到这一刻，我才觉出事态的严重，这不是普通的争风吃醋，听她语气，好似随时要上升到她死或我亡一般，最糟糕的是，仇恨的根源还不在我身上，而是在我过世多年的父亲！

CHAPTER 10
绝望比冬天寒冷

周诺言过来拉我的时候,我下意识地推开他。蒋恩爱看了他一眼,发出一声尖锐的笑,然后转身走了。

"碧玺,"他担忧地看着我,脸色惨淡,"给我点时间,听我解释。"

我心里被极大的恐惧填满,不由打了一个寒战。

趁我精神恍惚,他飞快地把我拖进了他的办公室,继而闭门反锁。那个病人尚未度过危险期,他还不能离开医院,甚至连我们的交谈都要长话短说。

"碧玺——"他拉上窗帘,伸手就要碰我的肩膀。

我后退了一步,死死地盯着他,"蒋恩爱是我爸爸的学生?"

他摇了摇头,低沉的声音带了点无力,"或许你不知道,九年前你爸爸被单位调派去西江市的几所高校做学术交流,其中一所学校就在我们医学院附近,你爸爸盛名在外,当时我们院很多人都想方设法过去听讲,包括……恩婕。"

我变得局促不安,甚至不敢去想接下来可能会听到的。

他继续说下去,"恩婕对你爸爸的学术演讲很感兴趣,正好她那学期选修的课题也是那方面,所以一连三天,她都去听了,我当时忙着帮导师做实验,疏忽了她,等我意识到有什么不对的时候,她已经无可救药地爱上你爸爸了。"

我几乎把下唇咬出血,深吸了口气,轻飘飘地问:"你的意思是说,我爸爸确实如传言中的那样,和女学生发展师生恋,而那个女学生就是你以前的女朋友蒋恩婕?"

"对。"他避开我的视线,不愿看我。

"不可能!"我急得跳起来,简直怒不可竭,"我爸爸不可能做那种事,他那么爱我妈妈,怎么会跟蒋恩婕扯上关系?这一定是个误会!你、你亲眼见到她跟我爸爸在一起了？你亲眼看到我爸爸接受她了？你不过是道听途说，主观！武断！因为你的心偏向蒋恩婕，所以她说什么你都信，我看这根本就是她一厢情愿……"

"够了！"他低低吼了一声，目光悲哀地落在我脸上，"恩婕十九岁生日那天，你爸爸答应陪她一起过，当时我就站在恩婕的身边，看着她兴高采烈地跟你爸爸通话，为了那个约会，她费尽心思计划了很多节目，但是你爸爸却失约了。那晚，恩婕喝了很多酒，拿着酒瓶跑到教学楼的天台上吹风，她打我手机，跟我说她有多爱你爸爸，我承认我很嫉妒，我挂了她的电话，不肯再接，不久收到她的短信，她求我过去陪她，我没有理会……碧玺你知道吗？我这辈子做的最后悔的一件事就是那晚没有马上去找她，如果我可以放下芥蒂，好好陪她说说话，也许，她不会选择从十二层跳下去……"

我俯下身，不可抑制地吐起来，搜肠刮肚。周诺言要扶我，我边吐边往后躲，眼泪呛了出来，眼前一片模糊，真是狼狈无比。我对蒋恩婕的死因感到震惊，心里揪疼起来，但我是个凉薄的人，疼痛并不因为别人。

过了好一会儿才稍稍缓和过来，却没力气站起身，只是仰着头看他，"你是什么时候知道我是何长清的女儿？在收留我之前？"

他不由分说抱我到旁边的沙发上，拿矿泉水给我漱口，一脸沉痛地说："碧玺，我希望你明白一点，或许当初我是刻意接近你，但那已经是七年前的事。"

"七年前？"我茫然地重复了一遍，笑起来，"原来真的是你刻意安排的。"

我抬头看他，好像不认识他一般。

"如果不是蒋恩爱，你打算一直瞒我？"

"我是不想让你知道，"他承认，"如果可以，我希望你永远都不知道。"

"如果可以选择，我也宁愿不要知道，可惜你做得不够彻底。能不能告

CHAPTER 10
绝望比冬天寒冷

诉我，为什么是我？你明明先遇到了琥珀。"

凭良心说，何琥珀绝对比我有魅力，那时候她十八岁，风华正茂，任谁看了都要惊艳，我跟她站一起就是个陪衬，不解风情，还总是做中性打扮，一天到晚穿着白T恤和背带牛仔裤。再则，何琥珀当年对他是一见倾心的，我想不通周诺言为何要退而求其次。

这次，他明显迟疑了一下，才说："恩婕死之前在电话里跟我说，你爸爸失约是因为要赶回去庆祝你得了全省数学竞赛一等奖……你爸爸经常在恩婕面前提起他两个女儿，尤其是你，他说你跟恩婕有很多地方相像，所以——"

他没说下去，我冷笑了一声，接口，"所以你好奇，想看看到底像不像，更因为你认为我爸爸疼爱我甚于疼爱琥珀，所以你放弃何琥珀，把目标转向了我。"

他皱了皱眉，试图解释，"碧玺，我承认当年收留你时我动机不纯，但事实上我也不明白自己究竟想干什么，我并不想为自己的行为辩解，我是恨你爸爸间接害死了恩婕，可是不管你信不信，我没有想过要把仇恨发泄在你身上。"

"也许你是没想过，"七年来与他相处的一幕幕潮涌而来，没完没了的争吵，还有一次次比翻书还快的翻脸，我终于知道为什么，"可是，你的潜意识里就是有这个念头，不然你不会留我在身边。你收留了我，看我这个傻瓜陷进去，你一开始可能还觉得很得意，折磨了我不就等于替蒋恩婕报仇了嘛，可惜你心不够狠，你不该对我心软，一旦对我有了感情，你会觉得枉顾死去的人，你会比我更痛苦，所以你对我的好总是反复无常、忽冷忽热、若即若离，到头来既折磨了我也是在折磨你自己，周诺言，我可怜你。"

"碧玺——"他表情沉重的脸上流露出一丝惊异。

大概是我过于平静的反应吓到了他，天晓得我是很想愤怒，很想爆发，但乏力恶心的感觉无休无止地纠缠着我，让我只觉头重脚轻，昏昏欲睡。又坚持了一会儿，到底敌不住来自骨子里的疲倦，眼前瞬间黑了下来，然后就什么都不知道了。

再醒来，躺在一张病床上，换上了干净的病服。周围白茫茫一片，白色的墙壁、白色的窗帘、白色的被子床单，连晃过的身影都是白色的。

等适应了光线，我定睛看了看身边的人，却不是周诺言。

"醒了？觉得怎么样？哪里不舒服？"护士笑容可掬，俯身试了下我额头的温度，"你发烧了，不过不敢给你打退烧针，你现在身体状况不太好，怕影响胎儿。"

我有所触动，虚弱地说："胎儿……"

"是啊，你怀孕了，宝宝都快两个月了……"

她以为我不知情，絮絮叨叨说了一通，我的神经又叫嚣起来，脑子里像是有一把锥子在不停地往深处钻。我不想表现出来，忍耐地望着天花板。

她大概是见惯了病人的冷漠，匆匆出去又回来，说："周太太，你起来喝点粥吧，是周医生先前特意吩咐的。"

"他人呢？"

"周医生在手术室里，昨天有个病人没有度过危险期，正在抢救，如果再不行就没希望了，幸亏是遇到周医生，也算不幸中的大幸，要换别的医生，这种情况早撒手不管了，可惜他不能亲自操刀，不然成功的概率会更大些……最可怜的还是病人家属，那孩子的奶奶都快八十岁了，万一抢救不回来，白发人送黑发人，惨啊……"她一边做惋惜的感慨，一边手脚麻利地将粥盛在小碗里，端到我面前。

是皮蛋瘦肉粥，我没有食欲，"放着吧，谢谢你。"

护士笑着说："没胃口是吧？多少吃一点，你是有身子的人。"

CHAPTER 10
绝望比冬天寒冷

　　我坐起来,吃了小半碗,谁知她一离开,我又冲到卫生间去吐了个干净,疲软地蹲在地上,浑身上下都难受,也不知道是不是所有怀孕的女人都像我这么遭罪,忽然想起我妈,不由悲从中来。

　　正午时分,周诺言过来看我。护士跟他说我在午休,其实我早就醒了,只是不知如何面对他,干脆闭着眼睛装睡。

　　他遣走护士,拉了把椅子在我床边坐下。

　　我的脸背向着他,他轻轻握住我的手,放在自己掌心上摩挲,略显冰凉的手指一遍遍划过我的皮肤,仿佛无声的诉说。我感觉到他情绪很低落,甚至是哀伤,但我不确定是因为我还是其他。

　　这个男人,我始终不懂。

　　"碧玺。"他低声唤我的名字。

　　我想睁开眼,转念一想,仍是不动。

　　"我知道你醒了,也知道你不想跟我说话。"他的声音透着浓浓的倦意,有些沙哑。我静候片刻,听见他说,"刚才有个病人过世了,从我接手这个病例到今天,前后不过一个多月,他患的是绝症,可是他才十四岁,如果早点治疗,他的生命不会这么短暂。"

　　我慢慢转过头去,对上他墨黑深沉的眼瞳,"我以为你看惯生死。"

　　他自嘲一笑,"我也以为是。"

　　我想说的不仅仅是这一句,其实我想说你不能坦然面对生命的逝去,是因为那个生命过于年轻,花一样的年华,尚未盛放便已枯萎。

　　我们相对无言,有些话根本不用说出口,而有些话即使说出了口也是无用。我爸爸和蒋恩婕的事像一根长长的刺扎在了我心上,身边的这个男人牵系着那混乱不堪的过往,看到他,我就会想起我爸爸,还有蒋恩婕的死。我记忆中的七年,以及他隐瞒了我七年的秘密,现在全部放在阳光底下,我没有丝毫愤怒,有的只是深深的无力,我想当这一切不存在是不可能的,除了失忆,再没有更好的方法。

"周诺言,谢谢你,如果不是你移情别恋,我真不知道现在该怎么办,明天我们就去把离婚手续办了吧,从此分道扬镳,不要再见。"

"我现在不想跟你离婚。"他把脸贴在我的手心里,用一种央求的语气说,"碧玺,把孩子生下来好吗?"

我看着他,慢慢把手抽回来,"不,我要打掉它。"

当晚,他整夜守着我,半步也不离。

因为烧还没退,我半夜口渴醒来两次,每回一睁开眼睛,他就及时地将水杯和吸管递到嘴边。我劝他去休息,他不肯。

第二天他去开早会,我很自觉地吃了护工送来的早餐,等她把碗筷收拾出去,我换了衣服离开医院。

在出租车上,我给周诺言发了条短信。

纪小鞠打我手机,让我早上十点去公司开会,谈拍"两生花"第二辑的事宜。等我匆匆赶到,何琥珀已经在那里,看得出她很重视这次合作。我在何琥珀身旁坐下,低声说:"等会儿一起走,有事跟你说。"

她无声地挑了挑眉,算是回应。

因为事先有过合作,这次驾轻就熟,主要是跟何琥珀讨论工作时间,她不是公司的人,所以酬劳高不说,还事事都要迁就。

我找卓延私底下谈,跟他说了我的想法。

"你不想接这个工作?"他很意外,追问我原因。

我想了想,坦白地说:"我怀孕了。"

他微微一怔,随即反应过来向我道喜,然后说:"碧玺,如果是你身体方面的原因,我可以做适当调整,比如将拍摄日程提前跟缩短,凡事以你为

CHAPTER 10
绝望比冬天寒冷

先,把你的几组镜头集中起来,分几天来拍,其余的事我自会安排,这样你看可以吗?"

"看来我又给你添麻烦了,谢谢你!"我跟公司有合约,想完全推掉是不可能的,而且就我目前的情况,不管做不做人流我都得先保住这份工作,它对我来说不再是锦上添花,而是生存下去的必需品。后来我听纪小鞠说,公司通常会规定旗下的模特在合同有效期内不准怀孕,但因为当时我是被公司临时相中,找来拍"两生花"的,再加上那时我已经结婚,所以很多苛刻规定事先没讲明,现在也不好说。

坐进何琥珀的车里,我靠在座位上,感觉到胃又开始翻腾。

"什么事?说吧。"末了她心不甘情不愿地补了一句,"你找我准没好事。"

我沉吟片刻,直接切入主题,"你听说过蒋恩婕这个人吗?"

她脸色大变,却故作镇定地问:"谁?不认识。"

我知她在说谎,干脆说:"她家里人找上门来了。"

"什么?"她倏地直起身子,勃然大怒,"他们找你了?凭什么?我还没找他们算账呢!"

我抓住她的胳膊,紧张兮兮地问:"你知道怎么回事是不是?爸爸跟蒋恩婕到底发生过什么?蒋恩婕真的是为了爸爸自杀的?"

她嘴角抽搐了两下,摔开我的手,"我哪里知道发生过什么,你问我也没用,那女学生自己要死要活,关爸爸什么事?"

"你明明知道些什么,不然你慌什么!"我看出她神色有异,何琥珀撒谎的本事是很了得的,但是她有个不好的毛病,就是生气的时候很容易自然流露。

她瞪了我半晌,说:"我只知道那个女学生当年疯狂地追求爸爸,后来还闹到跳楼自杀，事发后学校差点因为舆论开除爸爸，那阵子挺烦的，妈妈都不怎么让我出门，再后来怎么样我真的不知道了，没人再提，人都是善忘的。"

"那妈妈呢？她有没有说过什么？你天天回家总知道的吧？"我对当年的事是一无所知，初中三年被爸妈送去寄宿，学校离家有点远，又是军事化管理，经常一个星期都不能回家一次。何琥珀那时候正上高中，走读。

她白了我一眼，"你以为爸妈会当着我的面讨论这些？"

我顿时无语。我妈外柔内刚，何时何地都从从容容，就算有天大的事，她也不会表露在脸上。想到这里，又是一盆冷水迎头泼下，原以为可以从何琥珀嘴里掏出隐情。

"你手机响了。"她看我魂不守舍，抬肘捅了我一下。

我慢吞吞从包里取出手机，是周诺言，意料之中。我犹豫着接是不接，何琥珀把头凑过来看，奇怪地问："你老公，怎么不接？"

我到底还是掐了线。何琥珀不明所以地看了看我，开门出去叫她的助理跟司机上车。我的手机又响了两次，我没有勇气接听，最后关机作罢。何琥珀带我去她家，她已将原来的那套房子卖掉，现在住的公寓可能是新买不久，面积不是很大，但在海边，顶层。

她助理送我们回来后就离开了。何琥珀指了指厨房的方向，说："要水要吃的，自己拿。"然后跑去房间换衣服。

我没精打采地坐在客厅的沙发上，忍不住想周诺言大概要急疯了，但他紧张的是我肚子里的孩子。他都已经不爱我了，也不打算跟我过下去，何必对这个孩子执着？以他的条件，多的是女人愿意为他生孩子。

何琥珀从房里跑出来，晃着手机说："周诺言打来的，你什么意思？"

"别说我跟你在一起。"

她不以为然地笑了笑，一边按下接听，一边去厨房烧水。

CHAPTER 10
绝望比冬天寒冷

我不由竖起耳朵,听见她确实没出卖我,一颗心才慢慢放了下来。

半夜,我翻来覆去睡不着,犹豫了好久,把手机打开。短信的提示音不断,除了方文琳的一条,其余全部是周诺言发来的。我短信还没看完,周诺言的电话就打了进来。我愣了一下,狠不下心再掐线,只好接起来。

"碧玺,你在哪里?"他的声音焦灼得几乎像要燃烧,不等我回答,又说,"我现在去找你,告诉我地点。"

"你不要来,我不想见你。"我低低地说。

"你躲起来能解决什么问题?"

"我不知道……"

他沉默着,只听见他急促的呼吸声。过了一会儿,他说:"你不愿面对我也可以,但不要躲着我,你有了身孕,胎儿很不稳定。"

"我跟你说过,我不会留下这个孩子。"我的眼泪忽然掉下来,说这话时我有点不舍,心痛到极致,这个孩子来得真不是时候,其实我内心是十分渴望和他拥有一个孩子的,最好是男孩,有一双像他那样漂亮的眼睛。

但是现在……

"碧玺,如果你真的不想要这个孩子,我帮你找一位最好的妇科医生,让我陪你。"

"不用了,我虽然没什么用,但勇气还是有的。"

他沉默良久,说:"对不起,我只是想为你再做点事。"

"没那个必要,你的好意我心领了。"

挂了线,我用被子蒙住头哭个痛快。何琥珀忍无可忍地来敲门,我哪里管她,兀自伤心。她自己拿钥匙开门进来,一把扯掉被子,说:"没出息的家伙!爹妈当年走的时候也没见你哭成这样,天要塌下来了?"

我抽抽噎噎地顶回去,"你把感情当游戏,赢了风光得意,输了就找个人来替，你真正爱过谁？你跟周守信做了这么多年夫妻，说离就离，哪有半点情意？你根本没有付出过感情！"

她没料到我还有心情跟她拌嘴，愣了一下，不屑地说："就你们的爱情最伟大，行了吧？"

我不再理她，等哭够了，抬头瞥见她还在我房里，讪讪地问："你怎么不去睡？"

"你吵死了，我怎么睡？"她坐到我身边，一脸凝重，"你跟周诺言吵架，是不是和当年那个女学生跳楼有关？"

我也不瞒她，把蒋恩爱的事一五一十说给她听。讲到关键时刻，她那两道细细的眉毛越挑越高，最后整个人跳起来，反应比我还激烈。

"真没想到，周诺言当初接近我们是另有所图！"她似乎心有余悸，眼睛瞪得浑圆。隔了一会儿，渐渐平静下来，又问我："你打算怎么办？难道就这么躲一辈子？我顶多收留你几天，周诺言那么聪明，随时可能找上门。"

"我们要离婚了，"我犹豫了一下，说，"他有了其他女人。"

"什么？这怎么可能？"何琥珀震惊，半响说不出话，好像这个消息比刚才的来得劲爆。

彻夜未眠，一大早我去方文琳那，我只跟她说自己遭遇婚变，无家可归，她跟何琥珀一样觉得不可思议，但大方表示欢迎我随时过去。她还帮我回去拿了行李，正好遇上周诺言在家，她痛骂了他一顿，回来说给我听，安慰我说，这个世界三条腿的蛤蟆不好找，两条腿的男人难道还少？可是当我跟她说我怀孕的事，她望着我的目光充满了怜悯，让我几乎承受不了。

工作安排很快下来，任务并不重，卓延也很照顾我，我用一周就完成拍摄，之后我深居浅出，与外界减少接触，不敢让别人知道我跟周诺言之间的事，生怕被人追问缘由，要是再上一次头条，我们恐怕都活不成了。

有次我去公司拿样册，在电梯口遇见沈苏，我主动同他打招呼，自从平

CHAPTER 10
绝望比冬天寒冷

安夜那晚之后,我就不曾跟他单独说过话,除了避嫌,对他不是不怨,但事已至此,也没什么好说。

他看着我,轻声说:"你瘦了。"

我笑了笑:"嗯,最近在减肥。"

他自然不信,但没再说什么。

我楼层到了,跟他道别。他突然叫住我,说:"我月底要回巴黎了,总部的意思。"

"哦,很好啊,一路顺风!"我由衷地说。

他稍一迟疑,终是说了出来:"碧玺,我会在巴黎等你,如果哪天,你想通了,随时告诉我,你有我的私人邮箱,那是为你而留的。"

望着他依然执迷的目光,我挑了挑唇角,"你打算等我几年?沈苏,不要说一辈子,一辈子太长,没有人可以预见,可能你现在信誓旦旦说等我,下个月,或者过了年,你就已经不想等了,爱情从来都难以捉摸,谁敢承诺一生只爱一人?且行且珍惜吧,保重了。"

我一直没去做人流,预约了时间,又一次次找借口推掉。

我在思考一个问题,我为什么不要这个孩子?是因为周诺言的背叛,还是因为他收养我居心不良?如果是前者,这个孩子我又不是专门为他生的,它也是属于我的。如果是后者,那跟孩子有什么关系?我凭什么扼杀它生存的权利?

方文琳对我恨铁不成钢,说,你是想拖到不能打的那一天吧?她以前觉得周诺言什么都好,知道他不忠之后对他的态度马上一百八十度转弯,她比我冷静理智得多。

不过,她的话提醒了我,我咨询医生,她却忧心忡忡地说因为身体原因很可能保不住孩子,我简直茅塞顿开,一切都讲究缘分,我跟周诺言,还有和他的孩子。

既来之则安之。

我决心留下这个孩子，当一个单身妈妈。

被深爱的／时光

Chapter - 11

陪

你

一 起 老

做出那个决定之后,我跟周诺言打了招呼,搬回小公寓住,并请他不要来打扰。

之后半个多月,我过得风平浪静,好像全世界只剩下了我自己。周诺言一次也没有在我眼前出现过,但我收到一个没有寄件人署名的快件,里面放着一张某知名医院妇科主任的名片。

在一个温暖的午后,何琥珀第一次光临我的小公寓。

一进门,她不急着坐下,站在客厅中央四下观望。说起来,这套公寓其实是属于她的。

我泡了杯绿茶给她。她盯着我的腰说:"我刚从 BO 那里过来,听纪小鞠无意中说起才知道你怀孕了,你赶进度拍'两生花'就是因为这个?"

我点了点头,"没影响到你吧?"

"没有,各拍各的,再剪辑出来,谈不上什么影响。"何琥珀喝了口茶,又说,"刚才我就是去看样片的,有几张还不错。"

我听她这么说,一颗心放了下来。

何琥珀参观完卧室跟厨房之后,说:"这房子设计得不错,风格倒是合你心意。"

我漫不经心应了一句,忽然想到她怎么知道这风格是我喜欢的?而且这房子一开始是要送给她的,难道当时周诺言没有征询过她的意见?

"原来你还不知道,"何琥珀像是看穿我的心思,"这房子是周诺言一心一意要送给你的,给我当聘礼不过是借口,我跟周守信都知道,就你被蒙在鼓里。"

我怔住,"你怎么不早说?"

"以前是他不让我说,后来是我不想说。"何琥珀的声音带着一丝别扭,"虽然他当初接近我们是不怀好意,但老实说这几年他对你很不错。"

又绕回这个话题上了。我叹了口气,看见她杯子空了,拿着去厨房添

CHAPTER 11
陪 你 一 起 老

水,走到冰箱旁边就一阵天旋地转,听见玻璃杯掉在地上的轻响,然后也跟着倒下去……

醒来,躺在医院的病床上。

何琥珀吁了一口气,责怪我:"怎么说晕就晕?吓了我一大跳!"

我慢慢坐起来,手背上挂着点滴。自独居以来,这已经不是我第一次晕倒,之前有过两次,都发生在早上,身边没有人,醒来看见天色晚了,然后慢慢爬起来。

"我通知他了,医生说要见孩子的爸爸。我怎么会有你这么笨的妹妹,年纪轻轻要什么孩子啊,换作我就赶紧把孩子流掉。"

我哭笑不得。她说得好生轻松,打胎像拔一颗萝卜似的。

她白了我一眼,"就你傻,老公连你都不要了,你还当他的孩子是宝贝!"

她这话戳在我的心坎上,顿时绞痛起来。

周诺言进来时,我输完了点滴,正拿一小团棉花按在手背的针孔上。他走近我,脸上带着隐忍的疼惜,我抬头看他,眼睛竟舍不得眨一下。

何琥珀看了看我,又看了看他,很自觉地退了出去。

"觉得怎么样?头还晕不晕?"他坐在我身旁关切地问。

我缓缓摇了摇头。

"程医生把你的情况都跟我说了,傻瓜,这么重要的事,为什么不告诉我?你有低血糖,孕期会很辛苦,我实在不放心你……"说了一半半,他好像想起了什么,黯然地停下来。

我的眼眶微热,低头把脸埋进臂弯里。

他轻轻搂住我,熟悉的气息缠绕着我。我发现自己还是深爱着他,爱到想每分每秒都看见他,这种感觉是完全不受控制的。以前总是故作洒脱,提起爱情就摆出一副不屑一顾的样子,现在才知道原来爱惨了一个人,无论如何都洒脱不了,并且愿意为他抛弃一切,包括尊严。

他明明那样绝情地跟我说分手,当着我的面说对另一个人情不自禁,而我太不争气,到现在还迷恋着他的怀抱,甚至觉得能在他的怀抱里死去,是一件很幸福的事。

"诺言,孩子出生的时候,你来陪我好不好?"

他的身体好像在颤抖,过了好一会儿,才在我耳边低低地说:"好,如果……如果那时候我还在这里,我一定去陪你。"

我有些困惑,"你要去哪里?"

他没回答我,眼底有一片来不及掩饰的悲伤。我还想问他,可是他口袋里的手机响了,他拿出来接听,淡淡地说了一句"好,我马上过去"。

我猜可能他的病人有事,也不多问什么。

在床上躺了一下午,我觉得闷,穿上外套出去透透气。在二楼遇到郭奕,他跟我打招呼,说:"正打算去看你呢,怎么下来了?找诺言?"

"不,随便走走。"我肯定他已经知道了我们三人之间的事,难得他还能保持这般乐天开朗的状态,面对我也不觉得尴尬。

"哦,我陪你啊。"他笑着说。

"你不忙吗?"我想起他苦恋蒋恩爱不成,跟他也算同病相怜。

"还行,今天没安排手术。"

我随口问他:"诺言是不是准备工作调动?我听他意思好像很快不在这干了,他想去哪?"

"啊?"他的笑容顿时凝在脸上,有一丝不自然,"是吗?我不知道。"

他是个不善于说谎的人,我直觉他有事瞒着我,而且是很重要的事,于是追问:"你一定知道,你是诺言最好的朋友,如果他要离开这里,他不可能不跟你说，郭奕，你们是不是有什么事瞒着我啊？我跟诺言虽然做不成夫妻，可他要是另有高就，我也会替他高兴的。"

他不敢直视我，神色惨淡。

我意识到这绝不是好事，到底周诺言有什么事瞒着我？为什么他可以让郭奕知道，郭奕却不敢告诉我？短短时间，我想了很多可怕的假设。

难道是酗酒事件的后遗症？

难道是他要跟蒋恩爱一起离开？

又难道……

郭奕在一旁重重叹了口气，"你别乱猜了，我可以跟你说，但你要先答应我，知道后千万冷静，别急别冲动，别去跟诺言说什么，最好装作不知道。"

我目不转睛地看着他，"好，你说。"

"前不久，诺言因为有胃溃疡的征兆，接受了一次全面检查，报告出来证实他患的是……胃癌，而且是晚期。"

我腿一软，差点栽下去。

他眼疾手快扶住我，有些急切地说："碧玺，你要坚强点，如果你也倒下，那诺言会崩溃的。"

这个晴天霹雳击中我的同时也提醒了我，一把揪住郭奕的衣襟，我追问："那他跟蒋恩爱的关系不是真的了？他是为了赶我走才骗我的？他不去墨尔本也是因为这个？"

"是，那不是真的。你们去墨尔本那天，恩爱正巧拿到了检验报告，是她打电话催诺言回来的……这些天他一直在强撑，因为有一起手术需要他协助，这多少给他一个精神支点，还有你，你怀孕的事让他很意外，也很开心，可是他觉得他没有权利要求你为他做什么。"

"郭奕，你们有没有弄错啊？怎么可能呢？他明明好好的，怎么会……"我泣不成声,想起那天他求我留下孩子,他一定是挣扎了很久才来求我的,可我却那么残忍地回绝了他。

幸好!幸好我没有打掉孩子!

"郭奕,诺言在哪?他现在在哪?"我急不可待地想马上见到他。

"他应该还在院长的办公室,院长找他谈话,因为恩爱妈妈的事。"

"蒋恩爱的妈妈?什么事?"我的脑子乱糟糟的,几乎不能运转。

"她妈妈旧病复发,这几天经常跑到医院,抓着诺言又哭又闹,怪他凉血薄情,鬼迷心窍,居然娶她仇人的女儿……"他顿了一顿,有些迟疑。

我抹了抹眼泪,示意他不必有所顾忌,"蒋恩婕跟我父亲的事,我已经知道了,虽然很震惊,可也不是那么难接受……"

他安慰我似的拍了拍我的肩膀,"感情的事,向来很难说清楚。"

我沉默地点头,现在除了诺言的病情之外,我什么都不关心。

又站了片刻,我觉得有点冷,就回病房去。

郭奕追着我说:"碧玺,你答应过我的,就算知道了真相也不跟诺言说。"

"为什么?"我不理解,我现在最想做的是去痛斥他一顿,为了赶我走居然搬出这么差劲的伎俩,害我生不如死。

"你不明白吗?诺言苦心编排这一切,就是不想你为了他难过,作为朋友,我不忍心看他一个人撑得这么辛苦,可另一方面,我不得不认同他的做法,如果换作我,我也不希望自己爱的人知道,宁愿做一些事让她暂时痛苦,也总好过以后……"

"他打算躲去哪里?"我想以他的脾气,大概会找一个没人认识的地方度过余生。

"不清楚,他不肯同我说。"

"我懂了,我不说就是。"

CHAPTER 11
陪你一起老

周诺言的办公室门虚掩着,我轻轻推开,探头进去,看见他坐在办公桌前,低着头,微弓着身体。我看不清他的脸,等走到他跟前,才发现他的脸色很难看。

"诺言,你怎么了?是不是胃不舒服?"我蹲在他身前,仰着头看他。

他拉我起来,指了指摆放在角落的饮水机,"帮我倒杯水。"

我忙过去倒,回头看见他从抽屉里拿出一个小药瓶,可他痛得手都在微微颤抖,我把水递给他,一手接过药瓶,"要吃几粒?"

"三粒。"

于是我倒了三粒出来,看着他就水服下。房间里有沙发,我扶他过去躺下,拿起茶几上的遥控器,把空调的暖气打开。

南方的冬天,虽然不比北方寒冷,但是潮湿,不出太阳的时候也十分阴冷。

我把手搓热了,放在他的胃上给他按摩。

"怎么样?好些了吗?"我紧张地看着他还是略显苍白的脸。

他凝视我,挑了挑唇角,然后按住我的手,说:"好了,你手酸不酸?"

我摇了摇头,把脸贴在他的手背上。

"怎么了?我没事。"他声音虚弱。

"我去叫郭奕过来给你看看好不好?"

他轻挑唇角,尽量轻松地说:"我现在头脑清醒,没有一个医生比我更了解我的身体。"

我想想也是,又去倒了杯温水给他。

现在是下班时间,办公室里外都安静了下来,没有人来人往的脚步声,没有喧闹的电话铃响,我把他的头放在我的腿上,他倦极而眠,我依偎着他,只觉岁月静好,若能这样直到天荒地老该多好。

我低下头,轻柔的吻落在他的额前。他忽然就醒过来,眼中带着一点茫然,"碧玺,给我补过一个生日好不好?"

我鼻子一酸,险些落泪,轻轻地应了一声,"好。"

冬日的阳光照在我身上,整个人懒洋洋的。

我今天心情很好,一扫半个多月来的阴霾和低落。

周诺言去给我办理出院手续,我在病房里等他,心中有一点感伤,又有一点甜蜜。说好今天要陪他过一个生日的,我一早央求何琥珀带化妆包来,因为生病的缘故,我的脸上没什么血色,在阳光下苍白得像只鬼。躲在洗手间,对着镜子细细抹了一层胭脂上去,感觉气色顿时好了不少。

等我出去,何琥珀从阳台上走进来,扬了扬我的手机,"周诺言让你在医院里等他,他现在有事要出去一趟,可能晚一点才能来接你。"

我皱眉,"他说什么事了吗?"

"没有,不过听他说话,好像很急的样子。"

我忽然觉得不安,迟疑着要不要回拨给他。这时何琥珀从包里取出样册,招呼我去看,这是她今天过来的主要目的。我翻了几页,指着其中一个造型说:"这个不错,用这个吧。"

何琥珀探头看了一眼,奇怪地看着我,"这个不错?我觉得这张是整本样册里最糟的,你怎么心不在焉的?"

"对不起,"我烦躁地合起样册,"改天再给你意见好吗?我看不下去。"

手机响起,我飞快地拿起来接听。

看我这样迫不及待,何琥珀的嘴角溜出一抹了然的笑。

听到对方声音,我的心凉了下来。

蒋恩爱打来的,我一开口,她就心急火燎地质问我周诺言在哪,我心中诧异,但不愿与她多说,回应了一句不知道就想挂线,她却说:"何碧玺,如果我妈出什么事,我不会放过你!"

CHAPTER 11
陪你一起老

我一怔,"你妈怎么了?"

"她疯了,是你们把她逼疯的!"她失控地大声喊。

我心底涌出一股前所未有的厌恶,冷笑了一下,说:"你刚问我周诺言,怎么又扯到你妈身上了?再说就算你妈有个什么三长两短,又关我什么事了?蒋恩爱,我的容忍是有限度的,你别以为你姐姐死了,我们全家人都对不住你,你丢掉我的怀表我还没跟你算账呢!你问问你自己的心,你这么恨我真的是因为你姐姐吗?我告诉你,你要真心爱他就光明正大去争取,别净拿你姐姐的死说事,这招对我没用,我不会对你愧疚。"

她气得把线掐断了,比我想象的还干脆。

"知道自己老公抢手了吧,还不回去看牢点,不顾大的也顾着小的。"何琥珀边看样册边说,头也不抬。

我毫不掩饰地重重叹了口气。

不到十分钟的车程,就到小区门口,我下车,何琥珀在后面叫住我,"我不上去了,你要是找到的话手机给我响一声,我上去拿。"

"好。"我快步朝公寓所在的楼层走去。何琥珀想要"两生花"的第一辑样册,我手头上好像还有几本,在医院等了大半天也不见周诺言的人影,我看她急着要,就让她送我回来拿。

刚走到电梯口,手机就响了,是周诺言,我急忙按下接听键,可没来不及开口,手机就没电自动关机了。

"碧玺——"

我回头,看见周诺言从草坪旁边走过来。

"你怎么从那里过来?"

周诺言答非所问:"恩爱的妈妈早上离开医院了。"

我有点摸不着头脑,"哦,她刚跟你在一起?"

"不是，我正在找她。"

我看了看草坪的方向，"你找她？她怎么会在这里？"

"她前几天来过。"

"要不要报警？她人生地不熟的，万一走丢了怎么办？"我建议他，虽然我讨厌蒋恩爱，不过跟她妈妈又无仇无怨。

他不置可否，迟疑了一下，握住我的手，目光充满歉疚，"不用担心，我会尽快解决这件事，本来答应今天带你去一个地方的，现在……"

我笑着宽慰他，"没关系，改天去也一样，要不明天好了，明天给你补过生日，我去订一个大蛋糕。"

"好。"他跟着一笑。

我看着他消瘦的面庞，心中触动，"诺言，你现在还恨我爸爸吗？"

大概是没料到我会突然这么问，他微微一怔，说："不恨了，跟你结婚之前我就想通了，虽然你爸爸失约导致恩婕自杀，但那只是一个导火索，让恩婕明白了自己的这份感情是多么无望，可惜她已经无法自拔，连活下去的勇气都没有了。"

我微微垂下眼睫，"其实，你心里明白，正因为我爸爸没有回应她的爱，所以她选择了死来解脱，爱有时候比死更冷。"

"碧玺，这些年我一直在自责，觉得当时如果自己能拉她一把，也许她就不会死，因为这个心理作祟，我恨自己的同时，也无形中迁怒了你父亲，还有你。"他凝视着我，继续说下去，"但感情是没有道理可言的，也没有对与错，爱了就爱了，无论你父亲对恩婕的关爱是出自师生之情或是男女之意，恩婕总是爱你父亲的，最后葬身在这场爱恋里，这条路是她自己选的，我们不是当事人，无法体会其中的苦。"

"你说得对，我们不是当事人，无法知道当年的事实真相，即使我们知道了，也无法真正体会当事人的心情，事非经过不知难，知不知道已经没有

CHAPTER 11
陪 你 一 起 老

意义，我深爱我的父亲，他在我心里是什么样的就是什么样，我不用刻意去向别人证明他的为人，如果我真那么做，那才是对他真正的侮辱。我也不需要向你证实什么，因为永远不可能改变蒋恩婕为我爸爸自杀的事实。"

"你能这么想就好了，之所以一直隐瞒，是真怕你知道后会钻牛角尖。"他缓缓笑起来，眉眼全都舒展开，经历了多番变故，他看我的目光依然带着一丝宠溺。

我贪婪地看着他，想起灰茫茫的未来，心底的哀伤漫了上来。

他陪我上楼拿样册，我带过来的东西不多，很快就找了出来。他本来要帮我带下去给她，我想了想叫住他，跟他一起下楼。

他去停车场取车，我站在花圃旁边等他。

忽然有人从身后推了我一把，我一个踉跄，差点栽倒，回头看见一个穿着黑色毛衣的女人正盯着我，目光透着一股阴郁的狠色。

我心里打了个突，脱口而出，"你是蒋恩爱的妈妈？"

"你就是何长清的女儿？"她幽幽地说，脸色阴沉，"你爸爸害死了我女儿，你又抢走诺言，你是不是想害死我另一个女儿啊？"

我看她情绪很不稳定，不禁有点慌，侧头看见周诺言的车子远远地开过来，赶紧快步走过去。不料她妈妈忽然伸手扯住我的头发，把我往旁边的台阶上拽。台阶下就是滑坡，我既怕自己掉下去，也怕她一把年纪摔出什么毛病，赶紧抓住她的手阻止她再用力，一心想把她带到安全的地方，她却像疯了一样摆出要跟我同归于尽的架势，不，她已经疯了，纠缠中我看到她的嘴角边挂着诡异的笑。

周诺言从车里奔过来，很快分开我们，把我拉到身后，自己则站在中间挡着。

我心有余悸地看着他，不等他问，主动说："我没事，你……"

一道白光在眼前晃了一下，我还没反应过来，光芒消失了。周诺言后退了一步，用身体护住了我，同时也挡住了我的视线，我看不到他们的动作，甚至看不到那个疯女人，一阵冷风吹过来，鼻尖弥漫着血的味道。

是……谁受了伤吗？

那两人像是静止了一般，我瞬间回过神来，刚才，刚才那道白光是利器发出的！我心里涌上一股不祥的预感，惴惴不安地上前查看，脑子瞬间一片空白——

她手里赫然握着一把匕首，锋利的刀身完全没入了周诺言的身体！

她的眼神渐渐由呆滞变得惊恐万状，我心知不妙，试图抓住她的手，但终究迟了一步，她已将刀猛地拔起，殷红的鲜血汹涌地从伤口里涌出来，溅了她一身。

她瞪大了眼睛看着自己满手血污，突然浑身发抖，接着一头栽倒在地不省人事。

我的心冷得就快结成冰，不由自主地打着寒战，却紧紧搂住周诺言软倒的身体，我的手颤抖得厉害，几乎握不住手机，艰难地按着急救号码的同时，用抖得不成调的声音说："没事的，你不会有事的，诺言你挺住，我送你去医院……"

他像是强忍着极大的痛楚，虚弱地勾了勾唇角，"想不到会这样，你别怕……"

远水救不了近火，慌乱中我想起外面的何琥珀，打她手机求救："快，把车开进来！诺言受伤了，送他去医院——"

血一直在流，那大片大片的血红触目惊心，我把手捂在他的伤口上，温热的血在手心下涌动，我可以感觉到他的生命在一点一滴流逝。他的脸色越来越苍白，嘴里不断呛出血，完全说不出话来，只是直直地看着我，艰难地将掌心搭在我湿冷的手背上。

CHAPTER 11
陪你一起老

我低下头,不停地亲吻他,试图给他一点温暖。

怎么会变成这样?一刻钟前他还好端端地站在我面前,转眼他就倒在我怀里气息奄奄。

何琥珀把车开过来,小区的保安也赶到,两人手忙脚乱地帮我把周诺言抬到后车座上。一路上我目不转睛地看着怀里的人,生怕一眨眼就会错失什么。情况很不妙,因为失血过多,他的脸色白得像一张脆弱的薄纸,倦意渐浓,眼睛慢慢阖上,最后一丝光亮被长睫掩盖,如果不是嘴角那团血污和过分惨白的脸,他现在平静得就像睡着了一般。

我害怕极了,俯在他耳边不住地喊他的名字:"诺言,不要睡,千万不要睡!保持清醒!你醒过来!你看着我……"

何琥珀从后视镜里看我,断断续续地跟我说话,声音也如秋日里的落叶在风中簌簌发抖。

把周诺言送进急救室,我的精神跟体力也撑到了极限,随着关门的声音响起,我的腿再也站不住,整个人轰然倒在了地上。何琥珀过来扶我,想把我拖起来,我身上没有半点力气,脑子几乎快要转不动了,只是固执地盯着手术室门口那盏亮着的灯。

"碧玺,碧玺,"何琥珀惊慌失措地看着我的下身,"你、你流了很多血……"

我流了很多血?我茫然地低头,衣服上大片血污映入眼帘,那是诺言的血,全是。

"碧玺,你觉得怎么样?你坚持住,我去叫医生来——"她跑得太匆忙,差点撞到墙壁上。

我不明白她为什么那么慌张,我什么事都没有,有事的是诺言,他用身体护住了我。

她去叫医生做什么?诺言不是已经进了手术室吗?他一定会没事的,一定会！迷迷糊糊地想着，忽然一股尖锐得像要贯穿身体的疼痛袭击了我，我意识到疼痛的来源，还来不及感受什么就失去了知觉。

我和诺言的孩子到底没能保住。

躺在手术台上，等待麻醉师打针，我当时就迷迷糊糊在想，这个孩子跟我们真是没有缘分，稀里糊涂有了它，又赶上这么多事发生，可是，我是真心想要他的，当初体检，程医生就提醒过我，像我这种低血糖外加贫血的人，怀孕过程会相当辛苦，可即使那样，我也没想过不要他，他是属于我和诺言两个人的，以后都不会再有了。

可我留不住他。

好像做了无数个梦，睁开眼睛的那一刹那，梦中的影像全都变得模糊，只剩下充满恐惧的心在怦怦直跳。适应了屋里的光线，何琥珀那张惨淡的脸立时映入眼帘，隔了一夜，没有卸妆，她精致的妆容变得暗淡。

"你醒了？"她坐在旁边的椅子上看我，脸上并没有流露出喜悦。

我点了点头，想动，但全身乏力，像散了架一般。

郭奕匆匆进来，他本来想对琥珀说什么，但侧目看到我醒了，却把到嘴边的话咽了回去。

我慢慢想起昏迷前发生的所有事，急急地撑起身，"郭奕，诺言、诺言他……"

何琥珀按住我，"他在昏迷，还没醒，你刚做过刮宫手术，给我安心待着，别乱动。"

"我去看看他。"我坚持，把目光投向她身后的郭奕，"让我见他！"

郭奕和何琥珀互递了个眼色，何琥珀侧着头，我看不见她的脸，但我清楚地看见郭奕面露难色。恐惧又开始排山倒海袭来，我不再征询他们的意见，推开何琥珀的手，掀开被子就要自行下床。

CHAPTER 11
陪 你 一 起 老

何琥珀还想阻拦,郭奕用眼神制止了她,对我说:"我抱你过去吧,他的病房离这有点远,如果你不介意的话。"

"谢谢你。"

我确实没办法走路,每一步都是那么艰难,两条腿一接触地面就不由自主地打战。

何琥珀拿起一件外套罩在我身上,我回头,近距离对上她那张脸,不由微微一怔,"琥珀,你哭过了?"

她板着脸回应,"谁哭了?熬夜熬出来的。"

可是,她的眼睛明显红肿。

诺言还在重症病房,郭奕跟专门看护他的护士交代了几句,她冲我点了点头,低声说:"别太久,看看就出来吧。"然后转身出去了。

郭奕扶我在椅子上坐下,"我在外面等你,有什么事就叫我。"

我顾不上回应,目不转睛地看着病床上的人。

何琥珀叹了口气,跟郭奕出去了。

病房很安静,静得可以清楚听见旁边仪器和输液的轻响。我哆嗦着伸出手,在碰触他的手那一刻,眼泪哗地涌了出来。他的脸苍白得如一张薄纸,手指冰凉,但有一丝温度隐隐从深处透出来。

他还活着,没有什么比这更重要。

我把他的手捂在自己掌心里,就像以前他紧攥我的手那样,可惜我自己都手足冰冷,但是没关系,我知道他感受得到。

"诺言,你不要睡太久,你还没带我去那个神秘的地方,"我笑嘻嘻地拖他的手,抹掉脸上的泪,"你说要我给你补过生日,只要你醒来,你要我做什么我都答应你……"

"诺言,孩子没了,不知道是男孩还是女孩……人家说无论是做夫妻,还是做母子,都是上辈子积下的缘分,可能我们跟那个孩子没缘分……"

"诺言,不要离开我,你知道我迷糊又任性,也不会照顾自己,以前有你看着我都三天两头闯祸,你要是敢不快点醒过来,我就天天去闯祸,到时候看你怎么收拾烂摊子……"我一边打着寒战,一边威胁他。

"诺言,你不是说,要我永远都不用体会痛不欲生的滋味吗?你怎么说话不算话?"

我一遍遍唤着他的名字,脑子里不断涌现这些年来他为我做的点点滴滴——他带我回自己的家,让我叫他诺言。我第一次来例假,穿着白色的校服,战战兢兢躲在浴室里不知所措,他去买了卫生巾给我,隔天我的书桌上放着一本少女保健指南。我爱上了他,他毫不留情地拒绝。我考上大学,他逼我签同居协议,我不答应,他就赶我走。他供我上最好的大学,从不干涉我选的专业,默默地往我银行户头里打款,但是绝口不提。我拿不到学位证书,他忍着胃痛跑去找我,为我平息风波……

他还是一动不动,呼吸微弱得几乎察觉不到。我颤巍巍将手放在他的心口上,越想越害怕,干脆俯身趴着倾听那里的跳动。

天色暗下来,护士遣我离开。

我不肯走,诺言还没醒,我要陪在他身边。眼巴巴望着郭奕,指望他再发挥一下特权,谁知他过来拉我的手,说:"我送你回房,你也需要休息。"

"不,我很好,我要在这里看着他。"

"诺言有护士照顾,我也会守着他,一有什么情况我马上第一时间通知你。"

我摇了摇头,这个时候谁也别想让我走。

郭奕回头看了看何琥珀,似乎在寻求支援。

何琥珀倒是懂我,叹了口气,说:"算了,让她在这里待着吧,不亲

CHAPTER 11
陪 你 一 起 老

看着她是不会安心的。"

"可是她的身体……"郭奕还在犹豫。

我急忙保证："我很好，真的！"

"好吧，可是你要答应我，只要有一丁点不舒服就不要逞强，立刻回病房去。"虽然选择妥协，但他的目光仍充满忧虑。

"我答应你。"我生怕他反悔，努力冲他笑了笑，表示自己真的没事。

何琥珀没精打采地打了个哈欠，漂亮的大眼睛此刻布满血丝。

"琥珀，你回去吧，这次谢谢你。"长这么大，这大概是我第一次衷心感激她。如果不是她在我身边，可能我很难撑到诺言进手术室的那一刻，当时孩子早就有流产的先兆，我心系诺言的安危，全然忽视了身上疼痛的来源。

她不置一词，淡淡扫了我一眼，转身走掉了。

望着她的背影，我忽然有些感触。这些年来，无论我们对待彼此多少淡薄，甚至不闻不问，但内心深处其实一直给对方留有一席之地。平时尽可能地避免见面，因为心知针尖对麦芒，最后总要闹到不欢而散，可是即使这样，我跟她心里都清楚，在这个世界上，只有我们，我们的身体里流着一样的血。

固执地守在诺言的病床边上，护士特别怜悯地看着我，说："周太太，你这样不行的，自己身体还没恢复呢，小产可不是小事情，养不好以后要落下病根的。"

"他什么时候能醒过来？"我握着诺言依然冰凉的手，不过随口问问，我知道她不能给我答案，连医生都给不了，她又如何能给？感觉到她的目光一直停留在我身上，我抬头冲她微微一笑，"不用担心我，我为他做得实在太少，只希望他醒来第一眼看到的人是我。"

护士无言地笑了笑，轻手轻脚地出去。

清晨第一缕阳光映照进病床。

我睁开酸涩发干的双眼，发现置身在自己的病房，昨晚到底没能撑下去。

外面天气晴朗，草坪上停着几只雪白的鸽子，迎着晨曦扑腾翅膀。

慢慢摸索到诺言的病房，他还在沉睡，除了面色苍白了些，完全不像经历一番生死。我静静地陪着他，直到蒋恩爱出现在我面前。

她没有穿医生的制服，头发直直披在肩上。

我不想在病房里跟她讨论什么，使了个眼色，示意她出去说。

时间还早，走廊上的人不多，我扶着墙壁走走停停，片刻全身毛孔仿佛蒸腾出一层冷汗。她上前扶我，被我冷着脸一把推开。她不说什么，不再做这些无谓的事，只是默默地跟在我身后。

"你妈妈怎么样了？"坐在草坪的长椅上，我抬眼盯着她。

蒋恩爱的精神不太好，眼眶下有两团淡淡的乌青色。她迟疑了片刻，说："我送她去精神病院了，碧玺，不管你相不相信，我真的没有想过事情会闹到这个地步。"

"现在说这些有什么用？事实是你妈妈刺伤了诺言，他现在还在昏迷。你妈想杀我，成全你跟诺言在一起，如果不是你在她面前说过什么，她怎么会有这种想法？"

蒋恩爱的脸色有些难看，"对，我承认，我抱怨过。可是何碧玺，如果你是我，你会甘心自己喜欢的男人跟害死自己姐姐的仇人在一起吗？"

我冷笑起来，"你这个假设很有问题，你姐姐是自杀，我对她的死深表同情，但我相信我父亲的为人，何况他已经不在人世，谁是谁非如今无从追究。你恨我并不是因为你姐姐，而是因为诺言选择了我。"

蒋恩爱笑起来，面部肌肉扭曲，"对，你说得对，我恨你父亲害死了我姐姐，我恨你抢走了我爱的男人，我更恨周诺言不爱我！你知道吗？那天我

CHAPTER 11
陪 你 一 起 老

知道了你是何长清的女儿,我跑去告诉他,我一边想着他怎么可能不知道,一边又替他找一堆借口开脱,我跟自己说他一定不知道,可结果让我失望透顶,他不但知道得一清二楚,还警告我不准在你面前提起,我不答应……他、他居然威胁我!"

她的目光透着一股凌厉的恨意,"都是你,如果没有你,他不会这样对我,他从来就没骂过我,都是因为你的出现,他现在眼里只有你一个人!我等了他这么多年,以前他和我姐姐出去拍拖,我悄悄在后头跟着,那时我才上初中,我姐疼我,知道了也不说什么,他们都当我是小孩子。我开始发愤读书,我跟自己说,既然诺言喜欢姐姐那样的女生,我就让自己成为那样。我为了他考医学院,可没人知道我有多害怕接触尸体,那种感觉就像是被成千上万的老鼠从身体上爬过……学校的那五年,对我来说就好像是一场炼狱,每一堂解剖课都是我的噩梦,每次上完课我都要发高烧,大二刚开学,我们班主任就劝我转系,我不肯,为了继续待下去,我每天逼自己喝番茄汁,每天看人体解剖的带子,一遍又一遍地看到想吐,甚至,甚至跑去停尸房过夜……我这么费尽心思只是想离他近一点,后来好不容易挨到毕业,我跟爸妈闹翻,执意跑到这里来实习,我以为这样就可以和他在一起了,可是你!这一切都被你破坏了!"

我看着她歇斯底里的样子,忽然觉得她是个彻头彻尾的可怜人。

她看出我眼里的怜悯,阴恻恻地笑起来,"所以,我要报复,你,还有他,我都不会放过。我要他以为自己快死了,让他亲手逼你走。"

我浑身一震,死死地抓着她的肩膀,"你说什么?什么是要他以为自己快死了,你做过什么?你把话说清楚!"

她的嘴角挑起来,带着一种阴谋得逞后的笑,"怎么?郭奕没有告诉你吗?也难怪,可能他也不知道,我今天一大早才发的邮件,院长现在大概还在睡大觉。何碧玺,你真该庆幸我对周诺言除了恨,还有爱,否则……"

我颤巍巍地掩住嘴,"难道,他没有得胃癌,是你……"

"没错,他根本没有患上胃癌,只是胃溃疡,我换掉了他的抽样。"

"你……"我又愤怒又欣喜,本想奋力抽她一个耳光,但提不起力气。

"我所做的一切都是为了留住他,我不要你们和好,不要他跟你去墨尔本,你为了另一个男人而伤害他,为什么他还那么轻易就原谅了你?"她的目光凄怨,嘴里喃喃地说,"而我,我这么爱他,为什么他就是不肯爱我?"

"我来告诉你为什么,爱一个人不是这么爱的,你一开始就用错了方法,你以为你可以取代你姐姐,可事实上,人和人都不一样,没有谁能取代谁,单方面的爱情没有错,但是既然求而不得就该放手,你错就错在自己得不到幸福,也不让别人快乐。其实你身边就有值得你去爱的人,你再执迷不悟只会继续痛苦下去。"

她沉默半晌,轻轻哼了一声,"我不用你教训,更不要你可怜,我跟你说这些不是想博取你的同情,你应该痛恨我才对,我妈做了我狠不下心做的事,她有精神病,不用负刑事责任,就算周诺言死了,你也控告不了她。"

"如果诺言走了,我控告她又有什么用?你到现在还不明白,报仇是最没意义的事。"我抬头看了看头顶上空的蓝天,努力给了她一个微笑,"不过,我相信他会醒过来,一定会,他不会舍得丢下我,这种感情,我想你永远都不会明白。"

她神色复杂地盯着我,直到我转身走远,才听见她带着哭腔喊出来:"就算他醒不过来,他的心他的人始终都是你的,我宁愿现在躺在病床上的人是我,让他去愧疚一辈子!刚才在楼梯口,我走在你后面,你知道我有多想把你推下去吗?可是我不敢,我怕他醒来后要恨死我,可是我又想,既然得不到他的爱情,那么得到他的憎恨也不错。"

我停住脚步,却不想回过头去看她。

"可我到底没有那么做,他还没醒呢,可能永远都醒不了,如果你也死

CHAPTER 11
陪 你 一 起 老

了，那我岂不是成全了你们?"说完，她居然又哈哈大笑起来。

我遍体生寒，心口像被狠狠剜去一块，明晃晃的日光照在身上都是凉的。

"蒋恩爱，面对现实吧，再这么下去你也会疯的。"

抓着扶手，沿着阶梯一级一级往上攀，眼前的眩晕愈演愈烈，我不得不坐下来闭目休息。身后传来脚步声，紧跟着就是一声惊呼："碧玺，你怎么了?"

我缓缓睁开眼睛，冲已跑到跟前的郭奕微微一笑，"没什么，有点累。"

"我扶你回去。"他不由分说便把手放在我的臂弯下。

"不，等等。"若是被他送回病房，肯定又要检查又要输液，我忙制止他，"你能不能陪我坐一会儿?"

"在这?"他有点意外，但仍顺从我。

"郭奕，你跟我说实话，诺言……能不能醒过来?"

郭奕不假思索地安慰我："你别胡思乱想，他一定会没事的。"

这话并不能使我安心，相反令我感到无端的恐惧，一百个祝福远敌不过一个诅咒，蒋恩爱恶毒的声音回旋在耳边，我蓦地打起颤来，哆哆嗦嗦地撑起身体，却在转身抬脚的时候绊了一下，差点栽下去，幸好郭奕眼疾手快扶住我。

"你没事吧?"他关切地问。

我抖得话都说不流利了，指着前方，"回去……诺言那里。"

到了病房门口，看见那紧闭的门竟敞开着，我吓得手足冰冷，郭奕显然也蒙了，撒下我快步走进去，我心急如焚，跄跄着扑跌过去。

病床上空无一人。

我的脑子轰的一声炸开，顿时软倒在床脚边上。

"碧玺你先别急,我去问问。"郭奕拍拍我的肩头,匆匆跑出去,在门口跟正进来的护士撞了个满怀,他也顾不得道歉,一把抓住她的手腕,"病人呢?"

"在手术室,伤口有感染的现象。"护士怯生生地回答。

犹如在永夜中抓住一丝曙光,我挣扎着就要站起来,却不知道绊到了什么地方,一个踉跄栽倒在地上,腹部一阵剧痛便失去了知觉。

冰冷的手术台上,周诺言安静地躺在那里,他的脸色在无影灯下显得越发惨白。

我慌慌张张地跑过去,趴在他身上大声地喊:"诺言,诺言,你醒醒!"

他毫无反应,我不甘心,用力推他的身体。

他的眼睫微微一颤,我惊喜地叫起来:"诺言你醒了?你睁开眼睛看看我!"

他听话地睁眼,目光茫然。

"诺言,你终于醒了。"我泪眼汪汪地凑近他,鼻尖几乎要碰着他。

他看了看我,声音微弱,"你是谁?"

我简直像五雷轰顶,目瞪口呆地望着他,"我?我是碧玺啊,你你怎么了?"

这是怎么回事?他明明不是脑子受的伤。

"碧玺?"他墨黑的眼瞳仿佛迸发出星一般的光芒,亮晶晶的,转眼又暗淡了去,"可是,我不认识你。"

"怎么可能?"我急了,搂住他的脖子,"你怎么可能不认识我?你养了我七年,欺负了我七年,我们都结婚了,你怎么睡个觉就翻脸不认人了,诺言诺言,你别吓我!"

他有些苦恼地瞅着我,"我们是夫妻?"

我重重地点了点头。听他口气，难道想反悔不认？

"我真的一点印象都没有了，再说，我怎么会跟你结婚呢？你根本不是我喜欢的类型。"

"啊？"又一个晴天霹雳砸在我脑袋上，我连气都提不上来了，"那，你喜欢的是什么样的？"

"长发飘飘，没你高，也没你这么黏人。"

我一颗心凉得透底，讷讷地说："你还没忘记蒋恩婕，你果然……忘不了她。"

他惊奇地挑了下眉，"你认识恩婕？不过我跟她早就分手了。"

我越想越委屈，止不住悲从中来，痛斥他："周诺言你怎么可以这样！分明是你先招惹了我，七年前你要不把我带回家，今天我也犯不着在这里担惊受怕活遭罪，怕你会死，怕你醒不过来，你醒来倒好，把我忘得一干二净，当初结婚也是你先提的……我现在除了你，什么都没有了，可你现在算什么意思……"

"碧玺……"他坐起身来。

"别叫我！你不是不认识我吗？你这个浑蛋！"我伸手在脸上胡乱摸了一把，扑过去扒拉着他，趁他不留神狠狠咬了他一口，然后推开他。

"哎呀——"他掩住流血的唇角，愤愤地瞪我。

我毫不畏惧地回视他，"你敢不要我，我还咬你！"说完，觉得这话挺逗的，忍不住自己先笑了起来。

"碧玺，你醒了？"一个欣喜异常的声音在耳边回响。

谁啊？我扭头看了一眼，等再回过头来时，发现周诺言不见了，连同那张手术台也凭空消失了！我急得汗如雨下，大叫："诺言，诺言你在哪里？你回来，你快回来，我骗你的，我不咬你了，我以后都对你好——"

"碧玺，碧玺你醒醒，诺言他没事了！"那个扰人的声音又响起，他在说什么？他说诺言……诺言没事了？

我一下子清醒过来。

原来是场梦。

抬手碰触在眼前放大的郭奕的脸，然后用力捏了一下。

郭奕忙不迭地叫唤起来，但脸上全是喜色，"谢天谢地，你总算醒了，碧玺你已经昏迷三天三夜了，再不醒来，我就快被你姐姐烦死了，她骂人的功夫真是太厉害了，简直是大开眼界，我算是领教了……"

"诺言怎么样了？"我掀开被子就要下床。

他赶紧制止我，指了指旁边的吊瓶，"快输完了，不急着这一会儿，我让护士给你送点吃的过来，你吃完再去看他，你也不想再晕倒在他的床边吧？你放心，诺言度过危险期了，伤口痊愈情况良好，只是人还没醒。"

我眼眶一热，"真的？他真的度过危险期了？你没骗我？"

"千真万确，骗你我就不是医生。"他想起什么，又说，"他没有患上胃癌，原来……都是恩爱搞出来的，她向院长交代了一切，被开除了……"

"我已经知道了，那天她找过我。"

他有点意外，马上笑了笑，说："不提她了，你等着，我叫护士过来。"

我望着他的背影，生怕自己还陷在梦里，低头把十根手指头咬了个遍。

我是下了狠劲咬的，清晰的牙印一时竟褪不掉，虽然疼了点，可是我满心欢喜，我知道噩梦正在离我远去。

日子像停顿了一般，简直度日如年。

尽管有医生的保证，但周诺言一天不醒，我就不得安生。庆幸的是，医生每天报给我的消息都是往好的一面发展，这对我来说是莫大的鼓舞，更加寸步不离地守在他身边。可能是我心理作祟，只觉他气色也有所好转。

CHAPTER 11
陪 你 一 起 老

我亲了亲他的脸,拉过他的手放在掌心里捂着,想想这些日子来的提心吊胆,鼻子一酸,眼泪竟噼里啪啦掉下来。

"诺言,你怎么还不醒?我受够了,我们换换吧,让我睡觉,你来守着我……"把脸埋在他的臂弯里,他的身体是暖的,这让我安心。

夕阳的余晖从外面的小阳台上一寸寸挪进来,时光在一分一秒地流逝。

忍了多时的泪水决了堤,竟一时半会停歇不住,我拖过他的手捂在自己脸上,不知过了多久,只觉湿漉漉的面庞有些痒,我下意识地偏头,在手背上蹭了两下。

"碧玺……"一声轻喃在耳边响起。

"嗯。"我应了一声,顿时怔住。这个声音,是……诺言在叫我?我急忙抬起头,对上他那双幽深此刻却笼罩着一丝迷茫的眼瞳,我的心一时狂跳。

"诺言!你醒了?你真的醒了?我、我不是在做梦吧?"我用力抓着他的手,目不转睛地盯着他,生怕一眨眼他就会消失不见。

他抬眼环视四周,慢慢将视线落在我的身上,那一层迷茫在渐渐散去。我大气也不敢喘一下,眼巴巴地瞅着他,好像慢动作回放一般,只见他屈指,有些费力地替我拭去挂在眼角的泪珠,轻微地挑了挑唇角,"傻瓜,我没死呢,你哭什么……"

我嘴巴一扁,号啕大哭起来。

我都不知道自己原来那么能哭,震耳欲聋的,直哭到初醒的周诺言呼吸困难,几乎又要晕过去我才稍稍消停。哭声惊动了附近的医生护士跑进来围观,随后赶到的郭奕心有余悸地跟我嘀咕:"姑奶奶,刚才走到门口听见你那哭法,我还以为诺言他……当医生这么多年,最惊悚的就是今天了!"

等主治医生给诺言做完检查,我迫不及待地凑过去,当着那么多个护士的面,搂着他又哭又笑,还拼命地吻他,惹得在场的人忍俊不禁的同时,又慌不择路地跑出去回避。

周诺言没力气回应，只是虚弱地苦笑，"哭得跟花猫似的……"

那天之后，周诺言的身体恢复得很快，我几乎一直守在病房里。蒋恩爱被医院开除后就不知去向，几天后她爸爸过来接她妈妈回本城的医院治疗，郭奕去帮忙，回来说给我跟周诺言听，他听完沉默了很久，看不出情绪，后来只是淡淡地说："由她去吧。"

他的精神一天好过一天，终于有力气笑话我又红又肿的眼皮。

"都怪你不早点醒！"我在他的手腕上不轻不重咬了一口，"这一觉你睡得可舒服了，害我没一天好过，你怎么补偿我？"

"你想要我怎么补偿？"他笑着凝望我，神情温柔。片刻，又说，"碧玺，你瘦了许多。"

我摸了摸他的脸，"你也是。"

他揉了揉我的头发，"醒之前，我做了一个梦。"

我想起自己做的那个梦，心里说难不成还心有灵犀了，忙问："是什么梦？说给我听。"

他笑了一笑，说："也没什么，就是提醒我还有一件事没做。"

"什么事？"

他作势张了张嘴，却没有发出声音。我又困惑又好奇，赶紧把脸贴到他嘴边，"你说什么？"

他勾唇一笑，冷不丁吻了我一下，伸手将我按在胸前，"我欠你一个婚礼。"

"你还记得欠我一个婚礼啊？"我的手指在他的唇上轻轻摩挲，"那你要快点好起来，别欠太久，还有，你欠我的不止这一件。"

他墨黑的眼眸透着难掩的欢喜，"还欠你一个蜜月，我没忘。"

我笑了笑，低低地说："诺言，孩子……没了，你遇袭的那天，流掉了。"

他嘴角的那缕微笑凝住，脸上感伤。

我已经接受失去孩子的事实，可是现在看见他的反应，心里也跟着一阵难过。

"这些天，你一直昏迷不醒，我跟自己说，孩子没了不要紧，最重要的是你没事，我不想再跟那些往事纠缠不清了，我可以失去一切，但不能没有你，哪怕蒋恩爱她妈妈拿刀架在我的脖子上，我想我也不能放弃跟你在一起。这个孩子权当给蒋家还债吧，希望过去的是非恩怨能够到此为止，我不去招惹她们，她们最好也别再出现在我们面前，我不要跟她们化干戈为玉帛，只求形同陌路。我知道这样的想法很荒谬，可是我只有这么想，心里才会好过些，诺言，我就是这么自私，我不在乎孩子，我在乎的只有你，与你相比，所有的一切都是次要的，只要你好好的，我就什么都不怕。"我絮絮叨叨地说着，很努力地表达着，可仍觉得词不达意，急得眼泪又淌了下来。

"我知道我知道，别哭，"他轻声安慰我，"不要说了，我都明白。你几乎从来不说你爱我，就好像我也从来不说，我们有吵不完的话题，绊不完的嘴，可无论发生什么事，我们都会守在对方身边。碧玺，曾经我对你隐瞒，其中一个原因是担心你会怀疑这些年来我对你的感情，但你没有，你只是要求我给你时间。"

我撇了撇嘴，把眼泪抹在他身上，"你当我是笨蛋吗？你对我是好或不好，我怎么可能感觉不到？以前我恨死了琥珀，恨她把我当个物品一样丢给了你，现在想来却要多谢她，如果不是她，我们也不能走到今天……诺言，你还有一件事没有做，那就是陪我到老，不准比我先死，你要照顾我一辈子，等我们七老八十的时候，就手挽着手，一起散步晒太阳。"

"相濡以沫？"他看着我，嘴角漾开了一抹淡淡的微笑，像花儿一样。

我点了点头，与他紧紧相拥。